B·TRAVEN

B. TRAVEN

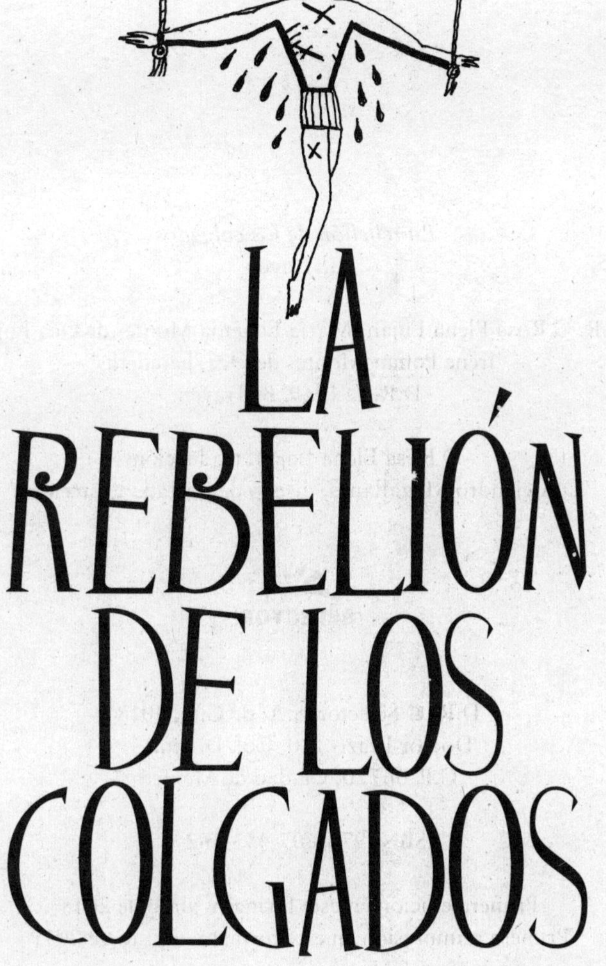

SÉLECTOR

La rebelión de los colgados
B. Traven

Doctor Erazo 120, Col. Doctores,
C.P. 06720, Ciudad de México

ISBN: 978-607-453-562-4

Primera edición en este formato: junio de 2018
Primera reimpresión en este formato: agosto de 2019

Impreso en México
Printed in Mexico

ÍNDICE

I

En un ranchito que formaba parte de la colonia agrícola libre de Cuishin, en los alrededores de Chalchihuitán, vivía Cándido Castro, indio tsotsil, en compañía de su mujer, Marcelina de las Casas, y de sus hijitos Angelino y Pedrito. Su propiedad alcanzaba más o menos dos hectáreas de un suelo pedregoso, seco, calcinado, que exigía un trabajo durísimo a fin de obtener el alimento necesario para los suyos.

Los grandes terratenientes de los distritos de Jovel y de Chiilum, a quienes se les llama finqueros, habían intentado en varias ocasiones convencer a Cándido de que abandonara su miserable ranchito y se fuera con toda su familia a trabajar en calidad de peón.

Los finqueros se hallaban constantemente a la caza de familias indígenas, mano de obra indispensable para los trabajos de sus fincas, y empleaban los medios más carentes de escrúpulos para conseguir arrancarlas de sus pueblos y colonias.

La posesión de esas familias era disputada entre los finqueros como si se tratara de ganado sin hierro cuya propiedad trataran de asegurar. Los pleitos por la propiedad de los indígenas y de sus numerosos progenitores se eternizaban, se transmitían de padres a hijos y subsistían aun cuando el objeto de ellas hubiera desaparecido mucho tiempo atrás, no sabiéndose ya exactamente cuál era la causa del odio mortal entre algunos finqueros vecinos.

Los jefes políticos, así como todos los otros funcionarios de la dictadura, se hallaban siempre, naturalmente, del lado de los poderosos finqueros. Cuando se les pedía que despojaran a alguna familia indígena de su pedacito de tierra, declarándola desprovista de derechos o valiéndose de cualquier otro medio criminal, inmediatamente lo hacían, dejando a las víctimas a merced del finquero. Éste se encargaba de pagar las deudas de la familia y las multas exorbitantes que se le infligían, por motivos, la mayoría de las veces, inexistentes, pero que tenían por objeto ahogarla en deudas de tal manera que el finquero quedara en posibilidad de adquirir derechos absolutos sobre la familia.

El hecho de que un finquero fuera pariente o amigo de un jefe político o de que asegurara a éste o a cualquier otro miembro de la tiranía una existencia larga y fácil, era suficiente para que la mano de obra indígena no faltara jamás en su finca.

Cándido había podido conservar su independencia y vivir libremente gracias a su innata cautela de campesino, a su buen sentido natural y a la línea de conducta que se había trazado de no ocuparse más que de su tierra, de su trabajo y del bienestar de los suyos.

La ranchería estaba compuesta por cinco familias que, como Cándido, pertenecían a la raza tsotsil. Sus tierras eran pobres como la suya. Sus jacales eran de adobe, con techos de palma, miserables. Llevaban una existencia tan dura como sólo los humildes campesinos indígenas son capaces de soportar. Sin embargo, todos los esfuerzos de los finqueros para convertirlos en peones habían fracasado, al igual que con Cándido. Los indios no ignoraban que la vida en la finca les sería menos dura, pero preferían quedarse en su tierra árida, seca —por ello a la colonia se le llamaba Cuishin, que quiere decir ardiente— y vivir su vida precaria, con la agonía constante de ver destruidas sus cosechas, a perder la libertad, aun cuando a cambio de su servidumbre se les hubiera ofrecido el Edén. Preferían morir de hambre libres, independientes, a engordar bajo las órdenes de un amo. Si se les hubiera preguntado el porqué de su elección, habrían contestado lo mismo que la vieja negra de Luisiana, esclava en su juventud, antes de la Guerra de Secesión. Entonces eran sus amos quienes debían preocuparse por su existencia; ella comía tanto como quería. Ahora vivía en una choza miserable y lavaba la ropa de sus vecinos para poder vivir, sin saber jamás si podría comer al día siguiente, si se vería obligada a robar para subsistir y si la meterían a la cárcel. Un día en que le preguntaron: "Pero vamos a ver, vieja, ¿es que no vivías mejor cuando eras esclava?", contestó: "Sí, antes vivía mejor, pero ahora soy feliz porque no es el estómago lo único que hace feliz al hombre".

Y en Cuishin no era el estómago lo único que mandaba. Sólo así podía explicarse cómo esos indios aceptaban su penosa vida, habiendo podido dejar al finquero los cuidados de su estómago a cambio de la obediencia a sus órdenes.

En el fondo de su alma, el indio cree más en la fuerza de su destino que en el poder de no importa qué Dios. Sabe que haga lo que haga, no podrá escapar a ese destino. Cuando lo ve aproximarse, el indio se porta como todo ser humano y el puro instinto biológico de conservación lo empuja a resistir por todos los medios de que dispone o por los que considera capaces de ayudarlo, y entre los que se cuentan la invocación de los santos, que se comunican, como todos sabemos, con Dios, pero sabe perfectamente que es como un centinela perdido y que si se opone a su destino es sólo para retardar un poco la acción.

Cuando Marcelina, la mujer de Cándido, cayó enferma súbitamente y cuando ninguno de los remedios habituales fue capaz de aliviar sus dolores, Cándido tuvo la intuición de que se encontraba en un momento crucial de su existencia. Marcelina tenía un dolor horrible del lado derecho del vientre. Decía sentir que se inflaba de tal forma que parecía iba a reventar. La vieja partera de la familia declaró que tenía los intestinos hechos nudo. Para desanudárselos le recetó purgas capaces de hacer desalojar el vientre a un elefante y que sólo vinieron a redoblar los dolores y las lamentaciones de la infeliz. Ahora sentía que tiraban de sus intestinos hasta desgarrárselos.

La vieja partera opinó que aquello era la señal de una muerte próxima y aconsejó se enviara a uno de los niños a ver a Mateo, para encargarle que fuera haciendo el ataúd a fin de dar cristiana sepultura a la pobre Marcelina. Pero la solución estaba muy lejos de satisfacer a Cándido. Él amaba a su mujer y no estaba dispuesto a dejársela quitar tan fácilmente. Decidió llevarla a lomo de mula hasta Jovel para que la viera un médico de verdad.

Reunió hasta el último centavo que pudo encontrar en la casa. Contó y recontó el dinero y se convenció de que su fortuna consistía en dieciocho pesos. Cándido no ignoraba que los doctores son como los curas, y que nunca hacen algo gratuitamente. Sabía además que la enfermedad de Marcelina no era de aquellas por las que los doctores aceptaban el habitual pago de un peso.

Cada paso de la mula arrancaba gritos de dolor a la infeliz. Cuando el camino se presentó más accidentado, Cándido decidió cargar a su mujer sobre su espalda y tomar a la mula por la brida, pero con ello no logró aliviar a Marcelina, todo lo contrario, ahora el peso de su cuerpo hacía presión sobre su vientre, que se apretaba contra el cuerpo de su marido, y sus sufrimientos fueron tan atroces que rogó a Cándido la volviera a sentar sobre la mula. Finalmente, suplicó que la bajara al camino, donde se tendería a morir en paz, pues sabía que su fin estaba próximo.

Así permanecieron más de media hora: ella, acostada sobre el dorso; él, sentado a su lado; al borde del camino, sin saber a qué santo invocar. De vez en cuando iba al arroyito que se hallaba del otro lado para traerle unos tragos de agua tibia. Al cabo de un largo rato apareció una caravana de indios que regresaban del mercado. Estos indios eran tsotsiles y pertenecían al mismo pueblo que Cándido. Todos se detuvieron para refrescarse en el arroyo.

—¿Adónde vas, Cándido? —preguntó uno de ellos—. Hace mucho que levantaron los puestos del mercado.

—Es que Marcelina está muy mala, creo que se va a morir. Quería llevarla a Jovel para que la viera un doctor capaz de desanudarle los intestinos. Pero no puedo llevarla sobre mi espalda porque grita, y sentada en la mula sufre mucho. Ya está medio muerta. Ahora sólo espero..., porque así ya podré ponerla sobre la mula y regresar con ella a casa. ¡Qué lástima, es tan joven y tan buena! ¡Tiene tan bien nuestra casa, es tan trabajadora...! Además, los niños quedarán sin mamá.

—No hay que desesperarse, Cándido —dijo otro de los indios—. Naturalmente, si Marcelina tiene que morir, morirá, pero ello no es seguro todavía. Espera tantito, te daremos una mano.

Reúnen a sus compañeros, discuten algunos momentos y se aproximan a Cándido.

—Mira, la llevaremos cargando hasta Jovel; la cargaremos con tanto cuidado que ni cuenta se va a dar que la llevamos.

Cándido inclina la cabeza agradeciéndoselo en silencio.

Los indios se meten un poco entre la maleza, cortan ramas, las entretejen y sujetan, improvisando una camilla sobre la cual colocan a la enferma. Las mujeres y los niños se hacen cargo de los diversos objetos que la caravana lleva y ésta emprende el regreso a Jovel.

Llegaron ya avanzada la tarde a casa del doctor, quien, después de palpar el sitio dolorido, declaró:

—Es necesario operar inmediatamente. Tengo que abrirle el vientre para sacarle parte del intestino que está infectado y que le provocará la muerte antes de doce horas si no la opero. ¿Cuánto puedes pagarme, chamulita?

—¡Dieciocho pesos, patroncito doctorcito!

—¿Pero no te das cuenta de que solamente el algodón, el alcohol y la gasa yodoformada me cuestan más de los dieciocho pesos? Sin contar el cloroformo, que costará otros diez pesos por lo bajo.

—¡Pero por el amor de Dios, doctorcito jefecito, yo no puedo dejar a mi mujer sufrir como a un perro!

—Óyeme, chamulita: si Dios Nuestro Señor pagara mi renta atrasada, mi recibo de luz, las deudas que tengo en la tienda, la carnicería, la panadería y la sastrería, entonces sí, podría operar a tu mujer por el amor de Dios. Pero has de saber, chamulita, que yo tengo más confianza en la platita y las buenas garantías que puedes darme que en el amor de Dios, Nuestro Señor. Él se ocupará de muchas cosas, menos de un pobre médico plagado de deudas. Estas deudas me las he echado encima para estudiar, y si no he podido pagarlas es porque aquí hay muchos médicos y pocos enfermos con alguna plata.

—¡Pero, doctorcito, si no opera a mi mujer se va a morir!

—Y si yo opero gratuitamente me moriré de hambre, chamulita. Todo lo que puedo decirte es que una operación como esta cuesta trescientos pesos. Sólo para demostrarte que no soy un malvado capaz de dejar morir a alguien, aun cuando sea la mujer de un indio ignorante, procuraré ayudarte: te cobraré nada más doscientos pesos. Es un precio escandaloso y me expongo a que me echen de la sociedad por bajar tanto la tarifa. Así, pues, te cobraré solamente doscientos pesos, pero es necesario que me traigas el dinero a más tardar dentro de tres horas, pues, de otro modo, la operación sería inútil. No voy a decirte cosas bonitas ni a hacer una operación por amor al arte. Si tomo tu dinero te daré a cambio mi trabajo y devolveré la salud a tu mujer. Si no sale bien de la operación no te cobraré. Esto es lo más que puedo hacer. Tú no regalas ni tu maíz ni tu algodón ni tus puercos, ¿verdad? Entonces, ¿por qué quieres que yo te regale mi trabajo y mis medicamentos?

Mientras este diálogo tenía lugar, Marcelina permanecía tendida en un petate sobre el suelo del pórtico. Los indios que la habían transportado en la camilla se hallaban próximos y discutían en voz baja mientras fumaban sus cigarros.

¿Qué podían hacer? Aun reuniendo todo el dinero que poseían no llegarían a juntar los doscientos pesos, ni siquiera habiendo vendido todos sus borregos. En cuanto a Cándido, no sabía ni cómo ni dónde conseguir el dinero que le pedían.

Habiendo fijado el precio de la operación, y después de cerciorarse de que nadie más lo esperaba en el consultorio, el doctor tomó su sombrero, se lo puso y salió a la calle. Tenía necesidad de asegurarse de que las viejas casas del pueblo se encontraban en su sitio habitual, pero, sobre todo, necesitaba saber si en las tres últimas horas no había ocurrido algún acontecimiento digno de ser comentado en la cantina. Tal vez doña Adelina se habría dado cuenta al fin de que su marido pasaba una de cada dos tardes en casa de la amable doña Pilar, cuya viudez alcanzaba apenas cuatro meses. El hecho de que doña Pilar se regocijara con don Pablo, a pesar de ser hombre casado, no era realmente lo más escandaloso del hecho, lo deplorable era que para ello no hubiera esperado que corriera siquiera un año del duelo que debía guardar por la muerte de su esposo. Todo el pueblo, salvo doña Adelina, naturalmente, estaba enterado de las visitas vespertinas de don Pablo. Como en el pueblo nunca ocurrían cosas sensacionales y como lo único que podía comentarse era algún robo de vez en cuando, los vecinos esperaban ansiosamente el momento en que doña Adelina se enterara de que no era ni la preferida ni la única que tenía el derecho y el placer de consolarse con don Pablo de las tristezas de este pobre mundo. Si dos hombres se encontraban en la cantina, si dos mujeres se cruzaban en el mercado o conversaban delante de alguna puerta, al cabo de breves consideraciones sobre la temperatura llegaban a la obligada pregunta: "¿Se habrá enterado al fin doña Adelina?".

Nadie juzgaba inmorales las visitas extraconyugales de don Pablo porque todos tenían un espíritu bastante sano y normal para admitir que doña Pilar sólo hacía uso de un derecho natural, y como nadie antes de don Pablo se había preocupado por consolar a la solitaria, era él quien había jugado el papel providencial, y en el fondo de sus corazones todas las mujeres casadas de Jovel se regocijaban de que la plaza estuviera ocupada por un extraño y no por sus maridos. Los vecinos no esperaban el escándalo por amor al escándalo, pero deseaban ardientemente asistir a la escena que doña Adelina estaría obligada a representar para salvaguarda de su dignidad. Había, sin embargo, un punto negro. Era muy posible que ella estuviera enterada y que deliberadamente evitara el escándalo. En ese caso, toda esperanza de presenciar un acontecimiento tragicómico se desvanecía.

Antes de ir a dar su vuelta por la plaza, el doctor pasó por la casa de don Luis, el boticario, su mejor amigo y socio, para desearle buenas noches. Cuando el médico y el boticario se entienden bien, los negocios son prósperos para ambos. Por el contrario, si no se entienden, los enfermos aumentan de peso y llegan a viejos y las fábricas alemanas de productos farmacéuticos despiden a sus obreros.

Cuando Cándido vio salir al doctor, volvió a preguntarse qué debía hacer. Decidió ir a ver hacia dónde se dirigía el médico. Ni por un momento se le ocurrió consultar a otro, pues sabía que todos coinciden en el capítulo de los honorarios. Había acudido a aquél porque era el que los indios del pueblo y de los alrededores acostumbraban consultar. Los indios no cambian de curandero más que cuando éste ha matado a alguno de ellos. Entonces ensayan otro hasta la muerte siguiente, y así sucesivamente. Al cabo de pocos meses se han recorrido ya todos los miembros del cuerpo médico y no queda más que volver al primero.

Los indios eran los clientes predilectos de los médicos de Jovel porque pagaban sobre la marcha sin que jamás se les concediera crédito. En el preciso momento en que el indígena cruzaba el umbral del consultorio, y antes de que el doctor le dirigiera la menor palabra, el primero tenía que depositar su peso o sus seis o cuatro reales de acuerdo con la rebaja que el médico acostumbrara hacerle.

Cándido había dejado a Marcelina tumbada en el pórtico al cuidado de sus amigos y se encontraba parado a mitad de la calle, sin saber qué rumbo tomar. Obsesionado con los sufrimientos de su mujer, se dirigió instintivamente a la farmacia más próxima con la idea de que el boticario le diera algún remedio. Guardaba la esperanza de poder comprar con sus dieciocho pesos alguna medicina bienhechora.

Al verlo entrar, don Luis le preguntó:

—¿Qué quieres, chamula, amoniaco o alcanfor?

—¿De qué me servirá eso? Quiero algo para mi mujer, que tiene un dolor muy fuerte del lado derecho del vientre.

Le expuso la situación. Cuando terminó, el boticario le dijo que él no tenía remedio alguno para un caso como ése.

Era un hombre honrado. Por el relato de Cándido se había dado cuenta del mal que sufría su mujer y en su opinión sólo una operación podía salvarla.

—Pregúntale a un doctor —le dijo a Cándido.

En aquel preciso momento entraba el doctor con la intención de que don Luis le enterara de los acontecimientos sensacionales que habrían podido ocurrir en las cuatro horas que hacía no se veían.

—Conozco al chamula —dijo el doctor—, su mujer está tendida en el pórtico de mi casa. Tiene apendicitis; ya le he aplicado hielo en el vientre, aunque ello no habrá de curarla. Si no la opero, morirá. ¿Pero cómo podré operarla si este chamula sólo tiene dieciocho pesos?

El boticario soltó una carcajada.

—Claro está, ¿cómo había usted de operarla por ese precio? Yo tendré que cobrarle bastante por el algodón, la gasa y el cloroformo.

—Ya se lo he explicado —dijo el médico—. Pero dime, chamula, ¿no conoces aquí a nadie que te preste doscientos pesos para salvar a tu mujer?

—¿Quién habría de prestarme a mí doscientos pesos? —contestó Cándido con una voz en la que no traicionaba ni su desesperación ni su emoción. Con una voz tan neutra que parecía significar: "Así es y nada puedo hacer".

—Podrías engancharte para recolectar café en Soconusco. El enganchador no se negará a prestarte los doscientos pesos —sugirió el boticario.

Cándido dijo, sacudiendo la cabeza:

—No, yo no quiero ir al Soconusco, allá hay alemanes, ellos son los dueños de los cafetales. Son más crueles que las fieras de la selva y lo tratan a uno como perro. Eso es imposible, si yo fuera a trabajar a los cafetales, mataría a algún alemán a machetazos si lo viera maltratar a uno de nosotros.

—Entonces, chamula, yo no veo la posibilidad de ayudarte, y tu mujer morirá.

—Ella morirá, sin duda, patroncito —declaró Cándido, en tono tan indiferente como si se tratara de una extraña.

Después, recargándose contra el marco de la puerta, se pasó las manos por los cabellos y lanzó un escupitajo hacia la calle iluminada por unos cuantos faroles que hacían tristes guiños aquí y allá.

Con los codos perezosamente recargados sobre el mostrador, pasándose el cigarro de un extremo a otro de la boca, el boticario lanza también miradas hacia la calle; ésta desemboca a la plaza y su oficina se encuentra justamente en un ángulo. La plaza está sombreada por árboles seculares de tupido follaje. Al oriente se levanta el palacio municipal, al norte la catedral y los dos lados restantes lucen los aparadores iluminados de las tiendas más importantes del pueblo.

El doctor se recargó sobre la caja, sentía la necesidad de descansar de las fatigas de un día de trabajo. Lánguidamente recargó los codos sobre el mostrador y subió el pie derecho sobre un paquete que habían llevado a la botica desde la mañana y que ni siquiera había sido desenvuelto.

—¿Cómo va el asunto de doña Amalia? —preguntó el boticario.

En realidad, don Luis se burlaba locamente de la salud de esa vieja señora que jamás le había confiado ni la receta más sencilla y, si hacía aquella pregunta, era sólo por decir algo. Es un hecho curioso el que la mayor parte de los hombres, cuando son conocidos entre sí, se sienten incómodos si no encuentran algún tema de conversación. Es por ello que cuando se reúnen, dicen tantas tonterías que sus palabras resultan más vacías que las dichas por las mujeres cuando comadrean.

—¿Doña Amalia? —preguntó el doctor—. ¿A cuál se refiere?

—A la que tiene un viejo cáncer en la matriz.

—Pues mire usted, si hubiera que dar crédito a las leyes científicas de la medicina y tener fe en las profecías de los mejores discípulos de Esculapio, haría ya diez años por lo menos que doña Amalia debía estar bajo tierra. Sin embargo, allí la tiene usted con más energías que usted y yo juntos. Debe admitirse que los profanos tienen razón cuando dicen que la medicina está tan avanzada como hace tres mil años. Hablando francamente, yo opino lo mismo.

El médico se preparaba ya a decir otras cuantas verdades filosóficas cuando fue interrumpido por la llegada de un hombre que surgió bruscamente de la oscuridad de la calle.

—¡Ah, don Gabriel! —exclamó el médico—. ¿De dónde sale usted? ¿Vino a dar una vueltecita por el pueblo?

Don Gabriel se detuvo, vaciló un poco y al fin se decidió a entrar saludando:

—Buenas noches, caballeros.

Después, dándose un golpe en el ala del sombrero, se lo echó hacia atrás y dijo malhumorado:

—¡Vaya un lío! Nada más vine a cobrar los cheques de las monterías y resulta que don Manuel no tiene fondos suficientes.

—¿Y no le puede dar él un cheque de su propio banco? —preguntó el boticario.

—Naturalmente, está dispuesto a hacerlo, pero lo que a mí me hace falta es dinero contante y sonante, y él no lo tendrá sino hasta dentro de seis días. Hasta entonces tendré que esperar aquí; eso será perder demasiado tiempo.

Para reforzarle la moral dijo el boticario:

—Voy a hacer un coctelito de esos que sólo nosotros los farmacéuticos sabemos preparar y que tienen la virtud de enderezarlo todo.

Se metió a la rebotica, a la que él daba el nombre de santuario y en donde trituraba las píldoras tóxicas y mezclaba los brebajes mágicos que le ordenaban los facultativos.

—¿Qué espera ese chamula? —preguntó don Gabriel.

—Su mujer tiene apendicitis, es necesario operarla. Ya le he propuesto cortarle la tripa por doscientos desgraciados pesos, sin ello, está condenada. ¿Pero de dónde ha de sacar este muchacho el dinero? —dijo el médico.

Don Gabriel aparentó inmediatamente tomar un interés conmovedor en el caso del indio.

—¿Conoces a alguien que te preste los doscientos pesos?

—No, jefecito, a nadie —contestó Cándido, acentuando su respuesta con otro enérgico escupitajo.

Después aspira plenamente el humo de un cigarrillo y parece considerar el asunto definitivamente liquidado. Don Gabriel era buen cristiano y mejor católico todavía. Observaba religiosamente los preceptos bíblicos y prestaba servicios a su prójimo cada vez que se presentaba la ocasión.

—Óyeme, chamula, yo te prestaré esos doscientos pesos y hasta cincuenta más, y fuera de trato te regalaré dos botellas de aguardiente para que obsequies a los amigos que se prestaron a traer hasta aquí a tu mujer. Porque no los dejarás volver sin mostrarles tu agradecimiento, ¿verdad?

Cándido no sabía ni leer ni escribir. No daba la impresión de ser ni más ni menos inteligente que la mayor parte de sus congéneres. En cambio poseía una facultad más preciosa para la vida corriente que todas las ciencias. Tenía el don natural de discernir lo que podían ocultar las palabras de los hombres y tenía una gran experiencia respecto a sus semejantes y, sobre todo, respecto a los ladinos. Sabía, sin temor a equivocarse jamás, que si un ladino le ofrecía un peso y él tenía la mala fortuna de aceptarlo, tendría que pagar por lo menos diez. Así, pues, no tuvo que vacilar mucho antes de ir al fondo de la cuestión.

—Si ello es a cambio de trabajar en el Soconusco con los alemanes, yo no iré. No lo haría ni por quinientos duros.

En aquel instante, el boticario salió de su santuario agitando un extraño brebaje en un gran vaso, y guiñando los ojos como corneja enamorada dijo:

—Caballeros, he aquí un coctel que no olvidarán en una semana, les doy mi palabra, y no les daría la receta ni por veinticinco pesos. Para que tengan una idea de lo complicada que es, básteles saber que contiene agua de rosas y una cantidad infinitesimal de benjuí.

Pero cuando don Gabriel se hallaba tratando algún negocio, ni la bebida más misteriosa del mundo podía distraerlo de la jugosa ganancia que vislumbraba. Un coctel nuevo es regocijante, pero una ganancia sustanciosa reconforta el corazón.

—¿A Soconusco, con los alemanes? —dijo en tono de asombro—. Muchacho, manito mío, no se trata de cafetales, aquellas gentes no saben pagar y se portan como brutos. Llevan toda la vida el fuete entre las manos y lo dejan caer sobre la espalda de los pobres indios que se mueren por ganar algunos desgraciados reales.

—Tiene usted razón, patroncito, pero ¿dónde conseguiré los doscientos pesos si no es en los plantíos de café?

—¡Yo procuraré engancharte para las monterías, muchacho!

Don Gabriel enrolla un cigarrillo con toda calma.

—Ve a buscar un fiador, sin duda lo encontrarás entre los amigos que transportaron a tu mujer. Dime cómo te llamas y en dónde vives... para hacer el contrato. En cuanto lo hayas firmado, te daré los doscientos cincuenta pesos sin más trámite.

—Harías bien en aceptar enseguida —dijo el boticario—. Ya el doctor te lo dijo, es necesario quitarle a tu mujer el pedazo de intestino podrido antes de dos horas. De otro modo, al amanecer no te quedará más que enterrarla y serás viudo...

—Y tus hijos se quedarán sin madre —agregó el médico, que, como era natural, no perdía de vista sus intereses.

Aun cuando el cerebro de Cándido pasaba por una dura prueba tratando de pesar los pros y los contras de la proposición de don Gabriel, no olvidaba que no era el único interesado en el asunto. Lo dicho por el doctor había llevado su pensamiento lentamente hacia su mujer y sus hijos. Se le presentaba un medio de salvación. Ese medio, al parecer enviado por Dios y sus santos, ¿podía él rechazarlo para evitarse una vida penosa sin cometer con ello un gran pecado? Si se negaba a firmar, dejaría escapar el socorro providencial, condenando a muerte a la madre de sus hijos. Él sería su asesino, pero si aceptaba, pasaría largos años de trabajo en las monterías, lejos de su mujer, de sus hijos y de su tierra. Y si a causa de su negativa su mujer moría, ¿quién podría salvarlo? Su conciencia no lo dejaría en paz. Noche y día el espectro de la muerte lo perseguiría y lo agotaría a reproches. Cándido trataba en vano de resolver el problema. Sin resultado alguno, buscaba una salida.

¿Qué sería de su mujer y de sus hijos durante su ausencia? No, no los abandonaría; dejaría a Dios la responsabilidad de la muerte de su mujer.

Pero Cándido no contaba con la marrullería de don Gabriel, que también había visto la salida por la que Cándido podía escapar. Así, pues, se apresuró a cerrársela.

—¿Quién te ha dicho que deberás abandonar a los tuyos, chamula? —dijo don Gabriel, levantando las cejas con asombro—. Yo nunca he dicho semejante cosa.

Cándido se queda mirando a don Gabriel con la boca abierta y la mirada interrogante. Él no creía en milagros, por lo tanto, no había que considerar como tal el hecho de poder conseguir el dinero de la operación y al mismo tiempo quedarse en su rancho en compañía de los suyos. ¿Cómo podía ser aquello? Evidentemente Cándido no podía comprenderlo con rapidez, era demasiado difícil. Además, antes de que tuviera tiempo de hacer cualquier pregunta, don Gabriel se había adelantado ya a decirle:

—Es muy sencillo, chamulita: traerás a tu mujer y a tus hijos contigo a la montería.

Cándido fue sorprendido por aquella solución, en la que ni remotamente había pensado. Comprendió enseguida que le sería imposible refutarla, puesto que venía a cerrarle la única salida que le quedaba. Por un momento le asaltó la idea de alegar que no podía dejar su tierra, pues ello sería perderla definitivamente, pero sentía que aquel argumento no tendría valor alguno, puesto que don Gabriel le haría notar que nadie quería adquirir su tierra, ni aun cuando se la vendieran sólo en cincuenta pesos, ya que aquello era un erial fácil de encontrar en cualquier momento con la única obligación de pagar cincuenta centavos al catastro; además, don Gabriel no le dejó más que un segundo para reflexionar; inmediatamente le preguntó su nombre, el nombre del lugar en que habitaba y el del amigo a quien elegiría como fiador. Hizo cuidadosas anotaciones en su libreta, se desabrochó el cinturón de cuero que llevaba bajo la camisa y en el que guardaba su dinero, como lo hacen los comerciantes, los traficantes de ganado y los rancheros que viajan.

Don Gabriel sacó del cinturón cincuenta monedas de plata, que contó y colocó en pila sobre el mostrador de la botica.

—Aquí tienes cincuenta pesos adelantados, en cuanto al resto, yo me arreglaré con el doctor, a quien se lo entregaré mañana. ¿Está usted de acuerdo, doctor?

—Seguramente —dijo el médico y, dirigiéndose al boticario, añadió:

—Don Luis, ¿quiere usted preparar esa receta enseguida? —y le tendió un papel sobre el que acababa de trazar algunos jeroglíficos.

—Perfectamente, dentro de diez minutos tendrá usted todo en su casa. Y ahora, caballeros, al fin podremos hacer honor a este coctel en el que he empleado tanto trabajo y talento.

—Excelente —dijo don Gabriel chasqueando la lengua, después de vaciar su copa de un solo trago.

—Todavía queda —dijo don Luis llenando las copas por segunda vez.

Mientras los caballeros cantaban las excelencias del coctel y de su autor, Cándido se ocupaba de colocar los cincuenta pesos entre los pliegues de su faja de lana roja. Hecha esa operación, se deslizó hacia el exterior sin despedirse de nadie y desapareció en la noche.

Cándido encontró a sus amigos en el pórtico de la casa del doctor. Se hallaban agrupados al parecer velando a Marcelina, pero su silencio era tal que Cándido pensó que estaban durmiendo, aun cuando no era costumbre entre los hombres de su pueblo la de hallarse reunidos y permanecer en silencio mirándose entre sí estúpidamente. Por el contrario, cuando los indios del sur se reúnen conversan interminablemente. Hablan hasta bien entrada la noche, y cuando el sueño los vence, algunos suelen despertar cada media hora para hacer comentarios sobre los que duermen. Al día siguiente, apenas abren los ojos empiezan a mover la lengua con gran soltura. Sólo cuando van de marcha, cuando trabajan o están en presencia de algún extraño, los indios se encierran en un mutismo obstinado, feroz y que da la impresión de que se encuentran privados del uso de la palabra o de que están embrutecidos.

Cándido se aproxima al grupo, a la pobre luz de una lámpara de petróleo que desde una ventana alumbra el patio, distingue con dificultad a los hombres, se aproxima a ellos tropezando y se da cuenta de que forman un círculo alrededor del cuerpo de su mujer. De inmediato comprende que algo ha ocurrido. Se sienta al lado del primer indio con que tropieza, lo toca ligeramente en el hombro y le pregunta con voz débil:

—¿A qué hora me dejó?

—Hace más o menos media hora. Despertó y empezó a quejarse horriblemente, enseguida preguntó: “Cándido, mi marido, ¿dónde estás?”. Después se estiró y murió.

Llega el doctor, franquea la puerta y con voz agitada grita hacia donde se encuentran los indios:

—Métanla en el consultorio, voy a operarla.

Y sin detenerse, se dirige a grandes zancadas hacia el interior de la casa. Abre la puerta y llama:

—¡Eh, Rodolfa, maldita gallina dormilona! Mete seis velas en el cuello de seis botellas vacías y tráemelas, voy a operar; tráeme también una cubeta de agua caliente, ¡pronto! ¿Me oíste?

—Voy volando, doctorcito —grita la muchacha desde un rincón de la casa.

El doctor deja abierta de par en par la puerta del consultorio y se alumbra con una vela colocada en un candelerito de peltre al que el esmalte se le ha caído por todos lados. Contra el muro se encuentra un gabinetito en el que se ven hileras de frasquitos llenos de líquidos oscuros y ostentando etiquetas con calaveras. Esos frasquitos producen efectos extraordinarios en la clientela, por ello se les ha colocado en primer término en la vitrina. En la sección inferior del gabinete se encuentran dispuestos los instrumentos, que parecen tijeras y pinzas de un arrancamuelas en vez de instrumentos de cirugía. Mirándolos de cerca se notaba que el niquelado había desaparecido en muchas partes y que muchos de ellos se hallaban oxidados. Después, sobre una mesita medio pintada de blanco y cubierta por un trapo de limpieza dudosa, se veían otros instrumentos de mayores dimensiones, que podrían tomarse por la herramienta de un herrero. No obstante, algunos rastros de níquel notables entre el orín indicaban su oscuro origen.

El doctor se aproxima al gabinete encendiendo un cigarro, saca una botella de considerables dimensiones en cuya etiqueta se lee claramente “Henessy”, la eleva a la altura de la flama de la vela, la transparenta y examina su contenido, vierte más o menos la mitad de un vaso en un cubilete y lo bebe de dos tragos, chasquea la lengua y tose para aclararse el pecho. "¡Diablo! —murmura—. Tendré que comprar otra mañana, ésta se me fue como aceite caliente. A menos que la puerca criada me esté ayudando mientras hace el aseo. En adelante pegaré a la botella una etiqueta que diga *veneno*), así no se atreverá".

Tose fuertemente, se aproxima a la mesa sobre la que se hallan las tijeras, las pinzas y los ganchos de herrero y se aplica a frotarlos con una gasa. Se encuentra como a la mitad de su trabajo cuando se percata de que la enferma está todavía tendida en el pórtico. Se aproxima rápidamente a la puerta y grita:

—¿Qué diablos pasa con ustedes, la van a traer o no?

Nadie responde. Entonces sale, cruza el patio y se aproxima al círculo formado por los indios. Los hombres le miran sin pronunciar palabra. Él se inclina, alumbra con su vela la cara de Marcelina, le golpea las mejillas, le levanta un párpado y dice:

—¡Bien, bien, era de esperarse!

En su rostro se adivina una decepción profunda, se siente en alguna forma frustrado por esta mujer. Todavía con la esperanza de poder tasajear el cuerpo, coloca una mano sobre el pecho de Marcelina, pero la retira vivamente y se da a pellizcarle las mejillas con vigor, sin lograr que afluya a ellas ni una gota de sangre. Entonces interpela bruscamente a Cándido:

—¿Por qué no viniste antes?

—¡Pero, doctorcito, si yo llegué a tiempo! —protesta dulcemente Cándido.

—¡Con un diablo, cierra el hocico, y ustedes, llévensela de aquí!

—Con su permiso, doctorcito, vamos a llevárnosla a la casa.

Cándido acaricia el rostro de su mujer y le cubre con su cobija el pecho descubierto. Los otros indios enredan el cuerpo en el petate en que yacía, lo atan como a un bulto y lo colocan sobre la camilla improvisada. Cándido se adelanta hacia el portal y muestra el camino a los otros.

Los indios se disponen a salir cuando el doctor llama a Cándido:

—Oye, muchacho, ¿es que piensas irte sin pagar tus deudas?

Cándido se regresa.

—Me olvidaba, doctorcito. Perdóneme, ¿cuánto le debo?

—Cinco pesos por la primera consulta y cinco por el examen *post mortem*, esto es, por haber verificado la muerte.

—Perdone, doctor, pero usted no la curó, usted nada hizo por aliviarla de su mal.

—¿No la examiné cuidadosamente y te dije que necesitaba operarla?

—Sí, jefecito.

—Bien, ¿a eso no le llamas tú trabajo?

—Ciertamente, doctorcito, fue trabajo, pero trabajo que para nada sirvió. Como usted ve, ella ha muerto a pesar de todo.

—Amigo, yo tengo otras muchas cosas que hacer que no son discutir contigo. O me pagas los diez pesos que me debes o te meto a la cárcel. ¿Está bien claro? Además, el cuerpo de tu mujer no saldrá de aquí hasta que no hayas pagado tus deudas. Yo soy un hombre decente y tengo los mejores sentimientos para con los indios, especialmente contigo. Cualquier otro médico te habría cobrado diez pesos más por haber tenido a tu mujer en su patio. Tú no ignoras que me veré obligado a hacer limpiar con creolina el sitio donde ella murió. Es orden de las autoridades sanitarias que yo comando, y bien sabes que nadie va a regalarme el desinfectante.

El doctor tendió a Cándido una mano bien abierta para hacer comprender que nada más tenía que agregar y que la mano abierta debía ser llenada. Cándido comenzó a desenrollar su faja de lana y a sacar de ella diez pesos que depositó uno tras otro en la mano del doctor. Mientras contaba el dinero y pensaba lo que a él le costaba ganar cada peso vendiendo en el mercado el producto de su miserable tierra, sus amigos, encargados del cadáver, franqueaban la puerta. Iban a esperar a Cándido en la calle.

Las agencias de inhumaciones se hallan abiertas día y noche, pues el clima exige que un cadáver sea enterrado en doce horas y con frecuencia antes.

Así, pues, Cándido encontró fácilmente una agencia abierta. El más barato de los ataúdes era una caja de madera rectangular mal pintada de negro, pues como el artesano recibía de la empresa un salario risible, se conformaba con dar unos cuantos brochazos, dejando en muchos sitios la madera al descubierto y la base de la caja desprovista por completo de pintura.

—Ese ataúd cuesta cuatro pesos —dijo el dependiente.

—Está bien, lo tomo.

—Pero me temo que sea muy chico para la mujer —agregó el dependiente al ver que a Cándido le quedaba dinero para comprar uno más caro.

Uno de los indios tomó con los brazos la medida del cuerpo y la del ataúd y declaró:

—El ataúd está de buen tamaño, Cándido.

El comerciante siente que está a punto de perder una venta mejor, y golpeando cariñosamente el hombro de Cándido le dice:

—Escucha, chamulita, tú no puedes enterrar a la madre de tus hijos en un ataúd tan feo como ese. ¿Qué pensará la Virgen Santísima cuando la vea en él? Es muy capaz de no dejarla entrar al cielo, y yo no creo que tú estés dispuesto a dejar que tu mujer se quede en la puerta del paraíso haciendo compañía a los pecadores, bandidos y asesinos. Esta caja que pretendes comprar es la que se destina a los cadáveres de desconocidos a quienes se encuentran en los caminos. Mira en cambio cómo es bonito este otro ataúd. No te estoy obligando a que lo compres, pero cuando menos, míralo. ¿No crees que tu mujer descansará mejor en él? Y te aseguro que cuando la Santísima Virgen mire esta preciosa caja, se adelantará a dar la mano a tu mujer para conducirla al cielo ella misma. Ello es seguro, puesto que inmediatamente verá que la difunta no es una pecadora perdida, sino una buena cristiana que ha recibido el bautismo. Porque supongo que a tu mujer la habrán bautizado.

—Sí, patroncito, cuando era chiquita.

—Entonces no puedes enterrarla en ese ataúd tan corriente. La otra caja está bien clavada, bien pintada de negro por fuera y de blanco por dentro, forrada de papel picado, de papel de china muy fino.

—¿Cuánto cuesta? —preguntó Cándido.

—Veinte pesos, chamulita.

Cándido lo mira espantado. Inmediatamente el dependiente abandona su tono comercial y le dice con una voz plena de compasión:

—Es duro, mi amigo, es duro perder a la esposa. Yo lo sé mejor que otros porque he enviudado dos veces, y como te considero, voy a cobrarte diecisiete pesos solamente. A ese precio yo nada gano. Te juro por la Virgen Santísima que yo pago por él dieciséis cincuenta.

Empiezan a regatear, y cuando finalmente el indio puede extender el cuerpo de Marcelina en el fondo del ataúd es porque ha desembolsado trece pesos. Todavía tiene que comprar velas benditas y el aguardiente necesario para que sus amigos no se vayan con la garganta seca.

II

Desde el día en que su mujer cayera enferma hasta una semana después de su muerte, Cándido había vivido en una especie de aturdimiento. Sus pensamientos se habían detenido, su sensibilidad se había embotado.

Al comprar el hermoso ataúd, las ceras y los cinco litros de aguardiente para honrar a sus amigos y a aquellos que habían llegado a darle el pésame, Cándido había hurgado su cinturón sin pensar un solo instante en la forma en que había conseguido el dinero que contenía y mucho menos aun en las consecuencias que para él tendría la posesión y dilapidación de aquella suma. De no haber tenido un solo centavo en la bolsa, ya se habría procurado los medios para enterrar a su mujer decentemente. En todo caso, habrían enrollado a Marcelina en dos petates y entre sus amigos y hermanos de raza lo habrían ayudado a tumbar un árbol y a sacar de él algunos tablones para hacer la caja. Cándido había comenzado a gastar, sin pararse en cuentas, a partir del momento en que el médico le había exigido el pago de los diez pesos, bajo amenaza de retener el cadáver de Marcelina si no le eran entregados. Amenaza vana, además, ya que el doctor no habría podido detener el cuerpo más de diez horas, al cabo de las cuales hubiera tenido que ocuparse de que el municipio lo enterrara. Pero Cándido no había vacilado en mermar su peculio. La idea de abandonar el cuerpo de Marcelina en casa del doctor, de regresar a la suya y de mostrarse ante sus hijos sin haberles traído a su madre viva o muerta, le horrorizaba. A partir de ese momento, y como presa de un vértigo, había continuado sus prodigalidades.

Aunque escrupulosamente honesto, habría dilapidado en aquel momento hasta fondos ajenos que le hubieran sido confiados, pues su dolor era tal que le impedía discernir lo malo de lo bueno, lo justo de lo injusto. Durante las tres semanas que siguieron a la muerte de su mujer ni por un instante se le ocurrió pensar que esos dispendios decidirían su suerte. En la colonia el dinero era inútil, puesto que la tierra producía lo indispensable para no morir de hambre, pero era necesario comprar tres cerdos de leche. Esos animalitos son tan indispensables para la subsistencia de los campesinos indígenas como lo son las vacas para los campesinos de Dakota o de Minnesota... Para mala suerte, Cándido, al tratar de desenterrar una piedra, había quebrado su machete tan cerca del mango, que lo que quedaba de la hoja no servía para nada. Hizo sus cuentas: un machete nuevo le costaría tres pesos, en cuanto a los cerditos, los hallaría en cuatro reales cada uno, si se echaba a buscar los más pequeños que hubiera en el mercado de Jovel. En total, necesitaría cuatro pesos y medio.

El día de mercado se decidió y reunió la cantidad que necesitaba. Como todos los indios de su raza, él tenía la costumbre de envolver su dinero en un trapo y enterrarlo en el suelo de su jacal. Cuando les es necesario sacar algunos centavos, desentierran el hatillo, los sacan y vuelven a enterrarlo, pero en sitio diferente, generalmente bajo el fogón. Cándido excava, saca su envoltorio y no puede contener un grito de asombro al encontrarse ante la vista de veintiséis pesos.

En los últimos días había ido poco a poco sacudiendo su estupor. Los trabajos del campo, urgentes por la proximidad de las lluvias y el cuidado de sus dos niños, lo habían vuelto a la realidad. Como la lucidez de sus ideas había desaparecido cuando llevara a su mujer a Jovel, todo lo que le había ocurrido a partir de aquel momento, sus gestiones en casa del doctor y del boticario, le parecían una pesadilla y no recordaba más que los dieciocho pesos que economizara en otro tiempo. Su estupefacción no duró más que un minuto. Bruscamente se dio cuenta de las circunstancias que rodeaban sus riquezas, de los gastos que había hecho y de que no sólo había perdido a su mujer, sino que había empeñado su libertad para siempre. Él se había convertido en la propiedad, en el esclavo de don Gabriel, que lo mandaría a las monterías arrancándolo de la tierra en que reposaba Marcelina.

Le asalta la idea de huir lejos con sus dos hijos: pero dos consideraciones lo retienen enseguida, uno de sus hermanos de raza era su fiador y, si él, Cándido, faltaba a su promesa, sería su amigo el que tendría que ocupar su lugar, y él no podía hacer semejante cosa. Además, si huía, tendría también que separarse de esa tierra que era la carne de su carne. Por lo tanto, no le quedaba más que esperar el día en que los rurales llegaran a buscarlo para obligarlo a ir a las monterías. Tenía la esperanza, bien lejana, de que tal vez don Gabriel lo hubiera olvidado. Era posible, puesto que no le había enviado los doscientos pesos, a los que el doctor no tenía derecho alguno, por lo tanto, don Gabriel tampoco había cumplido con el contrato.

Al día siguiente, Cándido emprendió la marcha con sus dos hijitos, sin esperar siquiera a que saliera el sol. Sobre la espalda llevaba una carga de maíz. El mayor de los niños se encorvaba bajo el peso de una paca de forraje y el chiquito cargaba un costal lleno de lana. Cándido pensaba vender sus productos en el pueblo y con lo que le dieran por ellos comprar sal, azúcar y una pieza de manta. Por precaución llevaba cinco pesos consigo.

Cerró rápidamente sus operaciones, obteniendo de ellas, como de costumbre, una suma irrisoria. Enseguida compró los cerditos y los echó en un costal, colocándoselo a la espalda. Los animalitos chillaban y lo golpeaban con sus patitas, con gran regocijo de Cándido, que sabía que aquella vivacidad era signo de buena salud y que sería fácil criarlos. Después se dirigió a la quincallería El Globo para comprar un machete nuevo. Dejó en la puerta el costal y encargó a los niños cuidarlo, y penetró en la tienda con timidez y embarazo tales, que en vez de parecer un cliente con dinero dispuesto a beneficiar al comerciante con sus compras, parecía un mendigo vergonzante al que habrían de recibir a patadas.

Apenas había entrado en la tienda cuando oyó que lo llamaban.

—¡Ah, chamulita! Mira, justamente te andaba buscando.

Cándido levantó la vista y descubrió a don Gabriel, el enganchador, el embaucador.

Como todos los ladinos, don Gabriel se pasaba el día ya en una tienda, ya en otra, conversando con los comerciantes, en busca de caras conocidas. Entre visita y visita hacía un viaje a la cantina para humedecerse la garganta y discutir con sus amigos. Se daba cuenta de que sus opiniones sobre política tenían una importancia considerable. Cuando se había refrescado a su gusto, regresaba a sus ocupaciones y así pasaba el día. Entonces tenía un buen pretexto para regresar a la cantina y no contentarse solamente con una modesta copita, por lo menos merecía media docena. Después salía a dar una vuelta por la plaza hasta que llegaba la hora de cenar. Como la cena no podía pasarse sin una buena cantidad de líquido, se imponía una nueva visita a la cantina. El trabajo de los verdaderos caballeros, indispensable para la marcha de la civilización, es intermitente. Ellos saben mezclar los asuntos serios con las cosas placenteras de la vida, mientras hacen trabajar a los que no son caballeros y, por lo tanto, no están en posibilidad de vivir sin hacerlo.

Fue en uno de esos brevísimos períodos de actividad, que generalmente duran sólo unos minutos, en el que había sabido embaucar a Cándido atándolo con un contrato cuyos beneficios se le presentaba la ocasión de reclamar en otro de esos instantes. El hecho de recorrer las tiendas y dejar pasar las horas inútilmente no resultaba tan improductivo como hubiera podido suponerse, pues ya vemos que si don Gabriel no hubiera estado ocioso en apariencia en la quincallería, no habría encontrado a Cándido y no hubiera podido tratar con él aquel importante asunto.

—Oye, chamula, no se te olvide que el grupo sale para las monterías el lunes y que tú formas parte de él.

—Pero, patroncito, si yo no hice uso del dinero, mi mujer murió antes de que el doctor llegara.

—Los doscientos pesos están a tu disposición. Puedes pedírselos al boticario cuando quieras.

Claro que el dinero no se encontraba ni en la farmacia ni en parte alguna, pero don Gabriel pensaba que si Cándido reclamaba aquel dinero del que ya no tenía necesidad, tendría tiempo de depositarlo o de hacérselo olvidar a fuerza de buenas palabras.

Cándido resistió débilmente diciendo:

—No, jefecito, puesto que yo no he tomado el dinero, no existe contrato para las monterías.

—Tomaste cincuenta pesos, ¿sí o no?

—Si, pero se los puedo devolver.

Don Gabriel se desconcertó por un instante, tenía miedo de perder a su hombre, pero se repuso inmediatamente con el pensamiento de que era imposible que el indio tuviera los cincuenta pesos, ya que había pagado al doctor y comprado el ataúd. Por otra parte, estaba seguro de que nunca había podido ahorrar tanto.

—¿Te has creído que voy a hacer caso de tus estupideces? Aunque me devolvieras los cincuenta pesos no estarías libre de tus obligaciones. Tú firmaste el contrato ante testigos y también recibiste un adelanto delante de testigos. Aunque sólo hubieras tomado tres pesos, sería igual: la obligación no puedes quitártela, o ¿quieres que te lleve a la comisaría para que allí te digan cuál de los dos tiene razón?

Cándido no contestó y un nuevo temor asaltó a don Gabriel.

—¡Ah, no, eso sí que no! Como intentes escaparte...

Inmediatamente Cándido comprendió lo que ocurriría. De un salto ganó la puerta, y sin duda habría podido huir si no hubiera llevado consigo a sus hijitos, a quienes no podía dejar abandonados en el pueblo. Les gritó para que lo siguieran, pero ya don Gabriel había tomado a cada niño por un brazo y con voz estentórea gritaba:

—¡Policía, policía, acá!

El Palacio Municipal estaba justamente al otro lado de la plaza. La cuarta puerta correspondía a la comandancia de Policía, y en ella se veían constantemente agentes en espera de órdenes. A los gritos de don Gabriel, acudieron tres de ellos garrote en mano.

—¿Qué pasa, don Gabriel? ¿Le han robado esos muchachos?

—Llévense a este par de piojosos a la comisaría y enciérrenlos; ahora mismo voy a hablar con el jefe.

—Muy bien, don Gabriel, a sus órdenes —dijeron los policías servilmente, arrastrando a los niños que gritaban aterrorizados: "¡Tata, tata, papacito!".

A pesar de su carga, Cándido había logrado alejarse bastante, casi había atravesado la plaza pensando que sus hijos lo seguían, pues sabía que eran listos y estaban acostumbrados a corretear a las liebres y perseguir a las iguanas. Pero al oírlos gritar, se volvió y vio que los llevaban al cabildo. No le quedó más que regresar. Al verlo aproximarse a la puerta de la comandancia, los policías soltaron a los niños, que se lanzaron hacia él prendiéndosele a las piernas en demanda de protección. Un hombre sentado frente a una mesa miraba profundamente aburrido hacia la plaza, sin duda porque no tenía nada mejor que hacer.

—¡Alto allí, chamula! Espérate a que venga don Gabriel, que parece tener algo contra ti.

A lo largo de los muros del pórtico se hallaban dos largas bancas de madera en las que los delincuentes se sentaban resignadamente a esperar a que los llamaran.

En el gran edificio se hallaban no solamente los servicios municipales, sino el consejo municipal, la policía, el juez civil, el juez de instrucción, las autoridades locales y los representantes del Estado, las oficinas del fisco y todavía había sitio en el patio para los calabozos que formaban la cárcel.

Los policías que esperaban órdenes se hallaban sentados a la entrada en uno de los bancos. Cándido se detuvo algunos segundos en el vestíbulo. Nadie pareció prestarle atención. Lentamente se dirigió hacia el patio y se sentó en un rincón.

No podía pensar siquiera en escapar con aquellos policías obstruyendo la salida. Pasó un cuarto de hora, al cabo del cual llegó don Gabriel sin darse prisa, entró a la oficina y preguntó al empleado somnoliento:

—¿Está allí don Alejo?

Don Alejo era el jefe de la policía.

—Ahorita no está, don Gabriel, se fue a tomar un aperitivo con el diputado, pero no se tarda.

—Bueno, en ese caso, regresaré. ¡Hasta luego!

—A sus órdenes —dijo el escribiente inclinándose.

Don Gabriel salió del cuarto y lentamente lio un cigarrillo. Recorrió el patio con la mirada y se dignó descubrir la presencia de Cándido metido en su rincón.

—Métete esto bien en la cabeza, chamula: a mí ni tú ni nadie se me escapa de las manos. Cuando cojo un pescado lo agarro bien.

Luego ofreció su cigarrera a los policías, que tomaron un cigarro y le dieron las gracias cortésmente.

Antes de alejarse don Gabriel, dijo todavía:

—¡Cuídenme bien al chamula, muchachos!

—No tenga cuidado, don Gabriel, no se salvará.

Cándido tira del costal en que guarda los cerditos, lo abre y acaricia a los animalitos que tratan de salirse chillando.

—Quietos, quietos —y dirigiéndose a sus hijos añade—: Están muy vivos, crecerán hasta ser unos puercos muy grandes.

—Sí, tata —responden los niños—, son unos puerquitos muy bonitos.

Cándido saca cinco centavos de su faja y se los da al mayor de los niños, diciéndole:

—Toma, vete a la esquina del mercado y compra este quinto de maíz para darles de comer a los animalitos, tienen hambre.

Angelino obedece y regresa al cabo de algunos minutos con el faldoncito de su camisa lleno de maíz. Porque aunque el dinero de los indios tenga exactamente el mismo valor que el de los ladinos, jamás se les da a aquéllos ni un pedazo de papel, ni una bolsa en que guardar lo que compran. ¿Para qué semejante generosidad? Ellos bien pueden guardar sus efectos en el sombrero, en los faldones de la camisa o en las puntas de la cobija. Los indios no pueden esperar atención alguna de los comerciantes, aun cuando sin las compras de los campesinos indígenas, el comercio se arruinaría y los comerciantes del pueblo se verían obligados a cerrar sus puertas, porque los indios que llegan a Jovel cada semana o cada quince días para comerciar son veinte o veinticinco mil, es decir, el doble de la población de la ciudad que ellos sostienen.

Los cerditos se lanzaron vorazmente sobre el maíz, ante el gran contento de Cándido y sus hijos. Mientras tanto, el comandante había llegado. No prestó atención alguna a los indios amontonados en el rincón del patio, ya que constantemente éste se hallaba lleno de los que venían a arreglar algún asunto o que sencillamente entraban a descansar o a esperar a algún amigo al que le habían dado cita allí para regresar juntos a su pueblo.

Unos minutos después, don Gabriel apareció.

—¿Cómo está usted, don Alejo?

—Regular, don Gabriel.

—Don Alejo, allí en el patio está un chamula a quien quiero que encierre hasta el lunes, yo pagaré su comida.

—¿Por qué motivo, don Gabriel? Ya sabe usted que es necesario formular una acusación. Sin ello no puedo encerrar a alguien, porque hay que hacer constar en el registro...

—Ruptura de contrato, o más bien intento de ruptura.

—Bien, ¿cómo estuvo?

El comandante da una orden:

—¡Un hombre!

Uno de los policías se precipita hacia la puerta, saluda militarme y dice:

—A sus órdenes, mi jefe.

—Tráigame al chamula de don Gabriel.

El policía regresa a la puerta, y con el mismo tono imperante empleado por el comandante, grita:

—¡Hey, chamula, ven acá, de prisa! ¡O voy a traerte!

Cándido se endereza, mete a los cerditos en el saco, lo cierra, se lo carga a la espalda y se dirige hacia donde está el policía.

—¿Qué traes en ese costal, chamula? —pregunta el comandante.

—Unos puerquitos que quiero engordar, patroncito.

—Bueno, puedes tenerlos en el patio contigo.

El jefe se vuelve hacia los niños cargados de paquetes y que tratan de ocultarse tras las piernas de su padre.

—¿Y esos chamacos?

—Son míos, patroncito, y humildes servidores de usted —respondió Cándido cortésmente.

Don Alejo mira a don Gabriel.

Don Gabriel no muestra el menor embarazo.

—Lo mejor será que los encierre usted a todos juntos, don Alejo. Los chamacos no pueden regresar solos al rancho.

—Tiene usted razón, don Gabriel. Pero ¿qué hará usted con ellos el lunes cuando el padre parta para las monterías?

Don Gabriel se suelta riendo.

—Sí, es verdad, su madre ha muerto, yo creo que la única solución es mandarlos a las monterías con su padre.

El comandante hace un gesto de asentimiento, mira a los niños distraídamente, como si otras mil preocupaciones asaltaran su espíritu, y dice:

—En efecto, don Gabriel, yo creo que es la mejor solución, la más humana. No hay derecho alguno para separar a los niños de sus padres. Ahora que hemos resuelto el asunto, creo que podremos ir y tomar una copita a la cantina de don Ranulfo.

Una vez en la calle, don Gabriel le dice al comandante:

—Ya sabe usted, don Alejo, que yo gano, pero dejo ganar a los demás.

—Bien lo sé, don Gabriel, y sobre eso quisiera yo decirle dos palabras.

—Diga, don Alejo, ya sabe usted que yo siempre estoy a su disposición.

Entran en la cantina.

—Esos niños —dice el comandante— están sanos y fuertes. ¿Por qué no hacerlos vaqueros o pastores? Pueden trabajar al lado de su padre y ayudarlo, como es su obligación y como Dios lo manda.

—Soy de la misma opinión, don Alejo, sobre todo porque arrancarlos del lado de su padre sería una crueldad imperdonable, un pecado por el que no hallaríamos perdón.

—Salud, don Gabriel.

—A su salud, don Alejo.

El comiteco les aclara la garganta. Don Gabriel chupa un limón para atenuar el fuerte sabor del alcohol. Después ordena:

—¡Llénelas otra vez, don Ranulfo! Aquí tiene usted a dos caballeros muertos de sed en el desierto.

Mientras don Ranulfo se vuelve para tomar la botella, don Gabriel murmura al oído de don Alejo:

—Veinticinco pesos, ¿eh? Yo creo que con eso dejamos arreglado el asunto.

—Aceptado, don Gabriel. Ya sabe que estoy para servirle.

El policía se guarda el dinero, vacía de un trago su copa y se echa una poca de sal en la palma de la mano que hace desaparecer de un lengüetazo.

—¡Mal rayo! Necesito darme prisa. Perdóneme, don Gabriel.

—Hasta luego, don Ranulfo.

Y saludando amistosamente al cantinero sale.

III

El lunes siguiente los indios se pusieron en marcha. Eran treinta y cinco, contando a los dos hijos de Cándido. Cuatro mujeres formaban parte de la caravana. No habían querido dejar a sus maridos y los seguían valientemente a las monterías, prestas a afrontar las peores fatigas para portarse como buenas compañeras. Antes de llegar a la maleza, se les habían ido reuniendo pequeños grupos aislados de trabajadores pertenecientes a los pueblos o ranchos por donde pasaban y que don Gabriel había enganchado anteriormente, y esperaban el paso de la caravana para sumarse a ella. A cada kilómetro, la caravana aumentaba.

Al dejar el último pueblo, antes de llegar a la región desértica, se contaban ciento veinte hombres, catorce mujeres y nueve niños menores de doce años. Los que eran o parecían mayores trabajaban como los adultos pero sólo ganaban medio salario.

Al pasar por un pueblecito, tres hombres de aspecto extraño vinieron a sumarse a las filas. Habían pedido a don Gabriel que los llevara a las monterías. Don Gabriel los había contemplado largamente antes de decidirse a contratarlos.

—Sea —había dicho al fin—. Si están ustedes decididos a trabajar seriamente, creo que podré darles trabajo.

A decir verdad, hubiera querido abrazarlos. Tres mocetones robustos como aquéllos eran un regalo inesperado. Sobre todo cuando no había necesidad de adelantarles dinero ni de hacer gasto alguno en ellos, salvo las pocas raciones de frijoles negros que comerían en el camino. En cambio cada uno de ellos le rendiría una comisión de cincuenta pesos. Aquél podía considerarse dinero caído del cielo. Apuntó los nombres que le dieron sin poner en duda ni un momento su autenticidad. A caballo dado...

Los tres hombres eran gallardos. De su aspecto podía deducirse que ya tenían algún tiempo de rodar por aquella región. Carecían en absoluto de equipaje, en tanto que todos los indios de la caravana, hasta los más pobres, iban llenos de bultos, lo que denunciaba que venían de algún hogar.

—Ustedes parecen estar muy cansados y desprovistos de todo —dijo don Gabriel.

En el fondo decía eso únicamente por decir algo enfrente de los capataces y por justificarse anticipadamente del reproche que podrían hacerle por haber reclutado vagabundos o tal vez escapados de la justicia. Sabía de antemano la explicación que los hombres le darían y la escuchó con cierto placer.

—Esperábamos que usted pasara, patrón. Sabíamos bien que tendría que pasar por aquí, pero ignorábamos qué día y, para poder vivir, mientras tanto hemos tenido que vender todo lo que teníamos.

—Sí, claro, es natural —contestó don Gabriel—. Como ustedes comprenderán me es muy difícil precisar mi itinerario. A veces hay que detenerse en algunos sitios y ello retarda la marcha. Los tomaré conmigo, pero entiendan bien que lo hago por caridad y porque soy muy buen cristiano y no podría por ningún motivo dejar morir de hambre en la maleza a hombres que están decididos a vivir trabajando honestamente. Así, pues, haré todo lo posible por encontrarles trabajo en las monterías, sólo que no sé si lo logre, porque en las monterías hay muchísima gente, un sinfín de gente que no puede ser ocupada. Así que ya lo saben.

Don Gabriel agregó a su lista los nombres siguientes: Martín Trinidad Castelazo, Juan Méndez y Lucio Ortiz. Don Gabriel era tan hábil en negocios como buen conocedor de hombres. Se cuidó bien de no registrar los contratos de los recién enganchados en Hucutsin como debiera haberlo hecho. No hizo compromiso alguno con ellos y juzgó perfectamente inútil presentarlos al presidente municipal, ya que es difícil registrar contratos que no existen. Les aconsejó que se encaminaran directamente al campamento situado fuera del pueblo y que no se mostraran inútilmente.

Conocía de manera perfecta el mundo y sabía que aquellos tres no pretenderían evadirse. Lo que hicieran llegando a las monterías poco le importaba, pues él ya habría recibido su comisión.

A la entrada de Hucutsin, sentada al borde del camino, esperaba una india joven. Iba descalza y llevaba un paquete voluminoso bajo el brazo. Cuando divisó a los primeros hombres de la caravana salir de la espesura se subió a un montón de tierra para poder mirar mejor desde allí a la fila de caminantes. Examinó de una mirada a los que iban pasando. Los hombres avanzaban encorvados bajo el peso de sus cargas, fatigados, cubriéndose en parte la cara con las manos que llevaban en alto para aflojar un poco la presión de la correa de cuero que les ceñía la frente. Era una banda larga y dura de la que pendía la carga que llevaban sobre la espalda, la cual les hacía hervir la cabeza después de tantas horas de marcha a través del terreno montañoso. Era como un cerco de acero que se estrechaba más a cada instante.

La joven indígena miraba atentamente a cada indio que pasaba. Había desfilado ante ella casi la mitad de la columna, ya su rostro expresaba una gran desilusión, cuando de pronto brilló en sus ojos un rayo de esperanza. Enderezó el cuerpo bruscamente, levantó los brazos al cielo y gritó:

—¡Cándido, hermanito!

Cándido, doblado en dos, renqueando, con la cabeza inclinada sobre el camino, experimenta un sobresalto. Por un momento da la impresión de haberse quedado clavado en un lugar, después reemprende la marcha vacilante. Sus hijos van en la misma fila que él y siguen todos los movimientos de su padre, con el deseo secreto de ser considerados como iguales por los hombres de la caravana.

Cuando la muchacha se da cuenta de que el hombre a quien había llamado sigue su camino sin mirarla, corre tras la caravana para encontrar a su hermano. Próxima a él, grita nuevamente:

—Cándido, hermanito, ¿no me conoces?

Entonces Cándido se endereza, se detiene y mira a la joven estupefacto. Los niños dejan caer los bultos que se les han encomendado y se precipitan hacia la muchacha gritando gozosos:

—¡Tía Modesta! ¡Tía Modesta!

Cada uno le toma una mano y se la cubre de besos. Los indios han continuado su marcha, sólo los más próximos a Cándido se han dado vagamente cuenta de la escena, pero todos están lo bastante fatigados para interesarse en algo que no les afecta personalmente.

Cándido se sale de la fila. Se arrodilla para desembarazarse con mayor facilidad de su carga. Cuando ésta toca el suelo, se oyen débiles chillidos de los cerditos, que no había podido dejar, y a los que llevaba consigo, ya que no le había sido dado volver al sitio donde quedara enterrada su mujer, como hubiera querido, para hablar con sus vecinos y amigos y encargarles los pocos bienes que dejaba abandonados.

Cándido se endereza, levanta la cabeza y es hasta entonces que reconoce a su hermana, sin estar todavía muy seguro de que es la misma en carne y hueso. Se convence ante el gozo y la excitación de los niños, que quieren a su tía con el ardor que los pequeños suelen poner en el cariño que profesan a las personas de su familia más jóvenes que sus padres y que acostumbran mimarlos más que ellos.

Modesta era la más joven de sus hermanas. Él era el mayor y tenía una marcada preferencia por la muchacha, a quien se la había mostrado sobre todo cuando a la muerte de su padre se había hecho cargo de la familia.

Su madre había muerto de viruela, dejándolo absolutamente solo al cuidado de Modesta, ya que las dos hermanas mayores se habían casado y habían seguido a sus maridos a sus respectivos pueblos.

Modesta había insistido en que Cándido se casara, pues, a causa de ella, él no se decidía. Cuando al fin se decidió a tomar mujer, a buscar un pedacito de tierra y a establecer una familia, tuvo de antemano el cuidado de colocar a Modesta como sirvienta en la casa de un comerciante de Jalotepec, que le pagaba solamente dos pesos al mes, pero que le permitía ir a visitar a su hermano cada quince días. Muchas veces la visita podía ser sólo una vez al mes, porque la patrona, como todas las patronas, descubría siempre a última hora algún quehacer urgente, o tenía visitas o esperaba a algunos amigos. Pero aquellas visitas, aunque fueran raras, eran suficientes para estrechar aún más los lazos que unían a Modesta con su hermano y su cuñada. Cuando Cándido tuvo su primer niño, ella consagró su vida a su hermano y a su familia. Para ella la vida no comenzaba sino cuando se encontraba en su casa, en el jacal miserable que había construido, junto al que la casa de sus patrones habría pasado por un palacio. Todo hacía prever que Modesta no se casaría nunca, a fin de dedicarse por entero a Cándido y a los suyos.

Los rezagados seguían a distancia. Tras de ellos, Epitacio, el capataz, montado a caballo, cerraba la marcha y los forzaba a reunirse con los otros.

—¡Anda, chamula, no te atrases, corre! —le gritaba a Cándido—. Ya llegamos, el campamento está cerca. Allí podrás enroscarte a tu gusto y descansar. ¡Ándale, camina!

Hace restallar su látigo y repite las mismas frases a otro rezagado.

Cándido se ajusta las correas alrededor de la frente y se endereza. Los niños cogen nuevamente sus bultos. Modesta corre hacia el sitio en el que ha dejado su envoltorio, se lo coloca debajo del brazo y se reúne con su familia.

—¿Vas a Hucutsin, hermanita? —pregunta Cándido, avanzando penosamente.

—Sí, hermano, allá voy.

—¿Has encontrado allá un buen trabajo? Dicen que Hucutsin es muy grande, más que Chamo, tan grande como Vitztan. Creo que allá te pagarán mejor que en casa de doña Paulina.

Modesta no contestó. Apretaron el paso para lograr reunirse a la caravana, que ya atravesaba el pueblo. Los habitantes se paraban frente a sus casas para ver pasar a los indios con el mismo placer con que en otro tiempo vieran desfilar un regimiento, porque aquella fila de indios signficaba para ellos negocios fructíferos. Su pueblo era el último antes de llegar a la selva. Es decir, para los indios representaba la última oportunidad de comprar lo que necesitaban, con lo que dejarían allí el dinero que les habían adelantado. A partir de entonces no volverían a ver un centavo sino hasta la expiración de su contrato. En la montería no había qué comprar y la moneda no tenía valor alguno. Por ello todos gastarían cuanto poseían. Y era así como se explicaba el gozo de los vecinos del pueblo.

La columna debía atravesar el pueblo para dirigirse al campamento, situado en las afueras, en una pradera pobre en la que la hierba se perdía a medias entre las piedras. Enseguida se llamaría a los trabajadores para llevarlos al cabildo, en donde el alcalde debía visar los contratos. Sólo después de llenada esa formalidad, eran libres de pasearse y de hacer sus compras.

Cándido se reunió a la fila, junto con Modesta y los niños. Cuando hubieron dejado atrás las últimas casas y el cementerio para alcanzar el campamento, Cándido preguntó:

—¿En dónde está, pues, la casa en que vas a trabajar? Creí que sería alguna de las grandes que se hallan en la plaza.

Modesta contestó con voz suave, algo plañidera:

—¡Caray, cómo pesa este paquete! Felizmente ya llegamos.

Cándido se puso a hacer la hoguera.

—Déjame que te ayude, hermano, yo descansé mucho tiempo y estoy menos fatigada que tú.

Saca un comal, la olla y se dispone a hacer el café y a calentar las tortillas.

—Ustedes, niños, vayan a buscar leña y a traer agua.

Cándido, sentado en el suelo, se pone a enrollar un cigarrillo. Mira a su hermana por unos momentos y después se levanta y dice:

—Voy al pueblo a comprar maíz para los puerquitos, tienen hambre.

Levanta un palo que está caído cerca de ellos, lo mete en la tierra y amarra a él a los cerditos. Los animalitos, que habían estado apretados dentro del costal sobre la espalda de Cándido durante todo el camino, dieron chillidos de placer al pisar el suelo, hozaron, rascaron con las patas y empezaron a disputarse las raíces que encontraban.

Al cabo de algunos unos, Cándido regresó con un puñado de maíz y se los dio, divirtiéndole la forma en que se atropellaban. Después aspiró fuertemente el humo de su cigarro y dijo:

—¡Cómo son glotones mis cochinitos! Pronto serán unos puercos bien gordos.

Después levanta la cabeza y parece despertar de un sueño. Mira a su hermana afanarse junto al fuego y se diría que todavía no comprende por qué se encuentra allí y cómo vino.

—¡Ya está listo! ¡Muchachos, hijos, vengan acá! —grita a sus sobrinos, que se encuentran un poco retirados, cerca de otra hoguera, en donde un indio destaza y pone al fuego una liebre que atrapó en el camino.

Los cuatro se sientan alrededor de la hoguera y consumen su pobre cena. Cuando han bebido hasta la última gota de café, Cándido enciende el cigarro que había enrollado antes de la cena y da unas cuantas fumadas.

Modesta limpia los trastos, los pone en orden y de una bolsita saca tabaco y hace un cigarrillo, enrollándolo en una hojita de maíz. Agotados por el viaje, los niños se acuestan cerca del fuego. Modesta los cubre con un sarapito agujereado que saca de su envoltorio.

—Se está haciendo tarde, hermanita, más vale que te vayas a dormir a casa de tus patrones.

—Mañana será buen tiempo, aun puedo irme después de que ustedes hayan salido, lo que yo creo no será sino hasta dentro de dos días.

—Exactamente, don Gabriel me lo ha dicho.

—Iré a buscar a mis patrones cuando quiera. Ellos no saben si llego mañana o la semana próxima.

Cándido hace un movimiento de cabeza que quiere decir: "Como tú quieras."

Quedan largo tiempo silenciosos. La noche se aproxima y cae pesada, brutalmente, como un martillo que se abate. Ellos continúan sin moverse, sentados cerca de la hoguera, fumando, con los ojos fijos en las brasas, perdidos en sus pensamientos. A su alrededor, brillan las hogueras en todos lados. Se mira a los hombres agazapados cerca de ellas. Algunos hablan, ríen, discuten. Otros, los más, permanecen quietos, aproximándose lo más que pueden entre sí, como perros en busca de calor.

Los matorrales que forman el límite del campo se envuelven en una niebla ligera. Por el cielo corren las nubes, dejando ver de vez en cuando algunas estrellas. Las lluvias no están lejanas. Del pueblecito llegan hasta ellos voces humanas, confusas y aparentemente alegres. De un rincón del campamento se eleva la nostálgica melodía de una armónica, y más lejos, tal vez en la plaza de la catedral, suena una marimba. En los matorrales, un pájaro asustado o perseguido cubre con sus silbidos el zumbido amoroso de las cigarras y el canto de los grillos.

La hoguera de Cándido y su hermana no es ya más que un montón de brasas rojo oscuro que se van extinguiendo. Cándido va por algunas ramas, las quiebra y echa una brazada sobre los tizones. El fuego se ensombrece aún más. Cándido se inclina, sopla sobre él. Una llama alcanza bruscamente a una rama seca, brilla y, asustada de mirarse sola, se hunde en el humo verde y movedizo.

—Fui a verte el domingo, a ti y a los niños —dice de repente Modesta.

Ella se encuentra a algunos centímetros de distancia, separada de él solamente por el fuego. El humo le impide distinguir sus facciones. Él da una fumada a su cigarro, sin responder.

—Lauro, tu vecino —continúa—, me dijo que tú y los niños estaban en la cárcel, en Jovel. No quise saber más y me puse en camino. Encontré a Manuel, que había llegado de Jovel el día anterior.

—Sí, Manuel se enteró de lo que me pasaba. Estaba parado frente a El Globo cuando don Gabriel me salió al encuentro para recordarme que debía estar listo para el lunes —respondió Cándido, como si evocara un recuerdo muy lejano.

—Manuel me lo contó todo y yo comprendí que no regresarías. Inmediatamente fui a buscar al tío Diego, lo puse al corriente de lo ocurrido, se vino enseguida y me ha prometido hacerse cargo de tu tierra y de tu casa. Allí vivirán él y mi tía hasta que tú vuelvas. Así podrás encontrar de nuevo tu casa, tus cabras y tus borregos. El primo Emiliano y su mujer vivirán mientras en casa del tío; él podrá ocuparse de la tierra de los dos.

—Está muy bien, es así como yo quería que quedaran las cosas. La noche que pasé en el patio de la cárcel no pude dormir pensando en lo que podía ocurrir dejando todo abandonado.

—Hicimos lo único que podía hacerse, lo más natural —respondió Modesta, con el tono que pudiera haber adoptado para hablar de los trastornos que sufre una familia cuando mueren el padre o la madre.

El tono exalta a Cándido y le da valor para decir:

—Me alegro de que Marcelina haya muerto, por lo menos así no sabe lo que ha pasado, no puede ver lo que pasa. ¡Qué pena le daría presenciar todo esto, saber que había tenido que venderme para salvarle la vida! Entonces me sería imposible de volverle la alegría y moriría de pena.

—Ella te habría acompañado a las monterías.

—Yo no lo habría permitido jamás. Ella bien podía encontrarse otro hombre.

—Tú sabes bien que ella jamás habría querido a otro hombre. Yo me habría ido a vivir con Marcelina y juntas hubiéramos cultivado la tierra, cuidado de las cabras y de las vacas para que cuando tú regresaras, encontraras la casa bien cuidada y a los niños crecidos y sanos. Te habríamos esperado, pensando en ti de día y de noche. Hubiéramos puesto un altarcito en un rincón de la casa, con una veladora para la Santísima Virgen, y le habríamos rogado todos los días que te dejara regresar sano y salvo.

Cándido reanima la hoguera. El fuego es muy pequeño para calentar efectivamente, apenas se desprende de él un poco de claridad, pero da al ambiente un sabor de intimidad y despierta en aquellos seres un sentimiento reconfortante hasta hacerlos olvidar durante algunas horas sus penas y su triste destino.

Las hogueras vecinas, sus compañeros sentados, acostados o agitándose, vagos, más imprecisos que las sombras, sus voces mezcladas en los coloquios, levantándose para llamar a alguien y perdiéndose inmediatamente en la noche; el zumbar incesante de los insectos en la maleza, el gemir de las ramas agitadas por el viento se entremezclaban, se fundían en un solo bloque fantástico, en el que Modesta y Cándido se sentían aislados del mundo, ligados a él solamente por el fuego.

Los niños duermen envueltos en un sarape. Uno de ellos suspira profundamente y el otro, soñando, dice algunas palabras ininteligibles. Después vuelven a entrar en calma. Modesta les arregla la cobija, menos por evitar que el aire frío entre en contacto con sus cuerpecitos semidesnudos, que por darles la sensación de que aun durante el sueño hay una mano amante que se ocupa de ellos.

—Mañana podrás entrar a trabajar, hermana —le dice Cándido al cabo de un largo silencio.

Modesta enrolla un nuevo cigarrillo, de manera muy lenta, como si tuviera particular interés en que quedara muy bien hecho. Lo enciende y aplica unas cuantas fumadas. Después baja con lentitud la mano en que lo sostiene y deja vagar su mirada sobre la maleza, donde su sombra negra se destaca en contorno irregular sobre el cielo oscuro, pero despejado, y en el que se ven brillar algunas estrellas. Suspira profundamente y dice:

—No entraré a trabajar, hermano. Ya no seré más criada de ladinos, me iré contigo a las monterías. Porque en adelante, el único trabajo que me interesa es servir a ti y a los niños.

Cándido se inclina sobre la hoguera y dice en voz muy baja:

—No debes hacer semejante cosa, hermanita, las monterías no son buenas para las mujeres, mucho menos para las muchachas. Yo no tengo por qué darte órdenes, pero te aconsejo que regreses. Si ya no quieres trabajar para los ladinos, puedes quedarte con el tío en mi casa que es la tuya y en la que tienes perfecto derecho a vivir.

—El tío Diego y la tía me han dicho lo mismo. También los vecinos, pero mientras más insisten, mayor es mi sentimiento de que jamás podré vivir tranquila y en paz y de que debo partir contigo y los niños porque ustedes me necesitan.

—Tú no sabes, Modesta, lo penosa que es la vida en la selva, y más en las monterías. Tú eres sólo una muchachita y estarás obligada a vivir rodeada de hombres entre los que no hay ni uno que valga gran cosa.

—Todo eso me lo han dicho antes de emprender el camino, pero recuerda que la vida no empezó a ser dura para ti sino hasta que tuviste que recogerme cuando me quedé chiquita y huérfana. ¿Cómo ha de ser, pues, penoso para mí ayudarte, estar a tu lado ahora que tus hijos son chiquitos y no tienen madre? Algún día regresaremos y entonces buscaré un hombre bueno como tú para casarme con él.

Esas fueron las últimas palabras que se cambiaron. Se cobijaron mejor con sus cobijitas de lana, fumaron con la vista perdida en la hoguera que moría y esperaron el nuevo día.

El alba llega lentamente, envuelta en una niebla húmeda y pesada que cae sobre la maleza y la pradera cuando el sol se eleva. El astro aparece en el horizonte bruscamente, sin anunciarse, como si de un salto se lanzara al universo.

—Tú no sabes, Modesta, lo penosa que es la vida en la selva, entre las inclemencias. Tú eres sólo una muchachita y estarás [illegible] rodeada de hombres entre los que no hay ninguno que valga gran cosa.

—Todo eso me lo han dicho [illegible] [illegible] [illegible] pero recuerde que la vida no empezó [illegible] [illegible] [illegible] que [illegible] [illegible] [illegible] [illegible] [illegible] [illegible] [illegible] [illegible] [illegible] [illegible] [illegible] [illegible] [illegible] [illegible] [illegible] [illegible]

[illegible] [illegible] [illegible] [illegible] [illegible] [illegible] [illegible] [illegible] [illegible] [illegible] [illegible] [illegible]

[illegible] [illegible] [illegible] [illegible] [illegible] [illegible] [illegible] [illegible] [illegible] [illegible] [illegible] [illegible]

IV

Me lleva el diablo con esta recua de tales por cuales! ¡Es así como me roban el dinero que tanto me ha costado ganar! Durante tres meses sólo han sabido rascarse las nalgas y yo no he podido despachar ni un carro de caoba. Dios y la Virgen Santísima son testigos de que yo les he pagado hasta el último centavo, de que nada les debo. Y ahora, al cabo de tres largos meses, me vengo a dar cuenta de que en los tumbos nada hay, ¡ni una brizna de caoba de la que valga la pena hablar! ¡Yo que creí encontrar montones tan altos como cerros, o por lo menos como la catedral de Villa Hermosa, nada encuentro! Pero por Dios y todos los santos, ¿qué han hecho ustedes durante todo ese tiempo? ¡Rascarse la barriga, desgraciados! ¡Ahora contesten, y nada de mentiras porque les rompo el hocico, infelices! A ver, ¿qué responden?

En esos escogidos términos se dirigía don Severo a sus dos capataces, el *Pícaro* y el *Gusano*. Gritaba tan fuerte que se le hubiera podido oír a dos kilómetros de distancia y no habría persona que al escuchar sus alaridos no se hubiera atragantado de miedo.

A medida que don Severo gritaba, su cara se iba enrojeciendo y congestionando. Sin duda sentía que iba a reventar, pues bruscamente puso sordina a su furor, pero de una forma que denunciaba no tratarse más que de una corta tregua y que en cuanto los capataces le hubieran dado alguna explicación, volvería a hacer brillar las joyas de su lenguaje.

Don Severo era el mayor de los tres hermanos Montellano, propietarios de aquella gran montería y de dos más pequeñas situadas al otro lado del río. La más importante se llamaba La Armonía y las otras La Estancia y La Piedra Alta.

La Armonía cubría una extensión tal que había sido preciso dividirla en cuatro regiones o campos: norte, este, sur y oeste. Los límites del terreno en explotación eran muy imprecisos y hubiera sido en extremo difícil determinarlos, puesto que la propiedad íntegra se hallaba sepultada en la maleza. Algunas corrientes de agua la bordeaban y en algunas ocasiones se les había tomado como límites naturales. El terreno explotado medía bien de un extremo a otro sus ochenta kilómetros a ojo de pájaro, los que parecían duplicarse cuando se les recorría a pie o a caballo, a causa de los obstáculos naturales que representaban las rocas, las gargantas, los ríos y los pantanos.

El campo norte estaba bajo la dirección personal de don Severo, en tanto que los otros campos eran vigilados por capataces de confianza y por mayordomos asistidos por algunos ayudantes.

El segundo hermano, don Félix, llevaba las cuentas de la explotación en la oficina central de la administración, a la que llamaban la Ciudad. La administración no estaba situada en el centro de la explotación, sino en uno de sus extremos, a la orilla del río que arrastraba la madera hasta el mar.

De tal suerte, la administración podía vigilar y controlar las cargas de madera que arrastraba la corriente, estimar su monto aproximado, registrarlo y calcular su valor. Aquella situación permitía igualmente circular con mayor facilidad entre la administración y las diversas monterías, utilizando canoas o cayucos y navegando por los afluentes del río, ya que los otros medios de comunicación eran precarios. A decir verdad, muchas veces ni siquiera era posible remontar los afluentes, pero los propietarios de las monterías habían elegido aquel lugar como el mejor para la administración, atendiendo, sobre todo, a razones estratégicas. La explotación había sido iniciada por una compañía americana, que la había cedido a los Montellano por haber encontrado un filón más rico.

El hermano menor, don Acacio, administraba las monterías del otro lado del río. Tal era la organización establecida de común acuerdo por los tres hermanos.

Don Severo tenía tanto quehacer en su campo, que le era imposible ir cada dos o tres semanas a inspeccionar los otros. Las vías de comunicación eran tan malas y largas, que una jornada de inspección a los tres campos, sin comprender el suyo, le habría tomado quince o veinte días, sobre todo si se hubiera propuesto visitar los tumbos. Tenía, pues, que contentarse con una inspección trimestral, que estaba muy lejos de ser una excursión de placer. De hecho, era una penitencia que bien debía valerle al que la hiciera las indulgencias divinas y la admisión directa al paraíso.

Don Félix no podía encargarse de esa tarea porque le era imposible dejar la administración, corazón y cerebro de las monterías.

Era a la administración adonde llegaban los clientes; se recibían los útiles y las herramientas; se amontonaba todo lo necesario para la subsistencia de los leñadores, y en donde se recibían facturas, comunicaciones del fisco, cartas de los bancos, de los clientes y noticias de los agentes de Nueva York y de Londres sobre el mercado de caoba y el comercio de madera.

Gracias a su energía y a su larga experiencia, don Severo era el más indicado para dirigir la explotación y el acarreo de la caoba. Por ello se había echado a cuestas el trabajo más duro, dejando a don Félix la parte más agradable de la administración.

Don Acacio, en su alejado puesto, era tan infatigable como sus hermanos, pero más codicioso que ellos y más irritable.

Desde que los tres Montellano compraron las monterías, él no había vuelto a poner un pie en la administración. Ni siquiera se había arriesgado a mandar un mensajero a través de los caminos pantanosos. No se sabía, pues, si vivía o si su cuerpo se pudría en algún lugar.

Por otra parte, no estaba muy seguro de que don Severo y don Félix se apenaran mucho al saber que su hermano Acacio había sido asesinado, que la fiebre se lo había llevado, que un tigre lo había devorado, que un alacrán lo había picado mortalmente o que se había hundido en un pantano.

Era muy probable que si él hubiera dejado los tumbos suficientemente provistos de trozas de caoba —era ésta la única cosa en el mundo que interesaba a los Montellano—, ellos no hubieran podido verter ni una lagrimita por el fin prematuro del menor, y en todo caso se hubieran consolado rápidamente, pensando que a partir de ese momento las ganancias serían divididas en dos en vez de en tres partes.

Era en el campo sur en donde don Severo hacía su inspección y dirigía al Pícaro y al Gusano sus amables palabras. Muy temprano había salido en compañía del Pícaro con la intención de enterarse de las cantidades de caoba amontonadas en los diversos tumbos y listas para ser arrastradas. Con una mirada rápida estimaba la cantidad de trozas apiladas en cada tumbo y dejaba correr su furia.

—Miren nada más, ese es todo el trabajo que se ha hecho en tres meses. ¿Cómo es posible que en tres largos meses no hayan producido más que esto? Este es un crimen, un pecado en contra de todos los santos. Y en cada ocasión el Pícaro le daba la misma respuesta:

—Pero, don Severo, todavía hay otros tumbos en los que encontrará usted bastantes más trozas.

Lo que no impedía que don Severo declarara, al tumbo siguiente, que todavía había menos trozas que en el anterior. De suerte que, a medida que la inspección avanzaba, la cólera de don Severo aumentaba. Aquella cólera se iba transformando en furor incontenible, en rabia loca. Cuando al regresar a la oficina del campo, después de una cabalgata agotante, encontraron al Gusano tendido cuan largo era sobre el suelo y ahogado de borracho; don Severo le administró una tanda de fuetazos que el Gusano ni siquiera pareció sentir, puesto que se encontraba en un mundo en que el dolor y la pena parecían tan dulces como el jarabe.

Entonces don Severo empezó a golpear la mesa de madera ordinaria, y cada pasaje de su discurso, salpicado de juramentos ignominiosos, era subrayado a golpes de látigo aplicados a la mesa, a los otros muebles, a la puerta.

—¡Debiera arrancarles las tripas! ¡Los sinvergüenzas como ustedes no tienen perdón! ¡El infierno resultaría demasiado bueno para ustedes dos!

En su rabia proseguía:

—Pero por el diablo y por todos los perros comedores de carroña, ¿qué es lo que han hecho en tres meses? ¿Rascarse las nalgas, escarbarse las narices? ¡Hablen!

El Pícaro se mantenía del otro lado de la mesa, en donde se parapetaba contra la cólera de don Severo. Como las cosas fueran de mal en peor, se iba aproximando disimuladamente a la puerta, pronto a escapar.

—¿Vas a hablar, canalla?

—¡Todos los troncos estaban invadidos por las raíces!

—¡Por las raíces, por las raíces! ¡Vaya una razón!

—Ha sido necesario construir andamios por lo menos de dos metros de altura para alcanzar los troncos —alegó el Pícaro.

—¡Diríase que ello ocurre por primera vez! Como si no hubiera tenido que hacerlo durante años a casi todos los árboles. Yo, yo mismo he construido andamios porque las ramas y las raíces tenían tres metros de alto, eso no me ha evitado hacer producir a los hombres de tres a cuatro toneladas diarias. Pero ustedes, par de flojos, a quienes dejo encargado el trabajo más sencillo del mundo a cambio de salarios tan altos como los de un contratista, encuentran la forma de producir cuatro veces menos. ¡Son ustedes dos bandidos, ladrones que se llevan mi dinero para emborracharse hasta ahogarse! ¡Apenas una tonelada por hombre y por día!

El Pícaro se desliza un poco hacia la puerta y dice:

—Perdón, pero son más de dos toneladas y media por hombre y por día.

Hablaba temerosamente, como tratando de defenderse.

—Cuando yo hable, tú cierra el hocico. ¿Entendido? ¡Dos toneladas! ¿Es que no les he ordenado que produzcan cuatro por lo menos? Y para acabarla de amolar, ya tenemos encima las lluvias. Dentro de cuatro semanas será tiempo de comenzar el arrastre. ¿Qué es lo que vamos a arrastrar? Una tonelada y media. No será con eso con lo que podremos pagar los sesenta mil pesos en documentos que vencen el primero de enero.

Recorre la pieza con una mirada furiosa, extraviada. Vuelve a posar los ojos inyectados sobre el Gusano, se lanza sobre él y arremete a patadas contra sus flancos.

—¡Puerco, puerco como un cerdo!

El Pícaro juzga llegado el momento de tomar la defensa de su compañero.

—Esta es la primera vez que se emborracha en seis semanas, por la sencilla razón de que no habíamos tenido ni una gota de aguardiente. Hasta ayer que el turco vino, no pudimos conseguir unas cuantas botellas. Así, pues, nada más natural que beber un poco.

—¡Una copa! ¡Magnífico! ¿En dónde está tu botella?

El Pícaro se dirige hacia el rincón en que se halla el buró y saca de debajo de la cama una botella a medio llenar. Pensaba que don Severo se la arrancaría de las manos y la haría pedazos contra el suelo, pero no fue eso lo que ocurrió.

Don Severo había gritado tanto que tenía seca la garganta. Tomó la botella, la transparentó, la agitó y bebió copiosamente, a grandes tragos. Carraspeó, volvió a agitar la botella y bebió.

El ardor pareció calmársele un poco.

—¡Refrescante! —dijo con más calma.

Pero su calma duró muy poco, desapareció casi inmediatamente al recordar el motivo de su presencia en aquel lugar.

Tres días antes se había recibido una carta de don Acacio, la primera y única desde que se encontraba en la montería. La había enviado con un capataz que hiciera el recorrido a caballo. Informaba a sus amigos que la explotación de las dos pequeñas monterías que él dirigía debía suspenderse provisionalmente. Las monterías, encerradas entre dos colinas y dos montañas, habían sido convertidas, por las fuertes lluvias que habían comenzado a caer, en dos pantanos. Los bueyes no podían avanzar sin atascarse, y en consecuencia el transporte de trozas a los tumbos era imposible, pero lo más grave era que el corte había tenido que suspenderse porque los hacheros se hundían en el lodo.

Aquella breve carta llevaba a don Severo la nueva desastrosa de que el corte en las monterías de don Acacio debía considerarse perdido por aquel año. La pérdida era mucho más sensible si se considera que representaba más o menos la mitad de la producción total. El déficit les impediría probablemente enfrentarse a las obligaciones que habían contraído para comprar la explotación, caso en el que era posible que la compañía vendedora les quitara la propiedad para venderla a otros, como estaba en su derecho de hacerlo, de acuerdo con los términos del contrato, cuyas cláusulas eran muy duras, tomando en cuenta lo pequeño de la suma pagada al contado por los hermanos Montellano. De forma inmediata, don Acacio y don Félix se habían reunido en la administración para discutir la situación y ambos habían concluido que no les quedaba más que un medio de salvar la producción del año.

Reconocían que don Acacio, el menor, era el más enérgico de los tres cuando se trataba de obtener un máximo de rendimiento de los leñadores. Si escribía anunciando que su jurisdicción era provisionalmente inexplotable, debía ser cierto y nadie en el mundo podría hacer mayor esfuerzo que él para obtener algo. Así, pues, tomando en cuenta que las dos monterías pequeñas no podían producir, era necesario doblar por lo menos la producción de la grande y, si era posible, cuadruplicarla. Era cuestión sólo de rendimiento, puesto que la caoba era muy abundante en La Armonía y permitía cubrir cualquier déficit. Nadie más capacitado para lograrlo que don Acacio, ayudado por los capataces instruidos por él. Don Severo y don Félix sabían perfectamente que don Acacio corría grandes riesgos, pero era necesario agotar hasta el último recurso si se quería ganar la partida.

Al mensajero enviado por don Acacio se le dio la respuesta invitándolo a que se trasladara a La Armonía con sus hombres para establecer nuevos tumbos.

Don Acacio, por lo menos tan inteligente como sus hermanos mayores, les había tomado ya la delantera y se hallaba en camino a La Armonía cuando encontró a su mensajero, para buena suerte de este último, que estaba a punto de sumergirse junto con su caballo.

Cuando don Acacio y sus hombres llegaron al campo principal para hacerse de víveres y de útiles, don Severo había partido ya para el campo sur, administrado por el Pícaro.

El aguardiente parecía ejercer una acción pacificadora sobre don Severo, pero de muy poca duración. Don Severo pensaba que todas las esperanzas relativas a las otras dos monterías debían considerarse perdidas. Por otra parte, había contado con una producción doble de la que había encontrado en los tumbos del Pícaro.

—Si yo no hubiera querido más toneladas de caoba, ¿crees que habría mandado aquí dos capataces? ¿Para qué? Los muchachos habrían hecho el trabajo solos y probablemente habrían rendido más que con ustedes dos, cochinos haraganes. Pero díganme, ¿qué han hecho para obtener la mitad del trabajo que yo esperaba de ustedes? Sin duda, han dormido más de lo que han trabajado.

—Pero, jefe, ¿qué más podía hacer? Los he golpeado con el fuete como a perros, hasta arrancarles el cuero del lomo, pero se han acostumbrado rápidamente y mientras más se les golpea, menos trabajan.

—Ya te he dicho que cuando se abusa del fuete, éste no sirve para maldita cosa alguna. Se encaprichan, se echan y no hacen nada más. ¿Por qué no los has colgado más a menudo? Eso es lo que nosotros acostumbramos a hacer en nuestro campo, nada hay mejor, con eso sí que se asustan.

—Pero nosotros no somos más que dos, el Gusano y yo. Y colgar a media docena no es tan fácil, se resisten y atacan. Para lograrlo, serían necesarios tres hombres para cada muchacho.

—¿De qué te sirve la pistola que te cuelga sobre las nalgas? ¿La traes de adorno o para cazar faisanes?

—Realmente de nada sirve.

—No necesitas más que echar un fogonazo al hocico del que se insolente y verás cómo enseguida se calma.

—Eso sería antes, jefe, pero lo que es ahora se burlan de mí cuando les apoyo el arma en las costillas. "Tira, desgraciado —dicen—. ¿Por qué no disparas? Ya te tocará a ti de todos modos. Espérate un poquito, que ya nos las pagarán tú y el Gusano." Además, cantan canciones injuriándonos, sobre todo en las noches.

—Entonces no tienes más que tender a uno o dos. Así verán que no bromeas.

—Bien, jefe, puesto que usted me lo dice, así se hará. Después de todo, no es asunto mío. ¿Sabe usted lo que dicen cuando les acerco el cañón de la pistola al cuero? "Anda, tira, Pícaro, Picarote, así te quedarás con un hachero menos y tendrás que guardarte en el culo la póliza de rendimiento". Eso es justamente lo terrible: ellos quisieran que yo tirara porque así ya no tendrían necesidad de trabajar más.

Don Severo permanece en silencio, se asoma a la puerta, abarca de una mirada el grupo de casas de los leñadores, después se vuelve, toma la botella de aguardiente, bebe otra buena tanda de tragos y enciende un cigarro.

—Mañana —dice al cabo de un rato— llegará don Acacio con sus hombres y sus capataces. Entonces tomaremos medidas enérgicas. Entonces verás cómo maneja él a estos marrulleros y cómo los hace rendir cuatro toneladas diarias por cabeza. Hasta llegaremos a conseguir cinco.

—Sin duda, jefe —respondió el Pícaro.

—¡Por el diablo que sí! ¿Qué te estás imaginando? Todo eso que tú dices no son más que niñerías, en comparación con lo que mis hermanos y yo hemos visto en otras monterías.

Empina la botella nuevamente como si sólo contuviera agua. Después la deja y vuelve a mirar al Gusano.

—Tráeme una cubeta —ordena.

El Pícaro le trae un cubo lleno de agua. Don Severo lo toma y lanza su contenido sobre el borracho.

—Tráeme otro —dice al Pícaro, tendiéndole el cubo—. Con uno no basta. Será necesario por lo menos media docena para que pueda sostenerse sobre las pezuñas, y cuando se haya parado, tú le sacudirás el cuero de las nalgas con esta cuarta. Tal vez entonces pueda servir de algo. Pero lo harás después, porque no tengo ningún interés en presenciar el castigo. Te lo llevarás lejos de aquí para que yo no lo oiga aullar.

—Bien, jefe —dice el Pícaro, que para ahorrarse el trabajo de volver a llenar el cubo se echa al Gusano a la espalda, lo lleva hasta el arroyo y lo sumerge en él, hasta que empieza a tener conciencia de sí mismo.

—Pero óyeme, compañero, tú no me vas a pegar. ¿Es que no somos amigos?

—Claro que lo somos, marrano. ¿Pero por qué se te ocurre emborracharte así cuando el viejo llega? Ahora nada puedo hacer. Es necesario que te arree, gústete o no. Más vale que sea yo quien te dé amistosamente y no que llame a alguno de los muchachos, Gregorio o Santiago por ejemplo, porque lo que es de sus manos, compañero, no saldrás con bien, yo te lo aseguro.

—Bueno, manito, pues despacha pronto, hay que aprovechar ahora que todavía estoy borracho y no lo sentiré tanto. ¿No podrías traerme un trago antes, para agarrar valor?

—No me parece mal, yo también beberé un poco.

El Pícaro corre a la oficina, se desliza a través de la puerta, toma una botella, la abre y hace beber abundantemente al Gusano antes de golpearlo.

Al día siguiente, un poco antes de la puesta del sol, don Acacio y su columna llegan al campo sur.

Don Severo lo recibe con estas palabras:

—Todo marcha pésimamente por aquí, Cacho, lo único que puedo decirte es que no se han hecho más que dos toneladas por leñador.

—En este caso, sólo nos resta comer mierda —responde don Acacio.

Él no era amigo de perder tiempo en consideraciones ociosas. Aun cuando había realizado un viaje penoso, no parecía dispuesto a descansar y menos todavía a sentarse para escuchar discursos inútiles. Inmediatamente se dirigió a los capataces.

—¡Andando, recua de mulas! Apúrense a levantar los jacales, no tenemos tiempo que perder. Si no quieren pasar todas las noches bajo las estrellas, empiecen desde luego porque mañana no podremos ocuparnos de eso.

Los capataces, seguidos de sus hombres, penetraron en la maleza para tumbar algunos troncos y cortar hojas de palmera con que levantar los jacales, pero la noche los sorprendió sin que un solo refugio estuviera terminado.

Los muchachos se guarecieron en los jacales de los trabajadores de las monterías, pero no había sitio bastante para todos. Era muy duro pasar la noche tirado en el suelo, llovía muchísimo y los que se quedaron por tierra amanecieron en un baño de lodo. Fueron llamados al trabajo, como de costumbre, antes de que alumbraran los primeros rayos de luz del día.

—¡Buenos días! —dice don Acacio—. Me parece que será inútil construir jacales. En efecto, no nos quedaremos aquí, nos internaremos en el bosque, partiremos enseguida. Después hervirán su café y sus habas, cuando tengamos tiempo. Ya podrán comer en el camino. ¡Andando!

—Así se habla --dijo don Severo dirigiéndose al Pícaro, que se hallaba a su lado delante de la puerta de la oficina—. Si tú y el borracho de tu ayudante hubieran sabido manejarse como él, a estas horas tendríamos nuestras cuatro toneladas por hombre.

—Seguramente, jefe, pero si yo hubiera hecho eso, no habría llegado vivo a la noche o habría tenido que dejar tendidos a dos o tres muchachos con un plomo en las costillas —dice el Pícaro, sonriendo burlonamente.

—He aquí justamente en lo que consiste la diferencia. Hay capataces que saben hacer trabajar a sus gentes y otros que desconocen su oficio. Tú eres de los que ni entienden ni aprenderán jamás. Y a propósito, ¿dónde está el Gusano?

—¡Eh, Gusano! —llama el Pícaro, dirigiéndose hacia un punto en la oscuridad—. El jefe quiere verte.

El Gusano llega a galope, y sin darse tiempo para respirar, dice:

—¡A sus órdenes, jefe!

—Tú y el Pícaro van a levantar el campo con todos sus zánganos. Partirán con don Acacio. ¡Recojan sus cosas! ¡En marcha!

Los dos capataces llamaron a sus hombres y siguieron la columna de don Acacio.

Una semana más tarde, don Gabriel llegó a La Armonía con la caravana de hombres que había reclutado y se detuvo en el amplio terraplén que se extendía delante de la casa de la administración.

Don Gabriel tenía demanda de mano de obra para cuatro monterías diferentes. Abrigaba el proyecto de detenerse en La Armonía para situar allí el centro de sus operaciones y repartir a sus gentes. Justamente, el día de su llegada, don Severo se encontraba allí, y don Gabriel aprovechó la ocasión para discutir con él. Como resultado de la plática todos los indios llevados por don Gabriel fueron enganchados por La Armonía, de suerte que las otras monterías tendrían que esperar el reclutamiento de otro agente o que el mismo don Gabriel se apiadara de ellos.

Don Severo y don Félix se aproximaron a los recién llegados y parecieron satisfechos.

La caravana de indios estaba muerta de fatiga. Los que venían en ella se tumbaron en el suelo formando pequeños grupos.

En cuanto don Severo y don Félix se aproximaban a uno de los grupos, sus componentes se ponían de pie.

Don Severo les palpaba los brazos, los músculos de las piernas y las nucas, como hubiera hecho antes de comprar una partida de reses.

—¿Cuál es tu oficio, chamula? —pregunta a Cándido, cuyo origen reconoce por el sombrero que lleva.

—Campesino, señor, su humilde servidor —contesta modestamente Cándido.

—En ese caso, vas a ser un buen leñador, chamula.

—A sus órdenes, patroncito.

—¿Quién es esta mujer que viene contigo? ¿Es tu mujer?

—Es mi hermanita, patroncito. Mi mujer ya murió.

—¿Y los dos muchachitos son tuyos?

—A sus órdenes, patroncito, aquí los tiene para servirle. Don Severo les palpa los brazos.

—Creo que serán buenos vaqueritos.

—Perdone si lo contradigo, patroncito, pero los niños están todavía muy chiquitos y no podrán trabajar en la selva. Uno tiene solamente seis años y otro siete años y tres meses.

—Si quieren comer, necesitan trabajar. Porque comerás sólo tu ración, y si quieres doble, nunca acabarás de pagar tus deudas.

—Nosotros podemos trabajar, somos fuertes, jefe —dice el mayor al percatarse que él y su hermano serán la causa de que su padre se vea en un aprieto más.

El pequeñito se adelanta y, poniéndose enfrente de don Severo, dobla su brazo para que vea cómo se le levanta el bíceps.

—Mire, patroncito, qué fuerte soy; yo podré trabajar más que mi hermano que es más grande que yo. Además, el oficio de vaquero me gusta. Con permiso tuyo, tata.

Cándido nada dice.

—¡Qué gracioso! —dice don Severo riendo—. Así me gustan los muchachos. A nadie le ha hecho daño comenzar a trabajar temprano y ganarse su pan. Ustedes dos, muchachos, se irán a la pradera y su padre seguirá con los leñadores.

Los dos niños preguntan asustados:

—¿Pero no vamos a estar con mi papá?

—Su padre no es vaquero, es leñador. Así, pues, no podrá estar en el mismo campo con ustedes. Si es posible, procuraremos que se reúnan por las noches.

Cándido tira de los dos niños, aproximándolos a él como en un intento de protegerlos con su propio cuerpo. Les acaricia la espesa cabellera y dice después con voz sorda:

—Nada podemos hacer, hijos, él es el amo y tenemos que obedecerlo.

Don Severo se dirige hacia otro grupo.

Don Félix, que se ha quedado atrás, hace una seña a Modesta, que se ha retirado un poco mientras don Severo hablaba con Cándido y los niños. Obedece la seña de don Félix, se aproxima a él con los ojos bajos, la cabeza inclinada y los brazos cruzados sobre el pecho.

Don Félix le da golpecitos en las mejillas y trata de hacerla levantar la cara tomándola por el mentón.

Modesta se resiste y entorna los ojos, apretando un poco las mandíbulas.

—No te asustes, gallinita, yo no me como a las muchachas, sobre todo cuando tienen piernas bonitas, me conformo con abrírselas cuando me da la gana. ¿Cómo te llamas?

—Modesta, su humilde servidora.

—Bien, te llamaré Mocha. ¿Qué vienes a hacer aquí?

—Vengo acompañando a mi hermano para no dejarlo solo con los niños, patroncito.

Hablaba sin levantar la cara.

—¿Y dónde piensas comer, gallinita?

—En el campo, con mi hermano.

—Eso es imposible, puesto que él recibirá sólo una ración, y si quiere otra, tendrá que pagar por ella. Así no le quedará nada de su salario y sólo Dios sabe cuánto nos esté debiendo ya. Le pagaremos cincuenta centavos diarios, y eso, a condición de que rinda sus tres toneladas de caoba.

—Dos toneladas, patroncito, así está escrito en mi contrato, el presidente municipal nos lo dijo en Hucutsin —rectificó Cándido aproximándose.

—Yo me mofo de lo que diga tu contrato, y tú cierras el hocico si no quieres que llame a uno de los capataces para que te dé la bienvenida a las monterías. Cuando te haya acariciado el cuero lo suficiente, sabrás que aquí nadie mueve la jeta más que cuando se pide que lo haga. Tumbarás tus tres toneladas diarias. ¿Entendido? Si no lo haces, no te pagaremos, y date de santos de no tener que tumbar cuatro toneladas. Eso será después.

—Perdón, patroncito, con su permiso, es que don Gabriel, el enganchador, me ha dicho que serían dos toneladas y el presidente municipal de Hucutsin que visó mi contrato me lo dijo también.

—Para ti serán cuatro toneladas, coyote piojoso. Y cuidado con tu cuero y tus huesos si no las tumbas.

Don Félix sacó un cuadernito de la bolsa de su camisa, escribió en él el nombre de Cándido y agregó una nota: "Cuatro toneladas obligatorias".

—Pero, patroncito...

Cándido no pudo terminar la frase porque don Félix le dio un golpe tan violento en la cara, que la sangre empezó a manar de la nariz del indio.

—Ya te he dicho, gusano asqueroso, que aquí sólo tienes derecho de cerrar el hocico.

Cándido se sienta sobre el suelo y trata de parar la hemorragia aplicándose a las fosas nasales un puñado de hierba. Modesta permanece de pie, delante de don Félix, con la cabeza baja. El incidente le es más penoso que a Cándido; pero, como todos los de su raza, está acostumbrada desde la infancia a soportar los peores tratamientos de parte de los ladinos. Ningún gesto, ni la contracción más leve de su rostro habían traicionado sus sentimientos. Los niños abrazaban tiernamente a su padre, tratando de consolarlo. El más pequeñito repetía llorando: "Tata chulo, yo no tengo la culpa".

Cándido lo acarició y le contestó con una sonrisa. El grandecito había tomado un guaje y se había ido al arroyo a traer un poco de agua para que su padre se la echara en la cara.

Don Félix continuaba su conversación con Modesta. El hecho de golpear en la cara a un indígena era algo tan carente de importancia que no había ni por qué prestarle un minuto de atención. El matarlo a golpes o de un tiro era un incidente que se olvidaba una hora más tarde. Se recordaba mejor la caza de algún venado, o un tiro bien acertado a un tigre, que la muerte de un peón.

—¿Sabes, Mocha, que no estás del todo mal? Pero es necesario que comas, y a eso tu hermano no podrá ayudarte.

—Pondré una casita aquí en el campo, engordaré unos puerquitos y guisaré para los trabajadores.

Aquella idea le había venido súbitamente. Sabía que no sería fácil ejecutarla, pero se sentía feliz de haberla encontrado, pues ya temía la clase de trabajo a que don Félix la destinaría. Cierto que ella no había firmado contrato alguno y era libre de hacer lo que quisiera. Pero tenía que comer y todo lo que allí había era propiedad de los hermanos Montellano.

—No creas que eso es tan fácil, gallinita. Tú no podrás levantar tu jacal si yo no te doy permiso para hacerlo. En cuanto a engordar a tus cochinos, también tendrás que contar con mi autorización. Y lo de guisar para los trabajadores, allá tú. Pero mira, si quieres trabajar, ¿por qué no trabajas para mí? Es más fácil trabajar para uno que para veinte. Es probable que la semana que entra me vaya a otro campo a sacudir el cuero de aquellos holgazanes. Entonces te llevaré conmigo, gallinita, para que me sirvas de todo.

La toma de la barbilla y trata de hacerla levantar la cara para vérsela bien, pero Modesta cierra los ojos.

—Si te portas bien y eres amable conmigo, todo marchará. Pero si te emperras, te sacudiré el cuero y te regresarás al sitio de donde vienes, cargando tus trapos piojosos. Para eso tendrás que cruzar sola la selva y quién sabe cuándo salgas de ella. A la mejor te encuentras un tigre en el camino que te comerá las piernas y todo lo demás.

—Yo no quiero ser su criada, patroncito —responde Modesta en voz baja.

—Eso lo decidiré yo, no tú, pendeja.

Don Félix le vuelve la espalda y camina a reunirse con don Severo, que continúa la inspección.

V

La nueva cuadrilla llegó al campo sur en plena noche. Los hombres se hallaban materialmente muertos de cansancio por su marcha a través de la maleza y después de luchar dos horas para salir de los pantanos espesos y pegajosos. Así, pues, en cuanto llegaron se dejaron caer con todo y su carga y no fue sino hasta media hora después cuando empezaron a tener fuerzas para pedir qué comer. El cocinero les informó que él no tenía nada que darles y que si ellos no poseían algunas provisiones, tendrían que esperar hasta el día siguiente. Agregó que, además, él estaba también muy cansado y no tenía ni tantitas ganas de ponerse a trabajar a esas horas, que esperaría a que llegara la cocinera que le prometieron para ayudarle. La Tumba, el capataz que había conducido la columna, le informó que al día siguiente tendría a la cocinera a su disposición, porque en esos momentos se hallaba en compañía de su hermano.

Algunos leñadores que trabajaban desde hacía tiempo en el campo, y que se hallaban en los alrededores de la cocina, se aproximaron para mirar a los recién llegados, con la esperanza de encontrar algunas caras conocidas. Se sentaron junto al fuego, encendieron sus cigarrillos y se pusieron a ver a los otros preparar su frugal alimento.

—Con eso no van a engordar —dijo uno de los muchachos.

—Cada quién come lo que puede —fue la respuesta.

—¿Vino don Félix con ustedes?

—No, se quedó en el campo grande para revisar el material y preparar las provisiones.

—¿Alguno de ustedes estuvo antes en una montería? —pregunta otro.

—Yo no —contestó uno de los hombres con la voz agotada por la fatiga—. Y no creo que alguno de nosotros conozca ya las monterías.

Santiago, uno de los boyeros, interviene.

—Pues ya la conocerán. Lo que es aquí van a conocer el infierno con todos sus diablos.

Ninguno recoge sus palabras. Los viejos fuman, los nuevos esperan a que su café y sus frijoles se calienten. El fuego crepita, de él se desprenden chispas y por fin se decide a arder vivamente.

Los indios que se hallan acostados alrededor del fuego levantan bruscamente la cabeza, como si acabaran de escuchar el rugir de algún tigre en la maleza.

—¿Qué es ese ruido que viene de la espesura? —pregunta Antonio, un indio de Saetan, levantando las orejas como un perro de caza.

—¿Te refieres a los gemidos, a las quejas que llegan en oleadas desde la maleza? —interroga Santiago levantando las cejas.

—Sí, a eso precisamente; se diría que martirizan animales amordazados.

—¡Por Dios, camarada —dice Santiago con ironía—, te aseguro que tienes el oído fino! Podrías oír a una pulga bailando el zapateado sobre un pañuelo de seda. Con semejante oído llegarás muy lejos. Además, no te equivocas, muchacho.

—No, no te equivocas, has oído perfectamente —interviene Matías—. Se trata de animales a los que se les martiriza y se amordaza para sofocar sus gritos, pues podrían molestar a don Acacio cuando se escurre entre los gruesos muslos de su Cristina, la de la nariz chueca. ¡Por el diablo que es fea! Pero, sin duda, sus nalgas tienen algún encanto, porque él la lleva consigo por todos lados y le compra cajas de jabón perfumado cada vez que el turco viene.

—¿Y por qué atormentan a esos pobres animales? —pregunta Antonio.

Los boyeros ríen a carcajadas.

—¡Los pobres animales! —responde Santiago—. Sí, a los pobres animales se les martiriza cruelmente porque a pesar de su mordaza pueden escucharse sus lamentos.

Vuelve a reír con ganas.

—Pero no se trata de corderitos de blanca lana —explica Pedro.

—Animales, pobres animales; no se trata de bestias atormentadas, ¡manada de burros! Se trata de veinte leñadores, de veinte hacheros que aúllan. Los han colgado por tres o cuatro horas, porque ni ahora ni ayer ni antier han producido las toneladas de caoba que les corresponden. Ustedes son unos pobres inocentes, unos ignorantes, pero dentro de tres días sabrán lo que son cuatro toneladas. Dos toneladas es la producción normal de un leñador ejercitado y fuerte como un buey. Y ahora el tal por cual de don Acacio quiere que tumbemos cuatro toneladas diarias. Al que no puede, lo cuelgan de un árbol, atado de los cuatro miembros, y hasta de los cinco, durante la mitad de la noche... Entonces llegan rondando los mosquitos, porque la cosa ocurre al borde de los pantanos, sin contar con las hormigas rojas, que llegan por batallones. Pero no necesito darles más detalles, en menos de una semana ustedes sabrán tanto como yo y por experiencia personal.

A partir de entonces habrán sido iniciados en todos los misterios de una montería perteneciente a los hermanos Montellano; serán soldados del ejército de los colgados.

Alguien dice:

—Yo creí que solamente empleaban el fuete, como en los campos de rebeldes y en las fincas.

Hablaba Martín Trinidad, que parecía muy bien enterado. Martín Trinidad era uno de los tres hombres desharrapados que se habían reunido a la columna en el camino y que don Gabriel había conservado sin contrato visado. Durante las tres largas semanas que había durado la marcha a través de la selva, los tres vagabundos apenas habían cambiado palabra con los indios. Se mantenían siempre los tres juntos, hablando entre sí, sin parecer preocuparse por los otros. Era la primera vez que Martín Trinidad se dirigía a ellos.

Santiago lo miró con los ojos medio cerrados y el aire desconfiado, con la prudencia que el verdadero proletario empica delante de un soplón.

—¿Tú de dónde vienes?

—Yo soy de Yucatán.

—Eso está muy lejos. ¿Cómo llegaste hasta aquí? ¿Vienes huyendo?

—Supongamos que así sea, hermano.

—Supongamos... Cuando te hayan colgado por lo menos tres veces, entonces comenzaré a creerte. Porque, mira, hermanito, si alguien aquí no es fueteado o colgado, se hace sospechoso, bien podría ser un soplón hijo de... Y aun cuando aguante algunos fuetazos, ello nada prueba, pero si lo cuelgan bien colgado, como saben hacerlo el Rasgón, la Mecha y el Faldón, eso ya es otra cosa, después de eso no puede haber comedia. Espero que entiendas lo que voy a decirte:

Celso y Andrés platicarán un rato con tus dos compañeros a fin de saber mejor quiénes son ustedes. Aquí no hay quien tenga temor de algo y a nosotros no hay quien nos iguale en habilidad para rebanar dulcemente el pescuezo del prójimo, "por quítame allá esas pajas". La cosa puede ocurrir incluso desde a veinte pasos del jacal, sin que el interesado lo sienta en absoluto, sin que se dé cuenta siquiera de la forma en que el alma asquerosa de un soplón baja hasta los infiernos. Como verás, a nosotros todo nos tiene sin cuidado, hasta sus plomazos, porque no se dispara sobre un hombre de quien se esperan cuatro toneladas diarias. Un muerto no puede tumbar árboles, ¿no es verdad? Lo más que pueden hacer es prendernos, pero ya estamos tan acostumbrados que nos da exactamente lo mismo. Antes nos golpeaban salvajemente cuando no podíamos tumbar más de dos toneladas, pero llegamos a acostumbrarnos y eso de nada les servía. Al contrario, mientras más nos golpeaban, menos producíamos. Es por ello que los Montellano discurrieron colgarnos. Es horrible, espantoso, pero solamente mientras se está colgado. Al día siguiente ya se puede trabajar y tumbarles sus cuatro toneladas. Esta nueva invención les ha resultado realmente eficaz, porque el recuerdo, el solo recuerdo de lo sufrido y el temor de ser colgado nuevamente te hacen sacar fuerzas para tumbar las cuatro toneladas, aunque ya a la primera tengas las manos desolladas. Sólo que nosotros ya hemos llegado al límite y pronto su nueva invención también habrá de ser inútil. Con Celso, por ejemplo, ya no les queda que hacer. Cuando ha estado colgado durante cuatro horas y el Guapo se aproxima a desatarlo, Celso le grita: "¡Eh, tú, hijo de puta, llegas justamente cuando mejor me siento; me estaba quedando dormidito y se te ocurre perturbar mi sueño, pendejo!". Celso fue el primero, ahora somos unos seis. El secreto consiste en que los hombres pueden llegar a ser como los bueyes o los asnos y quedarse impasibles cuando se les apalea o aguijonea, siempre que hayan podido rechazar dentro de sí todo instinto de rebelión.

Martín Trinidad nada contestó.

Las gentes de otros grupos terminaron con sus frijoles recalentados y su café y se aproximaron al grupo formado por los boyeros Matías, Santiago, Cirilo y Fidel, que desde hacía mucho tiempo trabajaban en la montería.

Andrés, el más inteligente de los boyeros, no se encontraba allí. Lo habían mandado a la pradera grande, en compañía de otros muchachos, para que llevara a los animales hambrientos y cansados y recogiera a los bueyes que se hallaban en buen estado. La pradera estaba a seis leguas del campamento, al borde de un lago, pero como la mayor parte del camino se encontraba inundado, no podría estar de regreso sino hasta dentro de tres días.

—¿Es que todas las tardes cuelgan a algunos leñadores? —preguntó Antonio.

—No, hombre, así atraparían las calenturas más fácilmente y reventarían más a menudo. Eso que ya los reventados son muchos, no hay semana que no enterremos a dos o tres.

Pedro lo interrumpe:

—Hablas de lo que no sabes.

Él, Pedro, el más antiguo en la montería, sentía, como todos los viejos, una necesidad imperiosa de hablar de sus conocimientos y de su experiencia, sobre todo al darse cuenta de la atención que prestaba el auditorio de Santiago. Era un verdadero placer para el viejo poder conversar con gentes a quienes todo lo que se les relataba les parecía una novela.

—Sí —continuó diciendo Pedro—. Hablas sin saber lo que dices. Seguramente que a los leñadores no los cuelgan todas las tardes, tampoco a nosotros los boyeros, la prueba de ello es que estamos aquí en este momento fumando nuestros cigarros, conversando tranquilamente con ustedes, pichoncitos que nada saben.

—Las cosas son como son —interviene Cirilo—, y sólo después de muchas idas y venidas podemos darnos cuenta de lo que realmente pasa aquí.

—No le hagan caso —interrumpe Santiago con risa burlona—, esta mañana le cayó un tronco en la cabeza y todavía no sabe lo que dice. Por eso habla a tontas y a locas. Además, mañana se sentirá peor, pero lo que yo voy a decirles es la mera verdad. Hace cinco o seis días que llegó aquí el más joven de los Montellano. Su distrito está inundado y no secará antes de enero, eso quiere decir que su montería no les dará ni una brizna de caoba y que lo que no saquen de allá tendrán que sacarlo de aquí. Don Acacio es el peor de los tres. La última primavera se llevó a su montería ochenta hombres, indios fuertes y sanos, acompañados de una docena de mujeres y de unos veinte niños. ¿Saben ustedes cuántos le quedaban ahora que dejó la montería? ¡Veintitrés! Todos los otros murieron. La mayor parte a causa de los malos tratos, después de haber sido golpeados o colgados. A los otros se los llevaron las calenturas. Diez se sumieron en los pantanos, cuatro se huyeron y uno reventó en la selva. Otros fueron devorados por las fieras o mordidos de serpiente cuando se hallaban colgados. Porque, ¿quién puede defenderse de un tigre estando colgado? Ni siquiera es posible mover un dedo. De las doce mujeres, tres se volvieron locas. Él mató a balazos al marido de una de ellas, de la más bonita, para hacerla su querida. Dos huyeron con sus maridos compartiendo su suerte. Además, golpeó a una bárbaramente porque se había atrevido a incitar a su marido para que se salvara; la mujer quedó también sin sentido y, como no había quién la socorriera, fue devorada por los jabalíes. En cuanto a los niños, de veinte quedan dos que ya tienen las calenturas.

—Total, que el ladino ha hecho un buen trabajo —observa a Fidel.

—Tú, muchacho, hablarás cuando se te diga. Así, pues, don Acacio, después de enterrar alegremente a casi toda su gente, dejó la montería inundada y ahora lo tenemos por aquí con los pocos que pudieron escapar. En el camino, cinco se huyeron, él mandó a dos capataces a buscarlos. Sin duda los cogerán, porque, aunque sepan correr, siempre pueden más dos caballos. Puede ser que se ahorquen o se rebanen el pescuezo cuando se vean sin fuerzas o a punto de ser prendidos; si los traen, no quedará ni rastro de su pellejo. Don Acacio llegó aquí hace cinco o seis días con la idea genial de recuperar lo perdido, así, pues, ha ordenado que sean tumbadas cuatro toneladas diarias por cabeza y al que no lo logre, no solamente no se le pagará el día, sino se le enseñará la forma de lograrlo con un poco de buena voluntad. El fuete no dio resultado en su montería y sabe que aquí resultaría más inútil aún, por eso ha puesto en práctica su invención de colgar en masa. Ustedes han llegado justamente a tiempo para gozar de las canciones de los primeros colgados. Nosotros, los boyeros, ya hemos recibido las nuevas órdenes. Todos los días recorre los depósitos a caballo y determina el número de trozas que cada boyero debe arrastrar hasta los tumbos, si quiere que se le tome en cuenta el día. De suerte que, si ahora nos encontramos aquí tranquilamente conversando, no será difícil que mañana a la misma hora ustedes nos oigan todavía, nada más que nuestras voces vendrán de allá abajo, de la espesura y tocará el turno a los leñadores de escuchar nuestra música.

—¿Qué puede uno hacer contra eso? —pregunta con voz vacilante uno de los recién llegados, perteneciente a una colonia libre y que se había vendido a la montería para poder casarse después.

—Sí, ¿qué puede uno hacer contra eso? —repite Fidel como un eco.

Después recorre con la mirada los rostros de los hombres que se hallan presentes, se muerde los labios y agrega:

—¿Que qué se puede hacer? Ello depende de la clase de hombres que sean ustedes.

—¿Qué quieres decir? —pregunta uno de los nuevos.

—Nada —responde por él Santiago—. Nada, solamente la otra noche yo oí a un muchacho que cantaba en medio de los lamentos y los gemidos de los colgados y parecía que su canto lo aliviaba.

—Tú debes recordar la letra —dice Cirilo, que conoce la canción, pero que quiere que sea Santiago quien la repita a los nuevos.

—Claro que me acuerdo, canciones como esa basta escucharlas una vez en la vida para no olvidarlas jamás. Dice más o menos así:

"Si mi vida nada vale y vivo peor que animal, nada pierdo con matar al que me tiene colgado, y mucho gano mandando al infierno a un condenado. Ay, ay, ay, ay, iguanita, vamos al tumbo a cantar...".

—No entiendo ni una palabra —dice Antonio.

Matías lanza una carcajada brutal y dice con los labios apretados:

—Ya la entenderás, la música te hablará bien claro.

Alguien más pregunta:

—¿Pero es que los muchachos no se resisten cuando los van a colgar?

—También los cochinos cuando los van a matar chillan —replica Prócoro—, pero eso no impide que tres horas después te comas los chicharrones. Lo mismo pasa con nosotros. ¿Qué se puede hacer cuando se te echan encima tres pelados a un mismo tiempo? Supongamos que te resistes, entonces te dan tres macanazos y cuando vuelves en ti te encuentras perfectamente colgado de la rama de un árbol, con un ejército de hormigas rojas paseándosete por la nariz y las orejas, que te han untado de manteca para atraerlas mejor, feliz de que no se te hayan metido en el trasero o se te paseen por delante, cosas ambas muy agradables. En cuanto a los mosquitos, acuden aun sin necesidad de manteca. A la mañana siguiente amaneces con un gran chichón en la cabeza y un mareo tal que no te vuelven a dar ganas de presentar la menor resistencia cuando vuelven a cogerte.

—La Mecha, esa bestia bizca, ha descubierto un truco que ustedes no conocen todavía —dice Santiago a los viejos—. Dile a Prócoro que te enseñe.

Prócoro no tiene camisa y muestra la espalda desnuda a la luz de la fogata, y Santiago pasa las manos sobre las líneas que convierten en piel de cebra los hombros de Prócoro:

—Ese coyote de la Mecha, después de colgarlo, le rasgó la piel con una espina para que las hormigas, los mosquitos y demás insectos pudieran chupar mejor. Ahora, muchachos, díganme: ¿en dónde creen que están? ¿En una finca? ¿En su pueblo donde sólo los piojos y las pulgas pueden comerlos? Aquí ni siquiera están en la entrada, aquí se está en el fondo mismo del infierno.

—Dices bien, Santos —interviene Fidel—, en el mero fondo del infierno. Esa es la pura verdad. El más cruel de los diablos no querría estar aquí, le daría vergüenza.

A treinta pasos de distancia, próximos a otra hoguera, se calientan Cándido y Modesta en compañía de otros indios de su raza. Los niños de Cándido duermen. La distancia que separa a los dos grupos impide que Cándido y sus compañeros se enteren de la animada conversación de los boyeros y de los horrores cuyo relato congela la sangre del auditorio. Al contrario, en el grupo de Cándido reina un silencio casi completo. Los hombres están abatidos, rendidos de la larga marcha y tal vez también por el miedo impreciso de lo que les espera en adelante. El terror los rodea, surge de todas partes, de la noche sombría, de la hierba en que se hallan sentados, de la maleza que rodea el campo, del murmullo agonizante del arroyo próximo. Como los del otro grupo, ellos también escuchan las quejas y los gemidos que parten de la espesura, y cuando el viento viene de su lado y los oyen más claramente, se miran entre sí con horror, porque saben bien que aquéllos son gritos de dolor de hombres torturados, de sus compañeros de miseria de mañana. Porque todos ésos que ahora rodean las hogueras aparentemente tranquilos, bien pronto gemirán como los otros, a quienes tocará en turno escuchar sus gemidos, impotentes como ellos para socorrer a sus hermanos.

Saben que en el otro grupo se explica nuevamente el porqué de los lamentos. Lo saben porque a ellos llegan frases incompletas, voces emitidas en tono elevado. Por ello, ninguno se levanta para preguntar a los viejos el significado de los lamentos que pueblan la maleza. No quieren perder su última esperanza, tienen miedo de saber la verdad. Quisieran convencerse, en el fondo de sus corazones, de que no son compañeros suyos los torturados, de que aquellos lamentos no son tales, de que lo que escuchan es el plañir del viento o el zumbar de los insectos en la espesura. No hay uno de ellos a quien se le ocurra aproximarse a la maleza y tratar de ver lo que pasa, sobre todo cuando se dan cuenta de que ninguno de los hombres del otro grupo lo intenta. Todos saben que allí, como en las fincas, en los cuarteles, en las cárceles, en las colonias penales de Veracruz, Yucatán, Tabasco y Jalisco, más vale no mostrarse demasiado curioso ni tratar de profundizar en la causa de gritos angustiosos, de gemidos y de quejas que surjan de pozos, cavernas, calabozos o conventos en ruinas. Los obreros y los peones saben por experiencia que los curiosos conmovidos por los lamentos de las víctimas y tentados de socorrerlas no tardarán en lamentar como ellas.

Además, era muy posible que aquellos gemidos no tuvieran fundamento: en la selva, tanto de día como de noche, el hombre está constantemente a merced de alucinaciones, de mirajes, de obsesiones. Desde todo punto de vista, más valía no decir nada, era preferible no hacer alusión alguna a aquellos ruidos. Después de todo, se podía suponer que ello ocurría en un país extraño, lejos, muy lejos del sitio en el que ellos se encontraban.

En las oficinas se oía reír y jurar a los capataces. Hasta los indios llegaban sus canciones obscenas y los gritos agudos de mujeres ebrias.

En el campo había sólo dos mujeres para satisfacer los apetitos de los cinco capataces de don Acacio. Habían seguido a los colonos cuando la inundación había obligado a éste a evacuar la montería. Esas mujeres eran viejas, de carnes flojas, nada en ellas podía atraer y ellas lo sabían. Sabían también que habían llegado a su última etapa. Habían contraído todas las enfermedades, sin excepción, inherentes a su oficio. Nadie las había obligado a seguir a los capataces. Ellas hubieran querido que las llevaran a la fuerza para poder pedir diez centavos más por el precio de sus favores. Pero persona alguna, ni siquiera aquellos inmundos capataces, habían querido forzarlas y se sentían felices de que don Acacio les hubiera permitido seguirlos y les hubiera proporcionado bestias para hacer el viaje. Llegado el caso, hasta a pie hubieran seguido a la columna, porque de haberlas querido dejar en los pantanos, no les habría quedado más remedio que rogar a los capataces, por el amor de Dios, que les dieran el tiro de gracia, que acabaran con ellas de un balazo en la cabeza. Así, pues, eran felices de ver a su alrededor todavía algunos hombres de los que podían sacar algo, poco que fuera, y que compartían con ellas sus frijoles, sus tortillas y su café. Y hasta había la posibilidad de que cuando el turco llegara al campo, alguno les comprara un corte de muselina sin refunfuñar demasiado.

Se sentían verdaderamente satisfechas cuando oían decir delante de ellas: “Es una ventaja tener por aquí algo que parezca una mujer”.

Las mujeres comenzaron a cantar con voces de carraca y dos de los capataces les hicieron segunda.

El capataz apodado el *Guapo* salió del jacal, titubeó y volviéndose al interior gritó:

—¡Eh, Faldón, y tú, Mecha, salgan, y ustedes también, tales por cuales!

Los tales por cuales eran dos muchachos indios que servían en la oficina.

—¡Cojan las linternas! —ordenó.

Los indios encendieron las linternas en la flama de la vela que se hallaba sobre la mesa.

—Vamos a bajar a esos cochinos, hace ya bastante tiempo que están colgados, si no nos apuramos, mañana estarán fregados y no podrán trabajar —agregó el Guapo, tambaleándose.

—¿Nos dejas acompañarte para ver cómo cuelgas a los indios y cómo los desatas para bajarlos? —preguntó una de las mujeres aproximándose a la puerta.

—Anda, déjanos —dijo la otra, subiéndose la camisa, que había dejado resbalar hasta el ombligo—, ¡yo quiero ver!

El Guapo la lanzó contra la pared de una cachetada.

—¡Pendejas, viejas putas! Ustedes aquí se me quedan, que no las vea yo rondar por el lugar en donde están colgados los muchachos porque les rompo la jeta. ¿Es que necesitan de ese espectáculo para estar satisfechas? ¡Puercas! ¡Si quieren conservar el pellejo, no metan el cochino hocico por allí!

Se aproximó a la mujer que había tenido la peregrina idea, y aquélla, sabedora sin duda de lo que iba a ocurrirle, se cubrió la cara con las manotas abiertas, pero con gesto brutal él se las bajó y le propinó media docena de golpes tan violentos que la nariz de la desgraciada se infló y empezó a manarle sangre de la cara.

—¡En marcha! —gritó dirigiéndose a los otros capataces—. Hay que bajarlos, ya hace demasiado tiempo que cuelgan de sus árboles.

Los tres capataces pasaron entre los grupos de indios sentados alrededor del fuego, sin parecer apercibirse de su presencia.

—¿A dónde van ésos? —preguntó Antonio en voz baja.

Fidel, a quien se había dirigido, le contestó:

—Van a desamarrar a los castigados.

—¿Y si vamos a ver? —dice enderezándose uno de los recién llegados.

Matías lo obliga a la fuerza a sentarse nuevamente.

—Estate quieto si estimas tu pellejo. En cuanto los capataces te vean asomar la nariz por allí, sufrirás la misma suerte. Cuando se están repartiendo bofetadas gratis, más vale correr antes de recibir una.

—Paciencia —dice Santiago a media voz—. Ya llegará el día en que también nosotros colgaremos y descolgaremos, y cuando nos aproximemos a ellos, no será para recibir bofetadas, sino para darlas. Esos perros olvidan que no es posible golpear a un hombre eternamente. Un buen día el hombre aprende a servirse del fuete y a repartir golpes para dar un poco de reposo a su alma.

Pronunciadas aquellas palabras, deja caer la mirada sobre Martín Trinidad, que, a su vez, lo mira como si tratara de escudriñar su pensamiento.

—¿Por qué me miras de ese modo? Si eres un soplón, dilo. Al fin y al cabo dentro de muy poco hemos de saberlo, y entonces puedes estar seguro de que no soplarás más.

Martín Trinidad contesta con una risita burlona.

—Si no quieres que oiga lo que dices, no tienes más que dejar de hablar en mi presencia. Yo no te llamé, fuiste tú el que viniste a reunirte con nuestro grupo.

Santiago sacude la cabeza, contrae los labios y vuelve a encender su cigarro con una brasa.

—Mañana Celso los inspeccionará a ustedes tres —dice al fin—, y Celso ve claro, tiene un par de ojos muy buenos.

—Y nosotros tenemos seis excelentes —replica Martín Trinidad.

Sus dos compañeros se carcajean y Juan Méndez agrega:

—Sí, nosotros tenemos tres pares de ojos excelentes, sin ellos no estaríamos aquí, te lo aseguro, hermanito —dice volviéndose a Lucio Ortiz.

—Nosotros tres vemos por seis —responde este último.

—Miren, allí vienen ya —dice Santiago señalando a los capataces con un movimiento de cabeza—. ¡Vienen hartos, como cerdos!

—Ahora —dice Fidel— podremos ir a encontrar a los muchachos.

Se levanta y diez trabajadores más lo imitan.

Fidel y dos de sus camaradas se dirigen a la casa grande que sirve de dormitorio, toman dos linternas y se van en dirección de la espesura. Ocho hombres, ocho masas informes se agitan por tierra. Están increíblemente plegados sobre sí mismos, como si hubieran permanecido durante seis meses dentro de un cajón estrecho. Los cubre sólo un calzón blanco y deshilachado. Gimen dulcemente, como durmientes a medias despiertos. Ruedan por el suelo y lentamente estiran los miembros, uno después de otro, para desanquilosarlos, porque tienen los brazos y las piernas tiesos e hinchados.

Los lazos que los sujetaban a los árboles habían sido simplemente desanudados por los capataces, dejando caer a los hombres por tierra brutalmente. Los capataces jamás se preocupaban de sus víctimas porque sabían que los muchachos vendrían a socorrerlos. Además, los capataces no estaban obligados a velar por la salud de los colgados. Éstos podían reventar o no durante el suplicio. Los Montellano y sus guardaespaldas no se preocupaban de la muerte de los colgados más que en la medida que la pérdida de la mano de obra los afectaba. Si los leñadores eran haraganes o débiles, y no podían producir tres toneladas diarias de caoba, la pérdida no era grande, el hombre podía reventar tranquilamente. Para el proletario el trabajo es un deber. Si es perezoso, no tiene derecho a vivir. Después de todo, si revienta es un estorbo menos.

Los ojos de los colgados se mostraban sanguinolentos e inflamados. Tenían el cuerpo cubierto de placas provocadas por los piquetes de las hormigas rojas y los mosquitos. Centenares de garrapatas de todos tamaños se habían introducido en su epidermis a tal grado que era necesaria una paciencia infinita para extraerlas sin dejar dentro las cabezas, pues de quedarse éstas dentro de la piel, las placas producidas por los piquetes de los insectos se convertirían en una amenaza. En el sitio en que una garrapata se mete, persiste, aun después de extraerla, una comezón horrible que dura muchas veces hasta una semana, obligando al que la ha sufrido a rascarse constantemente. Los cuerpos de los atormentados estaban aún cubiertos de hormigas que empezaban a emprender la huida con su botín de sangre o de carne. Sobre los dedos y entre ellos las niguas habían depositado sus huevos bien profundamente dentro de la carne. Las arañas les habían invadido la cabellera y algunas hasta habían comenzado a tender sus telarañas para aprisionar a las moscas que acudían atraídas por la sangre y el sudor de los colgados. Sobre sus muslos podía mirarse la huella viscosa que les dejaran los babosos.

Los viejos tomaron en brazos a sus camaradas, aún embrutecidos por el dolor, y los condujeron al borde del arroyo. Los sumergieron en el agua corriente para aliviarlos de los piquetes ardientes de los mosquitos y desembarazarlos de hormigas y arañas. Después de la ablución, volvieron a colocarlos sobre la orilla y se dieron a estirarles los miembros dándoles masaje al mismo tiempo.

—No está tan mal —explica Santiago a Antonio, que le ayuda a reanimar a uno de los leñadores, Lorenzo—. La cosa no es tan grave cuando lo cuelgan a uno cerca de los jacales, lo que es peligroso es cuando lo cuelgan lejos del campamento en vía de castigo especial, porque entonces los jabalíes y los perros salvajes lo devoran, sin que sea posible defensa alguna.

—Todavía hay un castigo maravilloso, ése lo inventó don Severo —dice Matías friccionando a otro colgado—. Como a eso de las once de la mañana toman al sujeto, lo llevan a un sitio en el que no hay ni árboles ni abrigo de especie alguna. Entonces lo desnudan, lo atan de pies y manos y lo entierran en la arena ardiente hasta la boca, no dejándole fuera más que la nariz, los ojos y el cráneo, y todo ello bajo la caricia del sol. A ustedes, inocentes corderitos que nada de eso saben, puedo asegurarles que cuando lo han enterrado a uno en esa forma una vez, solamente una vez, tiembla como la barba de un chivo cuando oye a don Félix decir estas lindas palabras: "Ahora, o tumbas tus tres toneladas o hago que te entierren durante tres horas"; esas tres horas parecen más largas que una vida.

La bárbara práctica de las suspensiones era eficaz y raramente costaba una vida humana, porque los indios son fuertes y tan resistentes que muchas veces les es dado trabajar el mismo día que han sido atormentados. A través de su larga experiencia, los hermanos Montellano habían descubierto que la suspensión producía sobre los "haraganes" un efecto tan aterrador como en otro tiempo el fuete. La suspensión y los enterramientos no dejaban heridas capaces de impedir el trabajo. Lo que quedaba, dando resultados excelentes, era el temor de revivir horas espantosas, horas que parecían una eternidad y aterrorizaban a los desgraciados. Su tormento en medio de la oscuridad les impedía apercibirse de los peligros que los amenazaban y eran sorprendidos por ellos, indefensos.

Sólo los indios de esa región conocen los horrores que puede deparar la espesura.

Pero lo que aumenta hasta la locura el terror a la suspensión, a la impotencia de defenderse en la noche, en las profundidades de la selva, es el horror indecible, inexplicable, el miedo instintivo e imposible de dominar que siente el indio por los fantasmas y los espectros, su creencia supersticiosa en los resurrectos, a quienes ve surgir en todas direcciones entre las tinieblas.

Un blanco encerrado de noche en un museo de figuras de cera o en la cripta de un panteón sufre menos que un indio suspendido de un árbol en la selva, lejos de toda luz. Los Montellano tenían demasiada experiencia y eran lo suficientemente inteligentes para no llevar a sus trabajadores demasiado lejos del campamento, quitando a algunos tipos excepcionalmente endurecidos. De haber colgado a la mayoría lejos del campamento, al día siguiente no encontrarían ni a uno solo vivo.

Cuando los colgados fueron finalmente reanimados gracias a los cuidados de sus camaradas, pudieron beber un poco de café y comer tantitos frijoles recalentados, para dirigirse después, vacilantes como ebrios, hacia sus jacales, en donde se tumbaron estirados. Eran aproximadamente las once de la noche.

A la mañana siguiente, a eso de las cuatro, la Mecha entró en los jacales para despertar a patadas a los durmientes. Estaban todavía tan adoloridos y atemorizados por la suspensión de la víspera, que sin preocuparse por enjuagar sus manos se lanzaron sobre la cazuela de frijoles a medio calentar y empezaron a comerlos con avidez, llevándoselos a la boca con las manos. Después bebieron unos cuantos tragos de café y con el hacha al hombro se internaron en la selva con la resolución de tumbar ese día sus cuatro toneladas.

Durante todo el día no tuvieron más que una idea en la cabeza, y esta idea no los dejó en tres semanas: "Por todos los santos del cielo, Diosito, haz que pueda yo tumbar mis cuatro toneladas para que no me cuelguen".

Pero Dios, que vino a la Tierra hace dos mil años para salvar a los hombres, olvidó sin duda a los indios.

Es cierto que su tierra era aún desconocida y, cuando al fin se descubrió, lo primero que los conquistadores hicieron fue plantar una cruz en la costa y decir una misa; es todavía, a causa de esa ceremonia, que los indios sufren.

—Es cierto —dice algunas noches después Martín Trinidad a quemarropa—. Dios vino al mundo hace dos mil años para salvar a los hombres. La próxima vez seremos nosotros quienes los salvaremos.

—Puede ser —respondió Pedro, uno de los boyeros que tenía algunas nociones sobre la religión y los curas—, puede ser. Pero todavía tendremos que esperar dos mil años para que llegue nuestro turno.

Celso intervino secamente.

—¿Por qué esperar al Salvador? Sálvate tú mismo, hermano, y entonces tu salvador habrá llegado.

VI

No está mal tu arbolito —dice Celso a Cándido, preguntándole—: ¿Lo escogió don Cacho especialmente para ti?

—Sí, mira: mi número está escrito con tinta sobre la corteza.

—Ya me lo imaginaba. Realmente es un placer mirar este árbol. De él se sacan bien tres toneladas.

Cándido había colocado el hacha en el suelo y se escupía las manos abundantemente. Antes de levantar el hacha y de comenzar a golpear, dijo:

—Yo no sé nada de toneladas ni de trozas, este es el segundo árbol que tumbo. El Faldón me ha dicho que las dos primeras semanas sirven de aprendizaje y que no me colgarán aunque produzca menos de las cuatro toneladas. Durante quince días se conformará con tres, pero el caso es que aquí me tienes, hace más de dos horas que golpeo con el hacha sin haber logrado avanzar un ápice.

Celso se soltó riendo.

—¡Con un diablo! Eso nada tiene de raro. Si sigues rascando como lo has hecho esta mañana pasarán cuatro días y el árbol seguirá en pie.

—Eso es lo que me temo. Me dan ganas de dejarlo y de buscar en el bosque otro que tenga mi número, pero que esté menos difícil.

—Con eso nada ganarás. Este árbol te toca y si no lo tumbas hoy tendrás que hacerlo mañana.

Cándido miró a Celso desesperadamente.

—¿Entonces qué haré? Mi hacha es buena y está bien afilada, pero no alcanza a penetrar, diríase que golpeo sobre fierro. A cada golpe que doy rebota y ni siquiera mella un poquito la corteza. Ya van dos veces que al rebotar me golpea la pierna, aquí puedes ver la huella.

—Es porque la coges mal. A los árboles como este es necesario atacarlos de otro modo.

Celso le explica que aquel árbol pertenece a una especie excepcionalmente dura.

Además, las excepciones eran muy frecuentes y don Acacio y sus capataces las hallaban fácilmente para designarlas a los leñadores a quienes querían hacer la vida demasiado dura, y Celso era uno de ellos.

Un gran número de árboles en las selvas vírgenes de los trópicos tienen raíces que en el momento de crecer salen de la tierra junto con el tronco. Esas raíces forman una especie de costillas que alcanzan cerca de una pulgada de espesor en sus extremos. Mientras más se aproximan al tronco, más gruesas son y más profundamente lo penetran. Algunos árboles tienen siete y aun nueve costillas de ese género, que emergen del tronco como rayos. Estas costillas formadas por las raíces son de una madera muchísimo más dura que la del tronco. Antes de atacar el árbol es necesario tumbarle todas las costillas, pues sólo así es posible llegar con el hacha al tronco propiamente dicho. A menudo esas raíces alcanzan tres pies de largo.

Era contra un árbol de esa naturaleza que Cándido se agotaba en esfuerzos inútiles y se daba cuenta de que le serían necesarios por lo menos dos días de trabajo para poder tumbarlo.

Celso era uno de los más sólidos y experimentados leñadores de la montería. La turbación de Cándido le divertía. Él veía solamente las tres toneladas de madera y las largas raíces no eran a sus ojos sino un obstáculo insignificante, teniendo en cuenta la cantidad de madera que el árbol rendiría.

—No, así nada lograrás, es menester obrar de otro modo. Primero necesitas construir una especie de andamio bastante alto para alcanzar el tronco con el hacha. Es necesario que te levantes por encima de las costillas del árbol, de manera que golpees directamente el tronco sin tocar las raíces.

—Pero solamente para eso necesitaré por lo menos medio día.

—La primera vez es posible. Cuando te hayas acostumbrado, será la cosa más sencilla. Lo primero que debes hacer es cortar algunas ramas y reunirlas con lianas. No intentes hacer un andamio que dure toda la vida. Con que te aguante hasta que des el primer golpe de hacha será bastante; ya te diré lo que hay que hacer después para sostenerse.

Cándido derribó algunos troncos tiernos que Celso reunió, formando una especie de zarzo. En menos de una hora había logrado rodear el tronco de un original andamio.

—Ya ves, hermanito —dijo Celso contemplando complacido su obra—. Claro que no podrás pararte como en el suelo, es necesario que te sujetes bien con los pies a los troncos transversales, si te descuidas, caerás y tendrás que trepar nuevamente. Ahora inténtalo para verte.

Cándido trepó y comenzó a golpear. Apenas dados tres hachazos, y cuando se disponía a dar el cuarto, cayó por tierra cuan largo era.

—Muy bien —dijo Celso riendo—. Ya por lo menos sabes cómo se hace. Ahora, espérate, te voy a enseñar un buen truco.

Echa la cuerda alrededor del tronco. Bien, ahora enrédate a la cintura uno de los cabos; sí, así como lo estás haciendo. Ahora haz un nudo, ni muy apretado ni muy flojo. Así, si resbalas, no llegas al suelo, sino quedas colgando simplemente y, si el tramo de cuerda que has dejado entre el árbol y tú no es muy largo, podrás fácilmente volver a tu sitio. De ese modo podrás golpear mejor y más fuerte.

Cándido se escupió las manos y asestó varios buenos golpes. El hacha hirió el tronco.

—¿Ya ves, muchacho, cómo la cosa es bien fácil cuando se tiene maña?

Celso intentó volver a su trabajo, pero Cándido lo retuvo.

—Dime, compañero, ¿por qué motivo te prestas a ayudarme? Apenas nos conocemos y, sin embargo, te arriesgas a ser colgado perdiendo el tiempo para ayudarme.

—Tengo tumbadas ya algunas toneladas y sé que el fin de semana completaré lo que me toca. Y si hago esto es porque me das lástima; tú no estás acostumbrado. Además, si me cuelgan una o dos veces más será mejor porque necesito de todo mi coraje, de un coraje inmenso, y si me cuelgan, podré acumularlo.

—¿Y para qué necesitas tanto coraje?

—Para... para agarrar un jabalí. Tengo hambre y quiero comer carne fresca y tierna de jabalí. Dentro de poco iré de caza.

Celso tomó el machete, lo pasó por las espirales de la cuerda que le ceñía el cuerpo, sacó del pecho de la camisa un saquito y se lo tendió a Cándido.

—¿Sabes lo que hay adentro?

—Sí, son puntas de flecha.

—Precisamente. Además, me he hecho dos arcos preciosos. Cuando lance mi primer flecha tendré un jabalí o por lo menos un faisán. Y si cojo algo bueno te invitaré a ti con tus hijos y tu hermana para que cenen conmigo. ¿Cómo se llama tu hermana?

—Modesta.

—¡Modesta! Ese nombre me gusta. Hace tiempo yo quería a una muchacha. Ya se debe haber casado porque yo no pude regresar, pero ya ni acordarse es bueno, ahora prefiero pensar en la caza.

—¿Piensas trabajar todavía ahora?

—Naturalmente. Yo lo hago sin sufrir mucho, mira mis manos.

Extiende las manos para que Cándido se las vea, éste se inclina, las mira y las palpa.

—¡Hombre! Pero si no son de carne, parecen todas de hueso o de fierro.

—Es verdad —dice Celso riendo—. Más de cien veces se me ha caído la piel y cada vez me ha salido más dura. Ahora parece cuero, por eso, si quiero, puedo tumbar hasta seis toneladas diarias. Generalmente hago cuatro y, a veces, cuando estoy de mal humor, hago solamente tres, pero créeme, cuando deje caer una de estas manos sobre la cabeza de un capataz se la parto como si fuera una nuez.

—Mis manos no son como las tuyas —dice Cándido mostrando sus puños, en los que se ve la piel arrancada y la carne desprendida y colgante en algunos sitios sanguinolentos.

Celso las examina con mirada de conocedor.

—Ahora comprenderás que es sólo debido al estado de tus manos que ellos permiten que durante las dos primeras semanas produzcas menos de cuatro toneladas sin golpearte ni colgarte. Pero en cuanto tus manos hayan sanado, esos salvajes encontrarán la manera de ponerte en carne viva cualquier otra parte del cuerpo.

Celso se aleja, pero regresa al cabo de algunos minutos.

—Escucha, compañero, acabo de ver un árbol que has tumbado.

—Sí, es el primero que logro.

—Pues bien, viejo, ése no te lo aceptarán.

—Pero ¿por qué?

—Porque lo dejaste a medias. Aquí sólo cuentan las trozas, no los árboles. Regresa allá y recorta el tronco debidamente, calculando que haga una tonelada, después limpia la corteza en un pedazo y talla tu marca con el hacha.

—¡Por todos los diablos! —exclama Cándido—. En eso perderé dos horas más.

—Con tu falta de costumbre seguramente, ¿pero qué quieres? Es así como debe hacerse. Árboles hay bastantes en la selva, lo que los Montellano quieren son trozas, no árboles. Así pues, más vale que vayas enseguida. Dentro de media hora el Faldón pasará a caballo y, si mira tu árbol como lo has dejado, te irá mal, porque no aceptará como excusa tu ignorancia, como no lo es la falta de fuerza suficiente. "¡Cuatro toneladas diarias o la suspensión, indio piojoso y mañoso!". ¿Que cómo harás para tumbar tus cuatro toneladas? Eso es cosa tuya, no de los que te dan de comer y un gramo de quinina de vez en cuando, no para favorecerte, sino para evitar que revientes demasiado pronto. De otra manera, tendrían que enterrarte y entonces podrías reposar.

El mes de agosto llegaba a su fin y don Severo había decidido echar las trozas al agua al comenzar la siguiente semana. Acompañado de cuatro capataces, don Acacio recorría a caballo la montería para inspeccionar los campos y ver si todas las trozas se hallaban reunidas y listas para ser arrastradas. Con grande ira se da cuenta de que en el campo oeste más de doscientos troncos se hallaban tirados exactamente en el mismo sitio en el que habían sido abatidos. Los boyeros explicaron que habían estado acarreando de día y de noche y que no les había sido posible transportarlos todos a los tumbos. Las trozas se hallaban tan profundamente sumergidas en el suelo fangoso que había sido necesario un esfuerzo inconcebible para lograr transportar más de cuatro en un día.

Don Acacio reúne a todos los capataces y les pregunta qué han hecho durante todo el tiempo que han durado las actividades. Explican que han tenido que estar sobre los leñadores para lograr que produjeran la madera necesaria, sin tener tiempo de ocuparse de los boyeros, pues no podían estar en todas partes, máxime que no eran más que dos, por lo que rogaban a don Acacio que tomara eso en cuenta y que considerara que las veredas y los atajos estaban inundados, que las erosiones eran más extensas cada día y que el acarreo resultaba muy difícil, ya que las lluvias estaban en su apogeo. Los mismos bueyes se hallaban agotados y los boyeros se veían obligados a tirar ellos mismos de las trozas.

—Sí, ¡hatajo de haraganes sinvergüenzas! Ahora es cuando me salen con eso, pero durante el tiempo seco sólo supieron roncar y emborracharse. ¿Qué otra cosa hacían cuando no llovía?

—Pero, patrón, si hace meses que está lloviendo en nuestro distrito. Ni modo que diga usted que nos la hemos pasado acostados y tomando, porque aquí no tenemos ni aguardiente ni mujeres.

—¡Cierra el hocico, insolente, si no quieres que te lo cierre yo de un fuetazo! Lo que es ahora les descontaré tres meses a cada uno.

—Como usted quiera, patrón —replica el Doblado—, pero si usted nos descuenta el sueldo por algo que no es culpa nuestra, el Chapopote y yo nos iremos, eso es lo convenido.

—Eso creen ustedes, porque todavía tienen por allí un saldo en su contra.

—Cierto —reconoce el Chapopote—, tenemos una deuda, pero lo que es yo, no me dejaré descontar ni un solo día.

—Pues andando, lárguense; vayan y digan en Hucutsin que los corrí por haraganes y borrachos, pero tendrán que irse a pie. Los caballos se quedarán aquí y ustedes atravesarán la selva con sus patotas, con las cuatro si les acomoda, y dentro de unos días tendré el gusto de encontrar sus huesos bien limpiados por los zopilotes. ¡Ahora, a moverse, mándenme aquí algunos boyeros!

Media hora más tarde aparecieron en la oficina dos boyeros.

—A sus órdenes, patrón —dijeron al entrar.

—Oigan bien lo que voy a decirles.

Don Acacio se aproximó a los dos hombres, los tomó de una oreja y tiró de ellos hacia sí. Después los sacudió como si quisiera arrancarles las orejas. Los boyeros se retorcían, se encogían y trataban de tomar por el brazo a don Acacio, que finalmente los soltó.

—Es preciso que mañana en la mañana lleven todas las trozas a los tumbos, si no... Si no, les ofrezco que tendrán una fiestecita como nunca la tuvieron. Lárguense y adviértanlo a los otros.

Los dos hombres contestaron al unísono:

—Bien, patroncito, se hará como usted lo ordena.

—Estamos como estamos a causa de la pereza de ustedes, pero ya verán cómo acabo yo con su flojera.

Don Acacio entra en el jacal que sirve de oficina y se sienta a la mesa. Afuera llueve a cántaros. El terreno que rodea la oficina y los otros jacales se convierte rápidamente en un lago.

Don Acacio manda traer una botella de comiteco que llevaba en su maleta y, calentándose con ella el interior, recorre la lista de trabajadores. De vez en cuando se levanta, camina hasta la puerta y se asoma para mirar al lago que se extiende más y más.

El agua termina por invadir el jacal. "¡Mal rayo!", jura don Acacio, bebe un buen trago de alcohol y grita en dirección de la cocina:

—Eh, Pedro, ¿cuándo me vas a dar de comer?

—Ahorita, jefe —responde Pedro—. Un momentito, por favor. Se me tiró el café y se apagó la lumbre, pero ya casi está.

—Está bien, pero date prisa que me muero de hambre.

Una hora más tarde la lluvia cesó, pero apenas empezaba a bajar el agua del lago que se había formado, cuando un nuevo aguacero se precipitó sobre el lugar. Ya entrada la noche regresaron los boyeros al campo para comer.

La lluvia había cesado nuevamente.

El suelo de los jacales estaba empapado. Algunos leñadores tenían hamacas, pero la mayor parte de ellos no tenía más que un sarapito.

Tan fatigados estaban, que una vez que se hubieron tumbado, no tuvieron fuerzas para levantarse cuando una hora más tarde el agua volvió a invadir sus casas. Los muchachos antiguos y más experimentados habían colocado tablas sobre cajones y se habían enrollado sobre ellas, logrando dormir secos mientras el agua no traspasara los techos de palma. En cuanto a los que no estaban familiarizados con los aguaceros de la selva, no tenían más recurso que dormir empapados o resolverse a hacer un esfuerzo indecible para arreglarse un sitio como el de los otros.

Solamente los leñadores se habían acostado.

Los boyeros, avisados del trabajo gigantesco que tendrían que hacer en las veinticuatro horas siguientes, comieron rápidamente y descansaron un momento de pie. Bien pronto encendieron sus linternas y se dirigieron a los campos. Los bueyes, después de habérseles dado un poco de comer, fueron llevados nuevamente al trabajo. Los boyeros regresaron temprano por la mañana para comer su arroz y sus frijoles y partir de nuevo.

A mediodía, don Acacio montó a caballo y recorrió la región. Inspeccionó los campos. Docenas de trozas se hallaban profundamente sumergidas. Los boyeros se encontraban metidos en el lodo hasta el pecho, a riesgo de caer en cualquier momento y perecer deshechos bajo la troza. Hacían esfuerzos inhumanos para transportar las trozas a los tumbos. Regularmente llovía cada dos horas durante veinte minutos, con lo que el fango aumentaba.

—Miren, ni la mitad de las trozas han podido transportar, a pesar de la orden que di para que las reunieran todas. ¿Qué les prometí, manada de puercos? Una fiestecita, ¿verdad? Pues la tendrán con música y baile.

Por toda respuesta tuvo el rechinar, el crujir, el chirriar de las cadenas contra los yugos; el jadear de los boyeros bajo el esfuerzo inhumano que realizaban para sacar las trozas del pantano; el desgarrar de las raíces que las retenían; las voces de ánimo que prodigaban a sus bestias, y el sonido hueco de la tierra lodosa que se pegaba a las piernas de los boyeros y de los bueyes sumiéndolos un poco más a cada paso.

Al caer la noche, los boyeros y sus ayudantes regresaron al campo para comer algo. Estaban tan cansados que no pudieron hacerlo, pues en cuanto se tumbaron por tierra cayeron en un sueño profundo. Sólo algunos pudieron arrastrarse hasta la cocina para beber un poco de café y comer algunos frijoles.

Don Acacio llegó escoltado de sus cinco capataces y, dirigiéndose a la masa que formaban los cuerpos de los boyeros tumbados por tierra y del pequeño grupo que comía en la cocina, gritó:

—¡Arriba, cabrones piojosos, caminando, ahora van a ver quién soy yo! ¡Al baile todos!

Los trabajadores, acostumbrados a obedecer incondicionalmente las órdenes de los ladinos, al escuchar la voz de don Acacio se pusieron de pie inmediatamente.

—¡Vamos allá abajo, a los árboles!

Los boyeros obedecieron.

—Cuélguenlos de las patas y jálenles el cuero —ordenó don Acacio a los capataces—, y no tengan miedo de apretar —agregó, dirigiéndose al Guapo—. Si les arrancan un pedazo de cuero, ya les volverá a crecer. Déjenlos colgados una hora para que la sal les cueza la carne de cochino o se la traguen cuando el sudor les escurra. Así recordarán que no hay que dejar las trozas en el campo toda la noche.

Los capataces necesitaban por lo menos dos horas para recuperarse, pero antes de ello tenían que estar en guardia para descolgar a los boyeros.

Los martirizados se quedaron inmóviles al pie de los árboles de los que habían sido colgados, después se fueron tumbando allí mismo, sobre el suelo fangoso, sin fuerzas para alcanzar sus jacales, insensibles al frío y a la lluvia.

A la mañana siguiente, dos de ellos no se levantaron, siguieron durmiendo. Cuatro horas más tarde hedían y tuvieron que enterrarlos.

VII

Urbano y Pascasio, indios del mismo pueblo y amigos desde la infancia, eran de los que habían podido levantarse. Se curaron mutuamente sus heridas y se cubrieron las llagas con la grasa que el cocinero distribuyó entre todos los colgados.

Era todavía noche cerrada cuando los boyeros fueron llamados al trabajo. Urbano y Pascasio siguieron la columna, pero apenas habían recorrido algunos metros, cuando Urbano dijo a su amigo:

—¡Ahora, hermanito!

Con movimientos felinos se apartaron de la columna y se deslizaron entre los árboles ocultándose tras los troncos. El capataz que mandaba al grupo no vio cuando se alejaron en la oscuridad y, aunque los hubiera visto, habría pensado que sólo se detenían para buscar algo olvidado.

Los indios alcanzaron el campamento, cogieron apresuradamente toda la carne seca, las tortillas y el polvo de frijol que tenían en su jacal, atravesaron rápidamente la explanada y se perdieron en la espesura.

—Más vale que rodeemos para no atravesar el campo —aconsejó Urbano.

—No nos echarán de menos hasta mediodía —dijo Pascasio en voz muy baja, como temeroso de ser escuchado—. Con suerte, no se darán cuenta sino hasta mañana temprano.

Al día siguiente, cuando a media mañana atravesaban un arroyo, oyeron que los llamaban por sus nombres. Eran los dos capataces, lanzados a caballo en su persecución. Un lazo alcanzó a Urbano a mitad del arroyo. Pascasio, más rápido, pudo ganar la orilla opuesta y escapar. Corrió a refugiarse en la espesura que rodeaba un macizo de rocas poco elevadas. La Mecha se lanzó en su persecución, pero el caballo que montaba se detuvo ante el obstáculo sin que el jinete lograra hacerlo avanzar.

Pascasio se hallaba ya en la cima de las rocas. Comprendió que, aun descendiendo del otro lado y escondiéndose en la espesura, le sería imposible escapar, ya que no faltarían a los capataces medios para hacerlo salir de allí y cogerlo.

La Mecha le grita ordenándole descender y seguirlo al campamento sin resistirse, pero Pascasio no responde, permanece de pie sobre la plataforma de roca, observando los movimientos de su enemigo, esperando, a pesar de todo, encontrar un medio para salvarse.

Mirando aquello, la Mecha desciende del caballo y se dispone a escalar las rocas.

El otro capataz, el Faldón, que acababa de alcanzar la otra orilla del arroyo arrastrando tras de sí a Urbano fuertemente atado a la cuerda, se dio cuenta de la peligrosa situación; la Mecha trepaba penosamente por un costado de las rocas, mientras que el indio se disponía a escapar por el otro. Éste podía lograrlo, ganar rápidamente la base y adueñarse del caballo de la Mecha, montarlo y escapar, abandonando al animal en un sitio alejado para desviarse luego, ya que las huellas del caballo lo denunciarían mejor que sus propias pisadas.

Adivinando las intenciones del fugitivo, el Faldón obra con rapidez. Ata fuertemente a Urbano al tronco de un árbol y enseguida hace que su caballo dé la vuelta al macizo para cortar la retirada a Pascasio, pero el indio se percata de la maniobra y asciende nuevamente en el momento en que la Mecha gana la cima.

Toda esperanza de fuga se desvanece. Pascasio coge una pesada piedra y la lanza con todas sus fuerzas a la cabeza de la Mecha. El capataz cae de espaldas al suelo, seguido por la enorme piedra. Pascasio, fuera de sí, salta sobre él y lo golpea hasta hacer una masa informe del cráneo de su víctima.

Después busca con la vista a su compañero. Ha perdido su machete durante la ascensión y va a necesitarlo para cortar las ataduras de Urbano, ya que no podía perder tiempo tratando de desatarlo. Pero el Faldón, habiendo perdido de vista a Pascasio, deduce que éste ha descendido del lado opuesto y que se encuentra ya en poder de la Mecha. Regresa y descubre desde lejos a Pascasio, a punto de librar a Urbano. Pascasio lo descubre a su vez y vuelve corriendo para trepar a la roca con el propósito de esconderse y de atacar al capataz por la espalda. Ya en la roca, su mirada se encuentra con el cadáver de la Mecha, sobre el que descubre una pistola de grueso calibre. Si Pascasio no hubiera perdido tiempo buscando su machete y hubiera trepado a esconderse con mayor rapidez, habría ganado la partida, pero se dio cuenta de ello muy tarde, porque al volverse después de arrancar el arma al cadáver, se encontró con el Faldón a su lado apuntando hacia él su revólver. Pascasio jamás había empuñado una pistola. Sabía, y eso porque lo había oído decir, que era necesario oprimir el gatillo para hacer salir una bala. Apretando el revólver entre ambas manos, tira del gatillo, el tiro sale antes de lo que él esperaba y se pierde en la espesura. El Faldón sólo piensa en una cosa: el indio había pretendido matarlo. Así, pues, sin vacilar, dispara y acierta. Pascasio da una vuelta sobre sí mismo y cae por tierra.

—A ti también debería perforarte el cuero —gruñe el Faldón, mirando a Urbano, que, atado, ha sido espectador impotente de la escena.

—Me pregunto qué esperas para hacerlo, coyote apestoso —replica el indio con insolencia.

—Perro sarnoso, ya te enseñaré yo a no tutearme.

El Faldón golpea con su fuete repetidas veces la cara del prisionero.

—¡Para que otra vez me hables como debes, puerco! —dice el capataz, poniéndose nuevamente el fuete a la cintura.

Pero Urbano estaba decidido a molestarlo.

—¡A ti también te llegará tu día, ten paciencia!

—¡Cierra el hocico y ve a enterrar los cadáveres!

—Enterraré el de mi camarada, ¡al capataz que se lo lleve el diablo!

—Eso lo veremos.

El capataz comienza a inquietarse, mira en todas direcciones, escudriña el horizonte con la mirada como temeroso de ver surgir de la espesura a más indios fugitivos. Por fin se decide a desatar con toda precaución a Urbano, procurando evitar que en un momento dado quede en aptitud de atacarlo. Antes de quitarle la cuerda del cuerpo y de las manos, lía sus piernas de tal suerte que Urbano pueda sólo mantenerse en pie y dar pequeñísimos pasos. Después se aproxima al cadáver de Pascasio, recoge el revólver que se halla tirado a su lado, y se lo coloca en la cintura. Hecho esto, saca el suyo y apuntando con una mano desata con la otra el tronco y los brazos de Urbano. En el momento que caen las cuerdas, da un salto de lado, vuelve a apuntar y ordena al prisionero:

—Carga esa carroña y llévatela allá abajo, a la espesura, detrás de la roca.

Mientras Urbano ejecutaba la orden del capataz, éste se mantenía a unos cuantos pasos detrás de él con la cuerda en la mano, listo a lazarlo al primer movimiento sospechoso. Urbano vio que no podía ni defenderse ni escapar. Llevó el cadáver de su compañero tras de la roca. El Faldón le ordena hacer otro tanto con el de la Mecha. Urbano lo obedece.

Finalmente, el Faldón lo hace cavar una tumba. Para lograrlo, Urbano habría necesitado de su machete, pero el Faldón era lo bastante despierto para saber que, al menor descuido, el prisionero cortaría las ligaduras y emprendería la fuga, y no era difícil que cogiera una piedra y le hundiera el cráneo sin darle tiempo siquiera a disparar el arma.

Así, pues, ordena a Urbano que corte una rama fuerte. Con ella empieza el indio a cavar la fosa. La operación es lenta y difícil. Finalmente la fosa queda abierta. El Faldón le dice:

—Deposita a la Mecha en el agujero —Urbano levanta el cadáver y lo arroja a la fosa ayudándose con pies y manos.

—¡Dime, pendejo! ¿Es que no puedes tratarlo cristianamente? ¡Como si fuera un perro!

—Dios juzgará mejor que nosotros —replica Urbano.

—Quítate de ahí —ruge el capataz.

Se aproxima al cadáver, se descubre, se persigna y persigna al cadáver, todo ello sin perder de vista a su prisionero. Ahora es necesario llenar la fosa; está a punto de hacerlo cuando recuerda un rito que ha olvidado. Bruscamente laza a Urbano y lo hace rodar por el suelo.

—Ahí te vas a quedar, sin moverte, hasta que yo te ordene lo contrario. ¿Entiendes? Si por tu desventura mueves la cabeza, ya sabes cuál será tu suerte.

Urbano queda inmóvil.

Entonces el Faldón, vigilándolo de reojo, registra los bolsillos del muerto. Encuentra cuatro pesos veintitrés centavos. Le quita la cartuchera y examina cuidadosamente el cadáver para ver si encuentra algo escondido entre las ropas. Como nada encuentra, da por terminada la ceremonia. El Faldón se vuelve hacia Urbano.

—Ahora levántate, perro, y llena la fosa.

En cuanto termina, el Faldón ordena:

—Ahora, camina. Apenas tenemos tiempo para llegar al campo esta noche.

—Pero —protesta Urbano— ¿es que a Pascasio no vamos a enterrarlo?

—Ahí dejaremos su carroña; los zopilotes se encargarán de ella.

—Si hubiera sabido que sólo ese perro iba a recibir sepultura, nada habría hecho.

—Por eso te hice traer los dos cadáveres, pero lo que es éste se quedará ahí. Un puerco como él no necesita cristiana sepultura. No la merece. ¡Andando, vamos!

El Faldón se aproxima al caballo de la Mecha, que se encuentra atado a un árbol.

—Debía llevarte amarrado a la cola, pero no tengo tiempo. Prefiero apresurarme y regresar al campo. El diablo sabe si todavía podremos llegar esta noche.

Tira de la cuerda y Urbano cae por tierra como un fardo. Revólver en mano, el Faldón se aproxima a él y le ata las manos.

—Levántate y voltéate.

Le sujeta las manos a la espalda y le desata los pies.

—¡Ahora, monta!

Torpe, como todo el que no ha montado en su vida, Urbano trata de subir al caballo. El Faldón se ve obligado a ponerse el revólver al cinto para ayudar al indio con sus dos manos y hasta con las rodillas y los dientes.

Durante esta operación, Urbano debió aprovecharse de la ocasión, como de todas las que se le ofrecieron durante los diez minutos siguientes, para tratar de huir y quizá hasta de atacar al capataz. Sabía perfectamente lo que le esperaba de regreso al campo. Sabía que al caer la noche lamentaría amargamente no haber compartido la suerte de su desdichado compañero, que por lo menos había dejado de sufrir, pero las fuerzas habían empezado a abandonarlo. Su energía se había extinguido. La rápida fuga, la carrera hasta el arroyo, lo habían agotado. Después, el espectáculo de la lucha de Pascasio con los capataces lo había excitado como si se tratara de él mismo y, finalmente, la muerte de su compañero le había demostrado lo inútil que resultaba toda tentativa de fuga. Las pocas fuerzas que le quedaban se habían desvanecido al cavar la fosa con la rama. Se hallaba en un estado físico y moral tal, que si el Faldón lo hubiera desatado y dejado libre sobre el lomo del caballo, no habría aprovechado la ocasión de huir y lo habría seguido dócilmente. A la mañana siguiente, sin duda, habría recuperado su energía y habría de reprocharse las faltas que estaba cometiendo. Entonces desearía haber combatido a fin de ganar su libertad o morir por ella.

—No podemos continuar.

Fueron las primeras palabras que pronunció el Faldón apenas emprendió el regreso. La noche había caído, el cielo estaba cargado de nubes, los caballos caminaban penosamente. El Faldón había perdido el camino y habían sido las bestias las que habían dado con la vereda, pero parecían haberla perdido nuevamente y a cada diez pasos trataban de desviarse bien a la derecha, bien a la izquierda, advertidas por su instinto del riesgo en que estaban de empantanarse. El Faldón sintió el peligro, se arriesgaba a perderse en la espesura. Así pues, tomó la resolución de no avanzar más y de acampar allí mismo. No tenía por qué temer que Urbano se escapara. En la noche le era imposible intentarlo, además, sabía que los itacates de los indios se habían perdido al atravesar el arroyo, y ellos, los capataces, seguros de dar alcance a los fugitivos, pensaban regresar esa misma noche, de suerte que no habían llevado provisiones consigo. Si Urbano intentaba huir, moriría en la selva. No moriría de hambre, porque, como todo indio, habría sabido encontrar las plantas necesarias para su subsistencia, pero habría de recorrer largos tramos sin encontrar ni una palmera, y para atravesar la selva no era necesario satisfacer el hambre solamente.

Ayudado de Urbano, el Faldón logró encender una hoguera para calentarse. Sus ropas estaban todavía húmedas del agua del arroyo y de las gotas de lluvia que caían de las ramas mojadas. El Faldón tomó la precaución de amarrar bien a Urbano antes de envolverse en su sarape y tumbarse junto al fuego. En el transcurso de la noche llovió abundantemente. Cuando empezó a amanecer, los dos hombres, el guardián y el guardado, se sintieron aliviados al poder continuar la marcha.

Don Acacio y uno de sus capataces, el Pechero, acababan de sentarse a la mesa cuando el Faldón, tirando del prisionero atado a su cuerda, franqueó la puerta de la oficina.

El Faldón entró al comedor.

—¿Y la Mecha? —preguntó don Acacio—. ¿Dónde está?

—Lo mató el de Bachajón.

—¿Y el de Bachajón?

—Lo maté... Me había atacado por la espalda.

—Vaya, dos hombres perdidos. Un capataz y un peón. La próxima vez, me la pagarás. Nunca me había pasado, ¿entiendes? Perder al mismo tiempo a un muchacho y a mi mejor capataz. Además, nunca se me había escapado uno. He corrido tras ellos un día, dos si era necesario, pero los he traído. ¿Trajiste al otro por lo menos?

—Sí, patrón.

Urbano aparece, con las manos atadas.

—¡Tú, acércate! —grita don Acacio sin levantarse del asiento—. Conque querías escurrirte, ¿eh? ¿Conque querías largarte y robarme?

Don Acacio parte su tortilla y la echa en la sopa.

—Yo no quería robarlo, patroncito.

—Todavía me debes más de doscientos cincuenta pesos y si te salvas de pagarlos con tu trabajo, me robas. Ahora agregaré cien pesos más a tu cuenta.

—Está bien, patroncito.

—En cuanto a la Mecha, mi buen colaborador me debía doscientos treinta pesos. Yo me pregunto cómo podía deberme tanto. En fin, bien que le gustaba correr tras las viejas, y como tú eres la causa de que se haya muerto y de que ahora se lo coman los zopilotes, serás tú quien me pague esos doscientos pesos. Así pues, ¿cuánto me debes? Bueno, lo que sea, no me voy a molestar calculando, y menos durante la comida. Lo único que puedo decirte... Urbano..., ¿no es así como te llamas?, es que antes de que puedas pagar tu deuda, tú y yo seremos viejos, muy viejos, pero eso es asunto tuyo.

—Sí, patroncito.

—Anda a la cocina a que te den un bocado. Después, cuando haya yo dormido la siesta hablaremos en serio, porque lo que es ahora voy a colgarte de los pulgares y de algo más que yo sé. Veremos qué queda entonces de tu cuero. Así se te quitarán las ganas de irte otra vez, muchacho... Eh, cocinero, ¿qué pasa con mi guisado?

—¡Ahorita, jefe! —contesta el cocinero desde el jacal que le sirve de cocina.

—¿Entendiste lo que te he dicho o es que no hablas castellano? —preguntó dirigiéndose a Urbano.

—Entendí muy bien —dice Urbano con indiferencia—. Con su permiso, patroncito —agrega, haciendo una reverencia y saliendo.

—¡Haz que te desate el cocinero! —le grita don Acacio—. Ya te he dicho que de ésta no te salvas.

—No, patroncito —responde el indio mientras se aleja.

—Decididamente soplan vientos de rebelión por aquí —dice don Acacio al Pechero y al Faldón, que acaban de sentarse a comer—. De esto tienen la culpa mis hermanos. Han sido demasiado buenos con los muchachos y los han dejado hacer su voluntad. Resultado: menos caoba. Si la cosa sigue así, para Navidad andaremos pidiendo limosna por las calles de Villahermosa a los indios, a quienes habremos enriquecido a fuerza de generosidad, a fuerza de llenarles las manos de dinero. Cuando esos puercos llegan aquí, todo se les va en vagabundear o en asesinar a pedradas a mis mejores capataces, a los que yo mismo he enseñado. Pero esto debe cambiar. Ya verán lo que pasa cuando a mí se me acaba la paciencia. Ahora mismo comenzaré a demostrarles quién soy.

Este discurso, prometedor de decisiones enérgicas, no había sido pronunciado de un solo golpe. Entre cada frase don Acacio había tomado el tiempo necesario para masticar y tragar. Pausas aprovechadas ya por uno, y por otro de sus comensales, para aprobar con un "Sí, jefe" servil las palabras de su amo.

Así trataban de testimoniar que compartían la opinión de don Acacio. En realidad eran incapaces de tener opinión personal alguna, pero les satisfacía intervenir simulando tomar parte en la discusión. Se sentían halagados de saberse por encima de los peones, que no tenían ni siquiera el derecho de aprobar. Todo lo que a éstos se pedía era obediencia ciega, aun cuando se les ordenara arrojarse al agua con una piedra al cuello. Para el esclavo no hay más que una virtud y un derecho: el de considerar como palabra evangélica todo lo que el patrón dice. El esclavo que no practica esa virtud ni ejerce ese derecho contraviene la regla, y en esas condiciones el matarlo o torturarlo son acciones de un mérito nunca bien ponderado.

Después de comer un poco, Urbano se sentó en la cocina. Sentíase fatigado y embrutecido. Regresó a su jacal y encontró algunas provisiones que Pascasio y él habían dejado para no cargarse demasiado. Entre las provisiones encontró unas hojas de tabaco. Enrolló un cigarrillo y se sentó en cuclillas a fumarlo silenciosamente. De vez en cuando daba respuesta a las preguntas que la cocinera y su ayudante le dirigían. A medida que el tiempo pasaba, su agonía crecía. Si inmediatamente llegados al campo, don Acacio o el Faldón lo hubieran abatido a golpes, ya se encontraría tendido en el suelo o bien, lavando sus heridas en el arroyo o hasta quizá acarreando trozas. "Pudiera ser —repetía mentalmente—, pudiera ser", y miraba el humo de su cigarro elevarse. "Pudiera ser...".

No sabía exactamente a qué correspondía aquel "pudiera ser". Intentaba no pensar en la amenaza de don Acacio. Tuvo la idea de escaparse nuevamente, aun sabiendo que esta segunda vez tendría muchas menos posibilidades de lograrlo. Él solo no podría hacerlo; sin embargo, se aferraba a la idea como a una tabla de salvación. Esta vez se defendería, derribaría a los capataces a pedradas o a palos. No tanto para tratar de enmendar su destino trazado de antemano, sino para hacerse matar, como lo había hecho Pascasio. Una vez muerto, don Acacio nada podría contra él. Con su cadáver podía hacer lo que quisiera. ¿Acaso importaba en aquel momento a Pascasio el ser devorado por un tigre, roído por las ratas o verse convertido en depósito de huevos de mosca? Con la desaparición de su mejor camarada, la vida le parecía sin sentido. ¿Para qué vivir? ¿Para quedarse allí, en la selva, hasta saldar sus deudas? ¿Con la sola perspectiva de ser molido a palos cada semana, o peor aún, de ser colgado? Y todo ello porque, a pesar de sus esfuerzos, no le era posible producir tanto como se le exigía. Allá, en su pueblo, él siempre había comido mal, pero aquí la cosa era peor. ¿Entonces?

La oficina, los jacales ocupados por don Acacio y los capataces, la cocina y los jacales de los muchachos estaban agrupados en una especie de explanada al borde del río. Desde donde Urbano estaba sentado podía ver la corriente rápida y la orilla opuesta. El agua enlodada arrastraba ramas y raíces de árbol. ¿A dónde las llevaba? Urbano lo ignoraba, y ninguno de los muchachos tenía la menor idea de ello y a nadie parecía preocuparle. Pensaba que debía terminar en alguna parte, en una región apacible y pasar por pueblos hermosos habitados por hombres amantes del prójimo. La corriente rodaba precipitadamente hacia esa región, sin duda para alcanzar más rápidamente el edén donde reinan la paz y la bondad.

Dos semanas antes, cuando cargaba trozas con otros camaradas, un muchacho se había ahogado. Parado sobre un petatillo de ramas, trataba de levantar una troza, cuando el petatillo fue arrancado de sus amarras y deshecho por la corriente, que arrastró al muchacho. Como éste no sabía nadar, dio tres tumbos y desapareció entre la espuma. Al día siguiente, como a un kilómetro de distancia, encontraron su cuerpo atorado entre las ramas. Urbano había ayudado a sacarlo, todavía recordaba la serena expresión del muerto. ¡Qué contraste entre el semblante del ahogado y el de los muchachos que regresaban después de ser azotados o colgados! Sin duda había entrevisto, aunque fuera de lejos, los pueblos encantados hacia los que se precipitaba la corriente.

Urbano se levantó penosamente, se aproximó a la orilla del río y se puso a buscar una piedra. Tan absorto estaba en sus pensamientos, que hablaba solo y en voz alta.

—Si me amarro una piedra a los pies me iré al fondo enseguida. Entonces todo habrá terminado y ya no habrá más don Acacio que pueda martirizarme—.

En ese preciso instante oyó a don Acacio que lo llamaba:

—Eh, tú, ¿dónde te has metido? Ven acá, que todavía tenemos algo que decirnos.

De un golpe, Urbano se olvida de todo. Su costumbre de obedecer era tal, que sus sueños se desvanecieron en el mismo instante en que sonó la voz de su amo.

Se apresura hacia la oficina.

—¡A sus órdenes, patroncito!

Don Acacio sale de la oficina con un cigarrillo en los labios y ve venir apresuradamente a Urbano. Don Acacio lleva en las manos un grueso fuete que empieza a curvarse de tanto servir. Sin dejar de caminar, se sujeta el asa alrededor del puño.

Urbano se encuentra sólo a dos pasos de él.

—Bien, indio bachajón, ahora platicaremos los dos solitos. Es necesario que aprendas de una vez por todas que tú no partirás de aquí antes de haber pagado hasta el último centavo de tus deudas.

De uno de esos jacales llega hasta ellos la melodía del vals *Sobre las olas.* Don Acacio se vuelve y mira a su querida en el pórtico del jacal, balanceando las caderas al compás de la música y fumando un cigarrillo.

—¡No te vayas tan lejos para hacer lo que vas a hacer, chulito! —le grita—. Las distracciones son aquí tan raras, ¡se muere uno de hastío!

—¡Cierra el hocico apestoso y métete enseguida, si no quieres que también a ti te dé una tunda! —gruñe don Acacio.

—¡Pensar que no es capaz de dejarme divertir ni con lo que nada le cuesta! ¡Lo que es yo, no me quedaré aquí por mucho tiempo! —replica furiosa la mujer, metiéndose al jacal.

—Ven —prosigue don Acacio dirigiéndose a Urbano—. Para lo que vamos a decirnos no necesitamos testigos. Nos iremos un poquito más lejos, a la orilla del río, allí nadie te oirá.

El jacal estaba a sólo unos cuantos pasos de la orilla del río, pero el camino era lo suficientemente largo para que Urbano encontrara tiempo para hacer los planes más aviesos. Seguía a don Acacio a algunos cuantos pasos. Delante de sus ojos, el fuete danzaba constantemente suspendido del asa. Por instantes, el aliento aguardentoso de don Acacio le azotaba el rostro. Era cierto que cuando había ocasión, Urbano bebía un trago de aguardiente y, en otro tiempo, en su tierra, a menudo había bebido más de la cuenta, cuando tenía dinero en el bolsillo, pero jamás se había sentido asqueado como ahora con el olor del alcohol. Este olor fétido no despertaba en él ningún deseo de beber, al contrario, le disgustaba horriblemente, sentía la misma sensación que el fumador que jura no volver a fumar cuando ha dado un beso a una muchacha bonita que acostumbre a consumir una cajetilla de cigarros diaria.

Llegaron al declive y lo descendieron. El enorme fuete se balanceaba ante los ojos de Urbano y su extremo parecía golpear por momentos el agua agitada. Le parecía que cortaba la corriente que se precipitaba hacia los lugares en los que él acababa de soñar, pero, al mismo tiempo, le traía el recuerdo doloroso de aquella noche en la que, junto con una docena de sus compañeros, lo habían colgado por los pies y azotado sin piedad porque no habían podido transportar todas las trozas que se les exigían hasta el tumbo lejano. Hacía justamente tres días de ello, y había sido aquella crueldad bárbara la que los había incitado a huir a él y a Pascasio. Ellos estaban decididos a no volver a soportar jamás suplicio semejante. Las cicatrices de su cuerpo estaban aún frescas y sangrantes. De improviso, un pavor espantoso invade a Urbano. Teme los nuevos golpes que habrán de caer sobre él abriendo nuevamente sus heridas aún vivas. Teme al dolor que le espera y al que sabe no podrá sobrevivir. Un segundo después, su temor se une a la desesperación y ambos sentimientos se transforman en coraje, en un coraje jamás por él sentido, en una rabia que le es desconocida, que parecía poseer a otro que no era él.

A una docena de metros del borde se levantaba un enorme tronco de árbol seco, que parecía haber perdido toda su savia y su fuerza, ya por la edad o bien, por su prolongado contacto con el agua. Ni una hoja verdeaba en sus ramas, que apuntaban al cielo tristemente como brazos de grotesco espantapájaros. Era el único árbol que se veía en aquel lugar. Sobre el borde crecía una vegetación enana, hundida en la arena y tan pobre y maltratada que se podría asegurar no sobreviviría a la próxima inundación.

—¡Vamos allá, a aquel árbol! —ordena don Acacio—. Es allí donde arreglaremos nuestras cuentas. Por lo menos ahí estaremos tranquilos, sin testigos, lejos del cacareo de aquellas putas que se imaginan que para nosotros todo es placer y distracción y que tenemos montones de dinero.

Urbano se adelanta en dirección del árbol.

—¡Con un demonio! ¡Que el diablo me lleve! ¡Se me olvidó lo principal! —grita furioso don Acacio—. Imposible que tú solo te detengas por las patas si no te amarro. Regrésate y tráeme un lazo.

Urbano monta el declive rápidamente, ayudándose con pies y manos. Dos minutos después regresa con el lazo. A medio camino vacila dos segundos. El agua del río corre allá abajo tan libre, tan independiente, sin que nadie la golpee, sin que nadie la martirice, y el tronco de árbol tiene un aspecto tan miserable, sugiere una tal desesperación...

Urbano cierra los ojos dolorosamente. Recuerda el horrible suplicio en la noche, mira los jirones de carne que saltan sangrantes a la cara de los desventurados entrándoles por la boca cuando la abren para aullar, para gemir. Aunque sólo sean los jóvenes los que gritan. Los muchachos de más edad se conforman con encogerse, con hundirse bajo los golpes. No acostumbran exteriorizar sus sufrimientos o pedir misericordia. Por esclavos que fueran, eran demasiado orgullosos para eso. Gemían silenciosamente y los solos sonidos que emitían eran de odio. Mientras más sufrían, más odiaban, y mientras más odiaban, menos sentían su dolor y más sus almas se iluminaban pensando que un día, tal vez lejano, pero que seguramente llegaría, podrían devolver golpe por golpe y con creces, aunque tuvieran que pagar con la vida esa venganza tan deseada.

Urbano sigue vacilando. Piensa que aquel tronco seco se verá en diez minutos salpicado por su sangre. Aprieta los labios y entrecierra los ojos.

Se encuentra a sólo diez pasos del árbol. Don Acacio, recargado en él, enrolla un nuevo cigarrillo. En el suelo, a dos metros del tronco, Urbano descubre una piedra grande, como la cabeza de un hombre.

La mira largamente y recuerda que su amigo Pascasio se había armado de una piedra semejante para romper el cráneo de la Mecha, pero, casi al mismo tiempo, vuelve a su mente el pensamiento que lo había obsesionado media hora antes, cuando soñaba en los sitios apacibles hacia los que la corriente debía precipitarse. Sus manos se crispan como si quisieran quebrantar su voluntad. Se inclina a recoger la piedra, piensa atársela a un pie y caminar hundiéndose en el agua hasta perder el fondo.

Es necesario hacerlo, es preciso hacerlo en aquel momento. Su respiración es agitada. Lentamente se aproxima a la orilla. Sí, es necesario obrar inmediatamente, un instante más tarde ya no podrá hacerlo. Si se decide, el tronco lúgubre no se verá regado por su sangre.

Deja escapar el aliento contenido y dice:

—¡Sí, ahora!—.

—¿Qué estás gruñendo ahí? —pregunta don Acacio—. Por fin regresas con el lazo. Anda, párate allí, con la cara contra el árbol, y levanta las manos.

Don Acacio enciende el cigarrillo que acaba de enrollar. El viento empieza a soplar bruscamente. Sopla a lo largo de la orilla del río con creciente violencia. Don Acacio ha quemado ya tres cerillos sin lograr encender el cigarro. Dice una maldición. Ensaya nuevamente. Da dos pasos hacia atrás como para dejar pasar a Urbano. Al retroceder, se cubre con una mano parte de la cara y la otra con la que sostiene el cerillo que acaba de encender. Tiene los ojos fijos en el cigarrillo y en la flamita vacilante, que parece gozar dejándose llevar por el viento antes de hacer su oficio. Urbano tiende el lazo a don Acacio. Al mismo tiempo, ve el fuete pendiente del puño de su verdugo. Con gesto instintivo, irreflexivo, da un puñetazo violento contra el brazo de su enemigo y lo proyecta contra el árbol. La cabeza de don Acacio golpea fuertemente el tronco.

Por la fracción de un segundo, Urbano queda estupefacto. Pero inmediatamente se repone y comprende que ya no puede retroceder, acaba de rebelarse, y aquel puñetazo se lo harán pagar con la muerte después de sufrimientos espantosos.

Más que sus reflexiones y sus sueños es el terror el que lo guía, el que lo obliga a llevar hasta el final lo que ha iniciado.

Don Acacio continúa con las manos frente a la cara. Por fin ha podido encender su cigarrillo. No se da cuenta inmediatamente de que el indio lo ha golpeado, tiene la impresión de que Urbano ha resbalado en algún agujero y se ha prendido de su brazo para no caer. Si hubiera comprendido la realidad, tal vez se habría salvado, pero Urbano obra con la rapidez de la que sólo es capaz un indio, cuyas manos y brazos se hallan habituados, desde la infancia, a luchar contra las trampas de la selva y a derribarlas con golpe seguro.

El día anterior Urbano había aprendido, a expensas suyas, cómo es posible atar a un árbol a un hombre sin que la víctima pueda oponer ni la menor resistencia, siempre que se disponga de un buen lazo.

Don Acacio no tuvo ni tiempo ni intención de bajar las manos cuando su cabeza golpeó el tronco del árbol. Inmediatamente se las vio fuertemente atadas contra éste. Fue sólo entonces cuando don Acacio tuvo la clara visión de lo que ocurría. Lanza una patada a la pierna de Urbano, pero éste lo ha previsto, y ya para aquel momento es lo único que don Acacio puede intentar. Con rapidez y agilidad felina, lo rodea al tronco, le pasa una lazada por los muslos, tira de la cuerda, aprieta los nudos, pasa una nueva lazada alrededor del prisionero y le inmoviliza la cabeza.

Ahora don Acacio comprende que está perdido. Aunque hubiera prometido a Urbano darle toda la montería a cambio de su vida, el indio no habría renunciado a su propósito. Tenía demasiada experiencia para creer en palabras de ladino. En otros países, un proletario puede todavía creer en la palabra de un policía, si el policía le promete dejarlo en paz. Pero los proletarios indios han tenido con policías y dictadores experiencias demasiado amargas para tener fe en sus palabras o en las de sus amos o secuaces.

Don Acacio sabía bien que el indio obraría hasta el final. Porque aun en el remoto caso en que a un capataz se le hubiera ocurrido aproximarse a aquel sitio, Urbano le habría partido el cráneo o estrangulado antes de que aquél pudiera socorrerlo.

No obstante, a pesar de la situación desesperada, don Acacio no perdió la cabeza. No pidió compasión, como no la pedían los muchachos cuando los azotaban o los colgaban. Personalmente, él nunca había golpeado a Urbano, nunca lo había pateado, como tenía costumbre de hacer con todos sus inferiores. Ni siquiera se había percatado nunca de la existencia de Urbano, que pertenecía al campo de su hermano Severo. Era la primera vez que lo veía, que tenía algo que ver con él, y ello porque el indio se había fugado y era necesario hacerle una advertencia saludable, pero sabía que de los tres hermanos y sus capataces, era él, don Acacio, a quien se odiaba con más encono. No le hubiera sorprendido que uno de sus hombres, con el rencor que le tenían el chamula Celso o el boyero Santiago, o Fidel, o Andrés, el más inteligente de todos, le hubiera esperado en la espesura para acabar con él a traición. Pero el hecho de que un gusano infeliz y amedrentado como Urbano lo tuviera en su poder y fuera a matarlo, era algo que no podía soportar. Su rabia era tal, que olvidando la situación en que se hallaba, y aprovechando la circunstancia de que aún tenía libre la boca, usó esa libertad no para pedir auxilio, porque hubiera sido rebajarse el hecho de pedir auxilio en contra de un indio piojoso, ello habría acabado para siempre con su prestigio en la montería. Los muchachos y los capataces se habrían reído a sus expensas. Los últimos, sobre todo, y más cuando estuvieran borrachos, no se detendrían para llamarlo maricón. En la montería sólo había hombres. Los maricones temerosos de los suplicios y los golpes no existían allí.

Don Acacio dio salida a su rabia gritando:

—¡Perro asqueroso, hijo de puta! ¿Qué es lo que vas a hacer? ¿Te imaginas que porque me has amarrado me voy a quedar sin darte tu merecido? Espera un momento, ya verás tú cómo me suelto..., pero ¡con un demonio!, yo te aseguro que después ya podrás implorar a la Virgen y a todos tus santos. ¡Ahora, desgraciado, desátame!

Urbano se echa a temblar de miedo. Sabe perfectamente que don Acacio se encuentra sólidamente atado y, sin embargo, piensa en que podría desatarse por medio de alguna forma mágica o con la ayuda del diablo. Se siente delante de él como un cazador ante un tigre caído en la trampa y encadenado, y que teme que el animal, en un esfuerzo desesperado, pueda romper sus ligaduras y saltar sobre él.

Urbano permanece perplejo durante un segundo, con los ojos fijos en el río que corre a algunos pasos del borde arenoso. Nuevamente don Acacio grita:

—¿Me vas a desatar, perro? ¿Sí o no?

Bruscamente Urbano se lanza sobre él, le quita la pistola que lleva al cinto. Él nunca había tenido un arma de fuego y no sabía cómo servirse de ella. La sostiene con las dos manos, recarga el cañón contra el cuerpo de don Acacio, pero no sabe con qué mano o con qué dedo oprimir el gatillo. Finalmente, lo oprime, pero el tiro no parte porque el arma tiene puesto el seguro.

—¡Y es un imbécil como tú el que pretende matarme! —exclama don Acacio. Y la risa que sigue a su exclamación es amarga, porque sabe muy bien de la vanidad de sus esfuerzos por librarse.

Urbano tira el revólver, que describe un amplio círculo antes de caer en la arena.

Los dos capataces y la favorita de don Acacio se encuentran sentados en la oficina.

Algunas de las voces de don Acacio llegan hasta ellos, pero indistintas y apagadas.

El Faldón dice al Pechero:

—Algo debe estar ocurriendo. Por mi madre que no quisiera yo estar en el pellejo de Urbano. Oye nada más cómo ruge Cacho.

—De buena gana me aproximaría para ver algo —dice la mujer.

—Más vale que no lo haga, señorita —aconseja el Faldón—, porque si don Cacho se da cuenta, no le va a gustar. A nosotros no nos gusta que nos miren, ya don Cacho se lo debe haber dicho.

—¿Pero es que aquí no se puede tener ni la menor distracción?

—No, señorita, créame que para nosotros eso no es una diversión. ¡Mal rayo! Ahora que me acuerdo, mañana tendremos que levantarnos a las tres de la mañana... Yo me pregunto siempre: ¿qué he venido a hacer a este desierto en el que sólo encuentra uno caca de rata, y de vez en cuando un poco de alcohol y carne?

Se levanta y se dirige al jacal que sirve de dormitorio a los capataces.

En ese momento se oye un grito agudo que llega del ribazo, pero él sólo llama la atención de Martín Trinidad, uno de los descamisados contratados por don Gabriel, que acaba justamente de llegar a la oficina para cambiar su hacha usada por una nueva.

Se aproxima a la pendiente, llega casi al borde y, tirándose al suelo, empieza a avanzar arrastrándose para no ser visto, porque sabe lo malo que es dejarse ver en un sitio en el que se distribuyen azotes. Escondido tras unas matas, estira el cuello prudentemente. Desde allí puede ver muy bien una gran parte de la orilla del río.

Urbano recoge la piedra y camina en dirección a don Acacio.

—Tú no harás eso, perro —ruge don Acacio.

—No —responde Urbano—. No, eso sería demasiado bueno para ti, demasiado bueno para un ladino desalmado.

Urbano deja caer la piedra. Don Acacio respira aliviado. Pero Urbano lanza una mirada al río y descubre algo que don Acacio no puede ver porque tiene la cara vuelta hacia la pendiente. Se da cuenta simplemente de que Urbano abre la boca y una sombra de crueldad pasa por sus ojos.

Urbano, encogiendo los hombros y caminando sobre las puntas de los pies, penetró en el agua como quien trata de sorprender y capturar un animal. Tal vez a alguna serpiente. Pero no, no era una serpiente, era una rama provista de espinas largas y duras como el acero. Flotaba avanzando, retrocediendo, aproximándose y alejándose del borde. Urbano dio un salto y con movimiento rápido la atrapó antes de que la corriente la arrastrara. Después, aproximándose a don Acacio, se la puso ante los ojos.

—¿Ves estas espinas, verdugo? —dice, entreabriendo los ojos con un remedo de sonrisa.

—¡Por la Virgen! ¿A qué hora vas a desatarme?

—Dentro de un minuto serás libre, verdugo —dice Urbano quitando una larga espina del tallo.

Después la toma fuertemente entre sus dedos y la aproxima tanto a la cara de don Acacio, que éste la siente sobre su mejilla.

—Con esta espina te voy a sacar los ojos de bestia feroz, así ya no podrás ver jamás cómo azotan y cuelgan a los muchachos. Así, jamás volverás a ver la luz del sol ni la cara de tu madre.

—¿Te has vuelto loco, muchacho? —pregunta don Acacio, que ha palidecido súbitamente.

—Nosotros, los muchachos, todos estamos locos. ¡Ustedes nos han vuelto locos!

—Sabes muy bien que te fusilarán o te ahorcarán.

—No habrá quién pueda fusilarme, ni ahorcarme ni siquiera azotarme, porque hasta esa venganza voy a robarte. Porque cuando haya hecho lo que tengo que hacer, me tiraré al río, y ya pueden venir a buscarme.

—Por la Virgen, muchacho, no hagas eso, mira que te irás al infierno. Por todos los santos, no lo hagas.

Don Acacio había dulcificado la voz para pronunciar aquellas palabras.

De pronto, Urbano, como temiendo flaquear, o tal vez pensando que pudieran venir en auxilio de don Acacio, se lanza sobre él.

Don Acacio lanza un grito penetrante, un grito que no es de dolor, sino de horror, de terror loco. Por primera vez en su vida ha sentido miedo.

Sin inmutarse, Urbano se lanza una segunda vez contra él. De las órbitas de don Acacio empieza a manar sangre. Él dobla hacia atrás la cabeza para que la sangre no le penetre por la boca y dice:

—Madre Santísima, Madre de nuestro Señor...

Urbano se vuelve y descubre la cabeza de un hombre inmóvil que lo mira.

Rápidamente desata la cuerda que le sostiene los calzones desgarrados, recoge la piedra, se la coloca dentro del calzón, después se ata los muslos por debajo de las caderas para evitar que la piedra se salga y, sosteniéndose la pretina con ambas manos, se lanza al agua. La corriente lo envuelve, varias veces aparece y desaparece en medio de la corriente. Una vez más reaparece su cabeza y finalmente se pierde.

Cuando está seguro de que Urbano ha desaparecido, Martín Trinidad sale de su escondrijo, baja hasta la orilla con precaución y sigilo, se acerca a don Acacio, a quien contempla largamente. Descubre el revólver tirado en la arena, lo recoge y se lo esconde entre los pliegues de la camisa. Después, aproximándose cuidadosamente a don Acacio, le quita la cartuchera. Don Acacio no hace ni el más leve movimiento, no dice ni la menor palabra. Posiblemente no tiene conciencia de la presencia de un ser humano cerca de él.

Martín Trinidad esconde la cartuchera sujetándosela por debajo de la camisa. Después se aleja rápidamente bordeando la orilla hasta perderse de vista. Cuando está seguro de que nadie puede mirarlo, saca la cartuchera y la entierra en la arena. Camina cincuenta pasos más, inspecciona bien el sitio para poder reconocerlo más tarde y esconde el revólver. Después trepa hasta la explanada, pero a bastante distancia del sitio en que se encuentra el jacal más lejano del campamento, y hacia éste se dirige, recogiendo al pasar el hacha, que ha dejado recargada contra un tronco. Llegado al depósito de implementos, pide al Faldón que le cambie el hacha deteriorada por una nueva.

—¿Dónde está la vieja? —pregunta el Faldón.

—Mírela, quedó toda mellada.

—¡Mal rayo! Hay que ver. "Made in Germany". Esto no vale un cacahuate, parece de hoja de lata. Vaya, ¡hecha en Alemania! Mira, toma esta otra, no es nueva, pero es americana y durará más. Lo que es la otra no cortaría ni una rebanada de queso sin doblarse. Vaya porquería. Era parte del equipo de la compañía que trabajaba antes que nosotros; aquellos eran unos pobres diablos que nada sabían de hachas o de machetes. Compraban cualquier porquería, por eso quebraron. Dime, ¿cuántas toneladas tumbaste ahora?

—¡Hum! No creo que lleguen ni a tres.

Una vez hecho el cambio, el Faldón lo anota cuidadosamente en el libro inventario. Permanece algunos instantes más en la bodega con el fin de encargar al cuidador que engrase las hachas y frote los cueros para evitar que la humedad los perjudique.

—¡Vaya una pocilga! ¿A qué dedicas todo el día? Mira nada más, hay hongos por todos los rincones, las clavijas tienen un kilo de moho. Me gustaría hacerte trepar a un árbol sirviéndote de ellas para ver cómo te rompes la cabezota, así no olvidarías que hay que engrasarlas.

—Pero, jefecito, ¿qué quiere usted que yo haga para que los hongos no crezcan cuando llueve continuamente? Nada alcanza a secarse, y luego, para engrasar las cosas, sería necesario que me dieran la grasa...

—¡Cierra el hocico si no quieres que te lo rompa!

El Faldón se dirije a la puerta, inspecciona el cielo y mira que un nuevo aguacero se aproxima, y se alegra para sí de encontrarse aquel día de guardia en el campo en lugar de tener que andar vigilando a los leñadores. Se acerca rápidamente al jacal, pero se detiene a mitad del camino.

—Caray —se dice en voz alta—. Me parece que Cacho prolonga demasiado la tunda. Hace más de hora y media que comenzó —se vuelve en dirección del río e intenta encaminarse hacia la pendiente para ver lo que ocurre, pero se detiene.

"Después de todo, no es cosa que deba importarme el que le caliente el cuero más o menos a ese canalla, esa es cuestión suya. De lo que yo me alegro es de que no me haya encargado hacerlo, porque estoy deshecho, siento que ya no puedo más...".

Empiezan a caer gruesas gotas, seguidas inmediatamente de una verdadera tromba. Aunque el jacal no se hallaba a más de veinte pasos, el Faldón llega calado hasta los huesos. Alcanza el pórtico y sacude el agua de su sombrero.

"Eso me saco por ocuparme de lo que no me toca".

La lluvia cae con creciente violencia. Súbitamente el Faldón se siente invadido por un sentimiento de inquietud. Sin dejar el pórtico, se vuelve hacia el río y escucha atentamente con la vista clavada en la pendiente, esperando a cada instante ver aparecer a don Acacio.

—Con un diablo —murmura—; tal vez no estaría de más ver lo que hacen.

Se tapa con la manga y se pone el sombrero mojado. Cuando llega precisamente al borde de la pendiente, se percata de que no es Urbano sino don Acacio el que se encuentra atado al árbol. Lo reconoce por sus vestidos, que no dejan lugar a duda. Don Acacio tiene la cabeza inclinada, la barba apoyada sobre el pecho y los largos cabellos negros caídos sobre la frente. Hace esfuerzos inútiles para deshacerse de sus ligaduras, pero visiblemente carece de fuerzas para luchar.

El Faldón lo oyó llamar:

—¡Pechero, Faldón! ¡Por todos los diablos! ¿En dónde está ese par de mulas flojas?

Era evidente que la distancia y el ruido de la lluvia habían evitado que sus gritos fueran escuchados en la oficina.

El capataz baja corriendo la pendiente.

—Vaya, ¡al fin viene alguno! ¡Pandilla de bandidos! Mientras yo estaba en las garras de ese salvaje, ustedes se rascaban la barriga.

El Faldón lo desliga y lo ayuda por los hombros a enderezarse. Cuando don Acacio se yergue, los cabellos que cubrían su frente se apartan de ella dejándole el rostro al descubierto.

—Por nuestra Santísima Madre, jefe, ¿qué le pasó? Loco de espanto, el Faldón se persigna varias veces.

—Ahora es cuando se te ocurre venir a preguntarme qué me ha pasado. ¡El bandido me sacó los dos ojos! Y, naturalmente, se ha escapado. Pero ya lo cogeremos y sabrá lo que esto va a costarle. Andando, todos a caballo, que no se nos vaya... ¡Me fregó, me fregó sin remedio!

Busca inútilmente su pistola. Se palpa la cintura en pos de la cartuchera.

—¡El muy pendejo me quitó todo, hasta la cartuchera...! O a lo mejor anda tirada en el suelo—.

Moviendo los pies trata de encontrarla entre la arena.

—No, jefe, ni la pistola ni la cartuchera aparecen.

—Entonces ese desgraciado se las llevó.

—Probablemente, jefe, eso es lo más seguro. Todavía nos costará trabajo atraparlo, pues no se parará a pensar para dispararnos.

—Vaya, vaya, ahora vas a temblar de miedo ante un indio piojoso. Tráiganmelo nada más y verán cómo lo estrangulo con mis propias manos.

—No debe estar lejos, jefe, con esta lluvia es imposible avanzar y, además, tiene muchas probabilidades de empantanarse.

Durante este coloquio, el Faldón había llevado a don Acacio hasta la oficina y lo había ayudado a sentarse. La China, al ver a su amante en aquella condición, se precipitó hacia él gritando:

—¡Ay, pobrecito de mi hombre! ¡Salvajes! ¡Estos no son cristianos, son bestias feroces! Pero yo no te dejaré jamás.

Don Acacio, nervioso, rechaza violentamente a la mujer.

—¡Cierra el hocico, tal por cual! Déjame en paz con tus bondades, que son otras muchas cosas las que me preocupan.

—Pero, amorcito mío, si lo que yo quiero es consolarte —dice la muchacha con voz plañidera.

—Yo no necesito de tus consuelos, puerca, lo que quiero es que te vayas de aquí y no me estés fastidiando.

La mujer se tumba en la cama y empieza a lloriquear y a quejarse en voz lo suficientemente alta para que don Acacio la oiga.

—¡Faldón! —grita don Acacio.

—Ya voy, jefe, estoy preparándole una curación.

—Saca de aquí a esta perra, porque no quiero oírla aullar. Échala al río o haz lo que quieras, pero líbrame pronto de ella.

Se levanta y camina torpemente con las manos tendidas en busca de una botella, pero como no la encuentra, piensa que con toda maldad le han cambiado las cosas de sitio.

—¡Con un diablo! ¿Dónde han metido la botella de comiteco?

—Aquí está, jefe.

El Faldón le tiende la botella, que él toma y vacía de un solo trago. Después la lanza con todas sus fuerzas, sin preocuparse de lo que lo rodea.

—Lo que no paso, lo que no soporto, es que un puerco piojoso de esta especie haya podido conmigo, con Acacio. No, eso no, eso jamás.

Se golpea la cabeza contra la pared, da unos cuantos traspiés, tropieza con una silla y cae cuan largo es. Al levantarse vuelve a tropezar con la esquina de la mesa. Su furor no tiene límites y grita fuera de sí:

—¡Ahora no sirvo para nada, absolutamente para nada!

—Tranquilícese, jefe —dice el Faldón, aproximándose a él con algunas vendas sacadas de una camisa vieja y un jarro de agua caliente en la que ha vertido unas gotas de alcohol—. Siéntese en esa silla, jefe, en la que está atrasito de usted, y déjeme que lo cure.

Don Acacio se vuelve, coge la silla y la azota con tal fuerza sobre el piso que la rompe.

—¿De qué me han de servir tus curaciones? Más valía que hubieras llegado a tiempo. Ahora nada necesito, bien puedes ponerte las curaciones en las nalgas.

Se aproxima a la cama, sobre la que se encuentra la india tumbada, y la oye llorar en voz baja.

—¿Todavía estás ahí, puerca? Ahora mismo haré que te echen al río. Anda, levántate —agrega, aproximándose con el puño en alto, pero la muchacha lo esquiva.

Cuando se da cuenta de que se le ha escapado, tiene clara noción de su impotencia.

—¡Pensar que ni siquiera le puedo romper el hocico a esta perra que tanto lo merece! ¡Pensar que en adelante tendré que vivir así siempre, dejando que hasta los perros me meen, y todo por culpa de ese pendejo bachajón!

Busca la puerta.

—¿Qué están secreteándose ustedes? —pregunta al Faldón y a la mujer, que hablan en un rincón tratando de encontrar la mejor forma de calmarlo y de hacer que se acueste.

La india se hace cargo de su estado y está decidida a no abandonarlo.

—¡Mal rayo! ¿Tan pronto se han entendido? ¡Ahora sí que estoy bueno! Apenas se dan cuenta de que para nada sirvo y ya están a dos pasos míos, en mi propia cara, haciendo sus cochinadas.

—Pero, Cacho, amorcito mío —protesta la mujer con voz tierna—, yo te quiero y, si me dejas, estaré siempre contigo.

—Te quedarás por lástima, perra. Yo no quiero tu compasión, ¿entiendes? ¿Dónde está la botella?

—Mi vida, ya has bebido bastante, sé razonable y ven a acostarte. Yo te ayudaré.

—No te me acerques o te estrangulo, desgraciada.

—Bueno, pues aquí estoy, estrangúlame si quieres. Don Acacio la oye levantarse y le golpea la cara. Después, cerrando violentamente la puerta que divide los dos cuartitos del jacal, hace pasar enseguida el travesaño para atrancarla y quedar solo.

El Faldón y la mujer pegan la oreja a la puerta y oyen que don Acacio se acuesta.

—¡Gracias, Santísima Madre! Por fin se acostó. Cuando se levante, estará más tranquilo y verá las cosas de otra manera.

El Faldón suelta una risita zumbona y la mujer comenta:

—Ya se tranquilizará y comprenderá que se puede vivir ciego y hasta ser feliz.

Los dos se ocupan de poner un poco de orden en la pieza.

—Sería bueno ensillar un caballo, Faldón, y que fuera usted a avisar a don Félix. O tal vez fuera mejor advertir a don Severo.

—Don Severo está en el campo principal, que queda menos lejos de aquí, pero ya es muy tarde. Iré mañana a primera hora.

En esos momentos oyeron sonar un tiro. Los dos se precipitaron sobre la puerta cerrada por don Acacio y lo hallaron con un balazo en la cabeza.

—¡Por Dios Santo! ¿Pero de dónde sacó la pistola? —grita la mujer, espantada—. Si yo tuve buen cuidado de no dejar alguna a su alcance en la oficina.

El Faldón se aproxima a un baúl de madera con travesaños de fierro que se encuentra abierto cerca del cadáver. Dentro de él se ven cartas, documentos, algunos libros, algunos saquitos llenos de monedas, dos revólveres cargados y seis cajas de cartuchos.

—Ahora sé por qué quiso acostarse —dice la india—. Era solamente para esto. Desgraciadamente yo no sabía que aquí tenía una pistola. Jamás en los dos años que llevo con él, se me ha ocurrido meterme en sus asuntos. Créame, Faldón, yo lo quería mucho.

La mujer se arrodilla, acaricia la cara del muerto y con la ayuda del capataz lo coloca correctamente sobre la cama.

—Sí, yo lo quería mucho —repite—; lo quise desde el primer día.

Llora desconsoladamente y permanece arrodillada sosteniendo la mano de don Acacio entre las suyas.

El Faldón se aleja. Entonces ella va en busca de una jarra con agua y de una toalla y se aplica al arreglo del muerto. Le cruza las manos sobre el pecho. Se quita el crucifijo que lleva pendiente del cuello y se lo coloca. Finalmente, tira de la cama hasta colocarla en medio de la pieza, y pone cuatro ceras sobre sillas y cajones. Se cubre la cabeza con un chal negro y se sienta llorando y haciendo pasar maquinalmente entre sus dedos las cuentas de su rosario.

VIII

Don Severo y don Félix llegaron para asistir al entierro de su hermano. Lo sepultaron en el cementerio destinado a los muchachos que morían en el campo. Las tumbas eran todas iguales, pero tratándose de un personaje tan importante como don Acacio, había sido necesario levantar una cruz más grande y encerrar la tumba en una especie de jaula suficientemente fuerte para evitar que los zopilotes llegaran a buscar el cadáver. Para mayor seguridad, se había recubierto el lugar con piedras.

Llegados a la oficina, don Severo pregunta:

—¿Vieron los muchachos lo que ocurrió a don Acacio?

—No hubo quien lo viera y nosotros nada hemos dicho —contestan el Pechero, el Faldón y la mujer.

Los muchachos se enteraron de la muerte del patrón aquella tarde en la cocina, por boca del cocinero y de su mujer. Pero el cocinero ignoraba las circunstancias de la muerte de don Acacio. Así, pues, aquella misma noche empezó a correr el rumor de que don Acacio había tenido un fuerte altercado con su mujer, que ésta había cogido una pistola y que cuando él trataba de quitársela, el arma se había disparado.

En la noche, don Severo dijo a la mujer, a los capataces y a don Félix:

—Guarden la cosa en secreto. Si los muchachos llegan a sospechar algo de la verdad, ello sería peligroso para todos nosotros, porque estas cosas resultan contagiosas. Si los muchachos se enteran, es posible, podría decir seguro, que imiten a Urbano. Debo decirles además que he recibido cartas con noticias poco halagüeñas. Los diarios que llegan permanecen mudos, nada dicen porque sólo pueden publicar lo que el viejo cacique quiere. Es no sólo el amo del país, también manda en los periódicos y en los libros. Pero las cartas son menos prudentes y ellas dan bastante en qué pensar. Además, en los periódicos mismos se puede leer entre líneas. Aquí dice que han cogido a tres maestros y los han mandado a Veracruz o a Yucatán. Allá se sabe de otros dos maestros metidos a un cuartel y de quienes nada ha vuelto a saberse. O bien, se trata de todos los hombres de algún pueblecito de Morelos a quienes los rurales del viejo se llevaron sólo Dios sabe a dónde y que después se hallaron a más de veinte colgados en el camino. Se sabe de trenes descarrilados y de bombas que han hecho explosión en la jefatura de policía de Puebla. En Monterrey cogieron un coche cargado de volantes incitando a la rebelión. El cochero, quien tal vez era inocente, fue fusilado allí mismo. Esas son las últimas noticias. No se necesita ser un gran profeta para decir que todo está a punto de reventar. Si el trono del viejo vacila y se hunde, la República entera arderá. Y como durante largos años las gentes no han aprendido a pensar, porque pensar está prohibido, las cosas arderán hasta que todos nos hayamos consumido.

Don Félix tose y dice:

—Todo esto es cierto, hermanito, pero nosotros ya lo sabíamos cuando vinimos a Villahermosa y compramos estas monterías.

—Cierto —replica don Severo—, pero ahora las cosas parecen ser más serias. El desorden se siente próximo, por eso les aconsejo, particularmente a ti, Félix, y a ti, Pícaro, y a ustedes, Gusano y Pulpo, que aflojen un poco las riendas. Traten a los muchachos un poco mejor. Hay algo en el ambiente que no me gusta. El atentado de Pascasio contra la Mecha, el crimen cometido por Urbano en la persona de Acacio son cosas nada alentadoras. Hace seis meses nadie habría osado levantar ni el dedo meñique, en tanto que ahora tienen la audacia de atacar y de matar. Hablando francamente, amigos, creo que estamos sentados en un barril de dinamita. Basta acercar una chispa para que todos volemos. Entonces nada quedará de nosotros, ni un pelo de nuestra barba. Si alguna vez el ruido empieza en alguna de las fincas cercanas y si alguno de los muchachos de allá se llega por acá, deberemos considerarnos afortunados si nos queda tiempo de hacer lo que don Cacho hizo ayer.

—Bien, jefe —dice el Pícaro—, pero entonces, ¿qué hacer? ¿Salvarnos?

—Claro que no, cabeza de burro. ¿Crees que vamos a perder nuestro dinero así como así? Todavía tenemos muchos millares de toneladas de madera listos para echar al agua. No es precisamente para pagar adelantos a esos cochinos indios para lo que nosotros hemos trabajado.

—Entonces denos usted sus instrucciones, don Severo —responde el Faldón.

—Pero si ya se lo he dicho: durante algunas semanas váyanse despacito, aflojen las riendas. Si los muchachos no pueden darnos cuatro toneladas, confórmense con tres y hasta con dos si es necesario. Los seguirán amenazando como antes, pero nada de azotes ni de suspensiones inútiles por el momento. Ya volverán, estense tranquilos, los días en que podremos exigir las cuatro toneladas diarias, pero no será sino después de la inundación. Mientras tanto, dejemos que la atmósfera se aclare en todo el país. Hasta será posible que el chiquito Madero entre en razón. Es un enano que apenas alcanza al borde de una mesa. Pero es quizá por eso mismo que ha tenido éxito encendiendo el fuego en el asiento del sillón del viejo, que está a punto de saltar y caer con el trasero chamuscado.

—¿Por qué no lo han encarcelado? —pregunta don Félix.

—¿Por qué? ¿Por qué? Si ya ha estado en la cárcel durante seis meses, y, naturalmente, el enano ha ganado así, de un golpe, centenas de partidarios y adoradores. Ha sido necesario que el viejo lo mande soltar, porque sin ello sus amigos habrían forzado las puertas, regado petróleo y prendido el fuego, que pronto cundiría por todos lados. ¿Qué puede el viejo cuando en cada rincón hay un tipo con una bomba de dinamita, cosa fácil de conseguir con los mineros? Yo no sé lo que pasaría aquí si nosotros también necesitáramos dinamita para nuestro trabajo.

—¡Ah! —dice el Chapopote—. Usted está nervioso por lo que acaba de pasar, don Severo, pero eso a nosotros no nos intimida fácilmente.

—Claro, Chapopote, di lo que quieras, que al cabo tú nada tienes que perder, como no sean tus calzones agujereados, pero no es lo mismo con mi hermano o conmigo. Nosotros hemos invertido aquí todo nuestro dinero, todo cuanto hemos podido hacer en quince años de trabajo duro. En todo caso, a ustedes les bastará hacer lo que les digo. Durante algún tiempo hay que aflojar. Eso es todo, ¿entienden?

Don Félix va en busca de dos botellas y llena los vasos para dar a la sesión un cariz más simpático.

Don Severo se levanta y se dirige hacia los jacales habitados por ellos.

—¿Y ahora qué vas a hacer, Áurea? —pregunta a la viuda—. En este tiempo de aguas es imposible que te vayas, porque te empantanarías con todo y caballo, y aunque te salvaras de ello, sería imposible que atravesaras los ríos. Las aguas están crecidísimas y te arrastrarían como a una brizna de paja.

La mujer se hallaba tendida en el lecho, llorando abundantemente. Tenía los ojos enrojecidos. Al oír que le hablaban, se enderezó y se sentó a la orilla de la cama.

—No sé qué hacer, nada me importa, todo me es igual.

Se deja caer sobre la espalda y vuelve a sollozar.

—No es necesario que armes tanto lío —le dice don Severo consolándola a su modo—. No había día en que no se tiraran de los cabellos o se llenaran de injurias. ¿Es cierto?

—Sí, es verdad —dice Áurea entre sollozos—, es verdad que peleábamos constantemente, pero yo lo quería y él también me quería a mí. Él había prometido llevarme a España y casarse conmigo cuando tuviera dinero suficiente.

Don Severo aproxima una silla.

—¡Qué sabes tú! A lo mejor llegando a Villahermosa se deshacía de ti. Además, ¿de qué te sirve hablar ahora? Él ya está bajo tierra y nosotros no tenemos tiempo que perder recordándolo. Por eso quiero decirte una cosa.

La muchacha deja de sollozar, sintiéndose reconfortada pensando que, a pesar de todo, hay alguien dispuesto a ayudarla.

—Sí, Áurea, necesito decirte algo —repite don Severo—. Tú no puedes quedarte aquí sola, caerías entre las patas de algún capataz puerco, a menos que alguno de ellos te guste.

—No hay uno siquiera que merezca que yo le escupa a la cara.

Durante algunos segundos, Áurea olvida su pena, cuando oye decir a don Severo:

—En ese caso, Áurea, lo único que te queda por hacer es venir conmigo.

—Pero, don Severo, usted ya tiene a dos mujeres en su casa.

—Es cierto, pero si puedo con dos mujeres, no veo la razón para no poder con una tercera.

—Sí, nada más que las dos muchachas que usted tiene me arrancarán los cabellos.

—Ese es asunto mío. ¿Crees tú que yo voy a dejarlas que lo hagan?

—Claro que no, don Severo, usted es el amo y cuando usted habla no hay más que obedecer.

Sollozó una o dos veces más, pero era visible que estaba dispuesta a reconciliarse con su destino. Además, ¿de qué le habría servido prolongar su duelo? La vida es demasiado corta para llorar eternamente a un hombre que no regresará jamás. Se muere y el mismo día ya nadie piensa en él.

Lo perdido, perdido está sin remedio. Al día siguiente será más difícil encontrarlo, y así sucesivamente. Es necesario gozar de la buena suerte cuando ésta se halla presente, porque en su próxima aparición será menos bella y menos fresca.

Áurea tenía demasiada experiencia para saber que las mujeres pueden consagrar menos tiempo que los hombres al pasado y a los muertos. Porque si bien es cierto que sus goces son más numerosos, éstos duran menos.

Áurea responde con la voz doliente de un mártir:

—Si usted lo ordena, me iré a su casa y haré lo que usted quiera.

—Yo no doy órdenes, Áurea —protesta don Severo con voz paternal.

Ella se aleja de él, se acuesta sobre el lecho y empieza a peinarse la cabellera en desorden. Aquella ocupación le permite reflexionar disimuladamente sobre las ventajas de la proposición de don Severo.

—Yo sé bien que usted no da órdenes, don Severo —dice sollozando de nuevo.

Decididamente ella no podía rechazar tan pronto sus velos de viuda en favor de don Severo sin depreciarse con ello. Desde el momento en que él había penetrado en la pieza para hablarle, ella había pensado en hacerse valer. Su precio no se contaba en números, pero lo tenía. Una mujer que no se aprecia o que no sabe cuánto vale es generalmente depreciada por los hombres.

—Es verdad que usted no da órdenes, don Severo: por eso no me es dado escoger. Yo no puedo irme, porque eso equivaldría a empantanarme. Es necesario, pues, que me quede y que recurra a la bondad de usted, pero yo espero que usted no me trate como a una sirvienta, porque vea usted, no obstante nuestras eternas disputas, su hermano me respetaba. Yo soy de buena familia, mi padre era comerciante e industrial.

—Tú sabes que yo nunca he pensado en eso; tu educación no se compara con la de las dos mujeres que tengo en casa. No puedo despedirlas porque tampoco ellas podrían viajar en estos momentos. De no ser así, ahora mismo las mandaría al diablo. Porque has de saber, Áurea, que tú me gustaste desde la primera vez que te vi con Cacho. Siempre me has gustado más que cualquiera otra. Pero era difícil decírtelo desde el momento que estabas con Cacho, y yo no quería pleitos. Ahora ya lo sabes y vendrás conmigo.

—Está bien, don Severo, iré con usted.

Sus lágrimas habían desaparecido casi completamente. Se enjuga la cara cuidadosamente con el pañuelo mojado y hace lo que toda mujer intenta para mirarse fresca y bonita cuando acaba de conquistar al hombre de quien depende para no morir de hambre.

Don Severo entreabre la puerta y llama:

—Faldón, ayuda a la señorita a que haga sus bultos. Mañana por la mañana, muy tempranito, partiremos. Haz que preparen las mulas y mándame a algún muchacho que me sirva de mozo.

El Faldón hace un gesto significativo a los otros capataces, señalando hacia la pieza en que se encuentran Áurea y don Severo. Desgraciadamente don Félix se hallaba sentado a la mesa con ellos, porque de no haber sido así, las lenguas se habrían movido con mayor rapidez. Al cabo de un instante, don Severo se les reunió, cerrando tras de sí la puerta de la recámara.

—Ella podría haber venido conmigo también —dice don Félix.

—Seguro, pero con la mujer que tú tienes las cosas habrían resultado muy mal. Mañana habríamos tenido otro entierro o tal vez dos. ¡Tú bien lo sabes, hermanito!

Don Félix llena un vaso, da un puñetazo sobre la mesa y dice:

—Tienes razón, Severo, más vale que las cosas sean como tú lo has decidido.

Todos los capataces, o por lo menos todos los capataces en jefe, los mayordomos, habían sido llamados al campo para ser enterados de la forma en que se haría la nueva repartición de distritos, necesaria debido a la muerte de don Acacio, y para conocer las zonas que les correspondían.

Hasta entonces, don Severo había dirigido la región norte. Ahora se agregaría la oeste y una parte de la sur, a fin de no sobrecargar a don Félix, que continuaría con la administración general de las monterías. Las regiones destinadas a don Severo estaban todavía mal desmontadas y exigían toda la atención y todo el trabajo de un hombre experimentado.

Además, la administración dejaba provisionalmente algún tiempo libre. Debido a las inundaciones, no se recibía correo alguno. Por ello, don Félix podía ocuparse de la dirección de las regiones norte, sur y este, más próximas a la administración del pueblo, como solían llamarlo. Se encargó igualmente de los distritos que se hallaban del otro lado del río y que comenzarían a talar desde la siguiente semana. No era necesario que don Félix pasara todo el tiempo en esa zona, los trabajos allí no eran tan importantes como para alejarlo de los asuntos administrativos, que no podían confiarse a los subalternos y que eran de importancia primordial en una montería racionalmente administrada. El pueblo estaba situado al borde del río, todas las trozas arrastradas por las corrientes menores pasaban por allí y era allí donde se les controlaba. Así, pues, la temporada de lluvias, que había iniciado apenas traería consigo una gran animación. El pueblo era también el sitio de reunión de los bateleros encargados de vigilar el arrastre de las trozas, evitando que éstas se acumularan en determinados sitios, se embotellaran e incluso detuvieran la marcha o desviaran la corriente. Era indispensable evitar que se formaran diques de aquella naturaleza. El trabajo resultaba en extremo peligroso, mucho más que en las corrientes de zonas templadas. Los trabajadores debían deslizarse entre los troncos a fin de descubrir cuál era la causa del posible embotellamiento —muchas veces se trataba sólo de uno— y separarlo, ponerlo en buena posición y dejarlo ir nuevamente con la corriente. Pero muchas veces, cuando los muchachos hacían equilibrios entre las trozas, tratando de ordenarlas y de regularizar el arrastre, llegaban enormes masas de agua acumuladas en algún tramo más alto, a causa de un aguacero torrencial, y se abatían con enorme estruendo y con la irresistible fuerza de una avalancha, quebrándose contra los diques y arrastrando a los trabajadores empeñados en deshacerlos. Éstos veían la avenida, pero era necesario que fueran de una destreza excepcional para escapar a tiempo evitando que los troncos machacaran sus cuerpos, dejando arrastrar después sólo una masa informe. Casi siempre, antes de iniciar el primer salto encaminado a salvarse, su cráneo quedaba aplastado y, momentos después, sólo la espuma sanguinolenta vista por la fracción de un segundo denunciaba el sitio en que el cuerpo era despedazado. Los más afortunados, aquéllos que lograban sumergirse y tratar de ganar la orilla por debajo del agua, generalmente morían ahogados. No era raro que de una cuadrilla de cincuenta hombres perecieran veinte.

Río abajo, en las regiones ya pobladas, circulaban botecitos de vapor y la vigilancia del arrastre resultaba incluso divertida, pero ese placer no les era dado a los de las monterías.

En los poblados se utilizaban los servicios de campesinos libres o de barqueros profesionales para que recogieran las trozas y las apilaran en lugar seguro. El pueblo más próximo a la montería se encontraba a una distancia enorme, pero ya a diez leguas se hallaba, de cada lado del río, una cuadrilla armada y montada, vigilando para evitar que alguno de los muchachos, a horcajadas sobre un tronco, alcanzara algún pueblecito y lograra huir. De noche era imposible escapar; así pues, se conformaban con vigilar durante el día. De noche, las riberas sombrías, cubiertas de maleza, escondían demasiados peligros.

Cuando don Severo llegó al campo principal, faltaban más o menos cuatro semanas para la fecha fijada por él y por don Félix para llevar a cabo el arrastre de las trozas. Llovía abundantemente casi todo el día, pero, no obstante, los arroyos y las corrientes que atravesaban la región no llevaban el agua suficiente para arrastrar las trozas desde los puntos apartados. Era necesario esperar a que el lecho de esas corrientes se embebiera totalmente hasta que la superficie se impermeabilizara y el agua se desbordara y permitiera el arrastre.

Por otra parte, mientras más retardara don Severo el momento de echar al agua las trozas, más toneladas de madera tendría, ya que el trabajo no cesaba. Lograr la mayor cantidad de toneladas era la gran preocupación de él y de don Félix, su hermano.

Tres días después de la famosa conferencia, todo el mundo se había olvidado de la resolución de tratar a los muchachos con mayor consideración. Los capataces, que percibían una bonita comisión por cada tonelada entregada, así como don Félix y don Severo, que sólo perseguían acumular toda la madera que fuera posible, se desataron nuevamente contra los boyeros y los leñadores, con la misma dureza de siempre. Lo ocurrido a don Acacio había sido olvidado antes de que los gusanos comenzaran a gozar de sus restos.

Además, no había la seguridad de que don Acacio hubiera caído bajo los golpes de alguno de los muchachos. A lo mejor algún canalla capataz le guardaba rencor por malos tratos atrasados o porque le hubiera quitado a la mujer mientras él se hallaba en el trabajo. Porque don Acacio jamás había despreciado los placeres prohibidos y don Félix y don Severo sabían a qué atenerse.

Cuando don Severo llegó al campo principal, faltaban más o menos cuatro semanas para la fecha fijada por él y por don Félix para llevar a cabo el arrastre de las trozas. Llovía abundantemente casi todo el día; pero, no obstante, los arroyos y las corrientes que atravesaban la región no llevaban el agua suficiente para arrastrar las trozas desde los puntos apartados. Era necesario esperar aunque el lecho de esas corrientes se cubriera totalmente hasta que la superficie se [illegible] y el agua se desbordara y permitiera el arrastre.

Por otra parte, mientras más retardaba don Severo el momento de echar al agua las trozas, más cantidad de caoba tendría, ya que el trabajo no cesaba. Lograr la mayor cantidad de caoba [illegible] la cual preocupaba tanto a él y a don Félix, su hermano.

Resultaba después de la [illegible], todo el mundo había olvidado ya la resolución de arrear a los muchachos con mayor [illegible]. Los capataces, que recibían una buena comisión por cada troza entregada, así como don Félix y don Severo, creyendo [illegible] toda la [illegible] que fuera [illegible] contra los boyeros y los [illegible], con la [illegible] de siempre, [illegible] don Severo había sido olvidado [illegible] y de que los [illegible] comenzaran a [illegible] de su [illegible].

Además, no había la seguridad de que don Acacio hubiera [illegible] bajo los golpes de machete de los muchachos. A lo mejor [illegible] cada [illegible] por [illegible] y porque [illegible] se hallaba en [illegible]. Porque don Acacio había [illegible] desaparecido [illegible] don Félix y don Severo [illegible].

IX

Durante toda una semana, Celso había sacrificado dos horas diarias para ayudar a Cándido a producir sus cuatro toneladas al igual que los otros.

—Ya no es necesario que me ayudes más, compañero —le decía Cándido a menudo—. Estás perdiendo tu tiempo y van a azotarte por mi causa.

—No importa, hermano, ¿acaso no somos del mismo pueblo?

—Cierto, los dos somos chamulas y vecinos.

—Esa es una razón suficiente, además, bien puede haber otra.

Cándido sonríe, descansa el hacha y enciende un cigarrillo.

—No te impacientes, hermanito, ella no tiene novio. Anoche volvimos a hablar y ella me dijo que tú le simpatizas, pero ya sabes que entre nosotros esas cosas no se hacen de la noche a la mañana. Lo que sí puedo asegurarte es que tú no le disgustas a Modesta.

—¡Cómo me gusta su nombre! No creo que haya otro más lindo.

—Ya me lo has dicho muchas veces, pero antes de que me lo dijeras, yo lo había adivinado todo.

Cándido recoge su hacha y se aplica nuevamente al trabajo.

Aquella noche, después de cenar, Celso enrolla algunos cigarrillos, los acomoda en la bolsa de su camisa y se dirige hacia el río. Se va metiendo poco a poco en el agua hasta que, sentado sobre la arena, deja salir solamente la cabeza para poder fumar. Esa es la única manera de matar a las garrapatas demasiado pequeñas que resulta imposible arrancar de la piel. El agua era como un bálsamo que calmaba también los piquetes de los mosquitos y los tábanos que lo habían acosado durante el día. Los insectos son excesivamente voraces durante la época de lluvias y, sobre todo, más numerosos que en cualquiera otra. Sumergido de aquella forma, el humo de su cigarro le protegía la cara y la cabeza de los mosquitos que en nubes apretadas revoloteaban por las orillas. Celso no era el único que se refrescaba de aquella manera. En ambas orillas del río se veían muchachos reposando, ya en grupos, ya aislados. Al cabo de cinco minutos, un hombre vino a colocarse cerca de él, era Martín Trinidad.

—¡Eh, Celso! Pásame tu cigarro, deja que prenda con él el mío.

—¿Por qué no lo encendiste antes de meterte al agua?

—Lo encendí, pero se apagó.

—Está bien, pero antes, dime: ¿de dónde vienes tú? ¿Quién eres?

—Te lo voy a decir, Celso, y tú serás el único en saberlo. Yo soy de Pachuca, de la región de las minas de plata, allí trabajaba como maestro de escuela.

—¡Hum! ¿Maestro de escuela y ahora leñador de una montería?

—Sí, ¿qué quieres? Nunca he sabido tener el hocico cerrado, siempre les hablé con verdad a los mineros, que en su gran mayoría eran padres de los chiquillos a quienes yo enseñaba en la escuela.

—¿Les decías la verdad? ¿Qué verdad? —pregunta Celso con desconfianza.

—Les he dicho la verdad sobre el dictador y sobre los derechos del pueblo. Les he dicho que un hombre, por hábil que sea y por persuadido que esté del derecho que lo asiste para dirigir todo un pueblo, no tiene ninguno para privar del derecho de pensamiento y de expresión, para oprimir la voluntad de otros hombres. Porque cada hombre tiene el derecho de decir lo que piensa y cada hombre tiene igualmente el deber de enseñar, de explicar a otros hombres que están mal gobernados y que se les perjudica. Y aunque en concepto de otros el hombre se equivoque, tiene perfecto derecho a decir lo que piensa, lo que cree mejor para que las cosas marchen bien.

—¿Es eso lo que les dijiste a los mineros de Pachuca? —pregunta Celso mirándolo de reojo, pero ya estaba demasiado oscuro para que le fuera dado distinguir la expresión de Martín Trinidad.

—Les he dicho eso y otras muchas cosas más. Les he aconsejado que ya no bajen a las minas, que no trabajen para que los propietarios y sólo ellos ganen. Les he aconsejado que pidan un alza de salarios y autorización para formar un sindicato que les dé reivindicaciones colectivas, ya que un hombre aislado nada puede. Tú sabes: uno es fusilado, otro es encarcelado, a uno más se le golpea hasta matarlo, pero si todos se reúnen para luchar por sus derechos, no es posible que los fusilen, porque en ese caso no quedaría quien trabajara y extrajera el metal precioso. Así, pues, si los propietarios de las minas quieren plata, deberán pagar en plata a los mineros la que reclaman.

—¿Y qué dicen los mineros de tus explicaciones?

—Después de oírlas, se negaron a trabajar. Llegaron los soldados, fusilaron a diez y los otros volvieron al trabajo, porque al no existir un sindicato, no hubo quien reuniera a todos los mineros.

—¿Y tú? ¿Por qué a ti no te fusilaron? Es muy raro, ¿no te parece? —pregunta Celso otra vez lleno de desconfianza.

—No, después de azotar a un minero hasta hacerle confesar quién le había metido aquellas ideas en la cabeza, me encerraron en el cuartel y me dijeron que yo no sería tan afortunado como los diez mineros fusilados a quienes yo había descarriado. Durante tres días me torturaron. Cuando un sargento se cansaba de martirizarme, llegaba otro, y así sucesivamente. Mañana te enseñaré los cientos de marcas que tengo en el cuerpo. Querían hacerme gritar: "¡Viva don Porfirio!". Yo me negué, puesto que odio al cacique y lo único que deseo es su muerte. Cada vez que podía abrir la boca, era para gritar: "¡Abajo Porfirio, que muera el tirano! ¡Abajo los explotadores! ¡Viva la Revolución!". A cada uno de mis gritos me cruzaban la cara con el fuete.

Celso pregunta:

—¿Y cómo pudiste escapar?

—No escapé, ¿cómo habría podido hacerlo si estaba medio muerto? Me llevaron a la estación en compañía de otros cien hombres, todos jóvenes estudiantes, maestros, obreros y campesinos. Nos encerraron a todos en un vagón de carga, hacinados, sin ventilación, sin luz, y por todo alimento nos echaban un puñado de tortillas viejas, mohosas, sobre las que nos precipitábamos con hambre desesperada. A veces vaciaban sobre nosotros una olla de frijoles, que recogíamos de entre nuestras ropas y del suelo, junto con otras porquerías que comíamos sin poner reparo. En lugar de agua, vaciaban sobre nosotros botes de orines. Por fin, un día, después de haber navegado una eternidad en peores condiciones de las que te digo sufrimos en el ferrocarril, llegamos a Yucatán, destinados a trabajar en las plantaciones y en la reparación de caminos. Ataban a cuarenta hombres para que tiraran de un gran rodillo que sólo veinte caballos quizá habrían podido arrastrar. Para hacernos avanzar nos azotaban. Debíamos tirar bajo un sol cien veces más ardiente que el de aquí. Entre nosotros también había mujeres y su suerte era la misma. Muchos de aquellos hombres y mujeres eran hilanderos de Orizaba que se habían negado a seguir trabajando si no les aumentaban el salario. Habían escapado de ser masacrados. Los que se habían rendido sufrían el castigo de trabajar por menos sueldo aún.

—¿Y cómo pudiste escapar de Yucatán? —preguntó Celso.

—Un día asaltamos a cuatro tipos de la policía. Después de matarlos como a perros rabiosos huimos a toda prisa. Éramos treinta. Los otros muchachos no se atrevieron, tenían demasiado miedo. De los treinta, un buen número fue aprehendido nuevamente, otros fueron fusilados por la espalda por los rurales que a caballo nos persiguieron. Otros más se ahogaron al atravesar un río. Pero nosotros tres, Juan Méndez, Lucio Ortiz y yo tuvimos la suficiente malicia para apartamos de los grandes caminos transitados y llegar, cogiendo atajos, primero a Campeche y después a la región de la que tú eres. Allí encontramos a don Gabriel, el enganchador, que nos pareció el mismísimo Salvador, y quien nos trajo a la montería. Aquí, por lo menos, no nos buscarán.

Celso rio sordamente.

—¡Vaya mentiras las que sabes contar, compañero! Seguro que aquí no te buscarán. Ahora te darás cuenta de que lo único que has hecho es cambiar de prisión. A menos que a ti te parezca de otro modo.

—Sí, para mí no es lo mismo, hay una diferencia, y ella es que aquí se está peor que en Yucatán. Allá era necesario trabajar, bien o mal, como cada quien podía. El trabajo era duro, nos golpeaban y nos mal nutrían. Pero aquí todos debemos producir nuestras cuatro toneladas y, además, en Yucatán no conocían el truco de la suspensión.

—Y los dos compañeros que escaparon contigo hasta aquí, ¿quiénes son?

—Juan Méndez era sargento de infantería en Mérida, ahora es desertor.

—¿Por qué desertó?

—Un capitán entró borracho una noche en el cuartel. Juan tenía un hermano joven que servía en la misma compañía que él. Era su primer año de trabajo. Justamente esa noche estaba de guardia cerca de las cuadras de las mulas de la sección de artillería. El capitán nada tenía que hacer allí, pero entró tambaleándose y jurando, dio un mal paso y resbaló, cayendo sobre las inmundicias de las mulas. Entonces llamó a gritos al hombre de guardia, que era el hermano de Juan, le dio un golpe y, con toda la fuerza que desarrollan los marihuanos, lo arrastró hasta el bebedero de los caballos y lo hundió en el agua hasta que lo ahogó. El capitán fue juzgado por un Consejo de Guerra que por todo castigo lo privó de un mes de sueldo. Eso fue todo. Dos días después, cuando el capitán pasaba frente a una caballeriza, Juan se le echó encima gritándole: "¡Asesino! Tú asesinaste a mi hermanito, el Consejo de Guerra no te castigó, pero yo voy a castigarte con mis propias manos para mostrarte que todavía hay justicia sobre la Tierra". Y aun antes de que el capitán pudiera ponerse en guardia siquiera, Juan le rebanó el pescuezo.

Lucio era cabo del mismo batallón y amigo íntimo de Méndez. Los dos se habían dado de alta al mismo tiempo y no se habían separado ni en las buenas ni en las malas ocasiones. Cuando Juan se vio obligado a desertar, Lucio no quiso abandonarlo. "Si yo hubiera tenido ocasión, habría hecho lo mismo con el capitán. Soy tan culpable como tú, así pues, me voy contigo". Huyeron juntos y desde entonces han permanecido tan unidos como Cristo a su cruz. Nos encontramos en Tabasco y como tenemos las mismas ideas, decidimos viajar y afrontar nuestra suerte juntos.

—Pero —pregunta Celso— ¿por qué me cuentas todo eso? ¿A mí qué diablos me importa?

—Es bien sencillo. Te lo cuento porque es algo que a todos nos interesa. Yo bien sé que tú tienes la misma idea que nosotros y que no estamos muy lejos de realizar lo que tú piensas.

—¿Y qué es eso?

—No está lejos el día en que todo habrá de terminar, en que nosotros empezaremos a colgar para no ser colgados nunca más. No creas que yo era el único en Pachuca. En Yucatán conocí a otros más, aun cuando había que temer siempre que tu vecino de cama fuera espía de los rebeldes. Pero cuando hay millares de hombres en las cárceles, en las mazmorras, en los fosos letales, en las islas lejanas, a causa de una misma idea, es porque el país está próximo a arder, y el fuego está próximo a devorarlo todo, a pesar de las mentiras propagadas por los periódicos. En el norte ha comenzado a correr la sangre, y el caudillo, el viejo macaco que tiene la desvergüenza de llamarse a sí mismo el protector, el salvador del país, no se atreve a salir sin hacerse acompañar de cincuenta guardianes. ¿Quién puede decir si ahora mismo, mientras nosotros hablamos de él, del irreemplazable como se llama él mismo, no lo han echado a puntapiés del palacio y muerto de miedo se orina en los calzones escondido debajo de la cama? Mientras más cruel es un tirano, más cobarde se muestra al primer revés. Yo he leído muchos libros, Celso, no puedes imaginarte cuántos, y sé un sinfín de cosas sobre las revoluciones y las insurrecciones. Siempre ocurre lo mismo: la tiranía dura algún tiempo, pero sólo algún tiempo.

—¡Qué lástima que yo no sepa leer, Martín! —dice Celso—. Lo más que puedo hacer es mal escribir mi nombre.

—Tal vez yo pueda enseñarte a ti y a otros muchachos a leer y a escribir.

—Si tuviéramos tiempo, aunque fuera un poquito de tiempo, podríamos aprender muchas cosas útiles, muchas cosas capaces de procurar satisfacción en la vida. Mi camarada Andrés, el boyero, sabe leer y escribir, y a menudo me dice que en los libros se leen historias maravillosas que muy pocas gentes saben relatar. Pero los libros sólo tienen vida en manos de quienes saben leer; para los que no sabemos, no son más que una serie de hojas pegadas entre sí. Andrés fue quien me enseñó a escribir mi nombre. Desgraciadamente él duerme en otro campo para estar cerca de sus bueyes. Cuando llega a venir es por la noche, cuando ya estamos muy cansados. Nos hace falta tiempo y, sobre todo, trabajar menos, sólo así podremos reflexionar en nuestras cosas como seres humanos en vez de mirarnos estúpidamente como bueyes que tiran de la yunta, rumian y se espantan las moscas con el rabo. A veces pienso que nosotros somos más desgraciados que los bueyes. Ellos nada saben de una vida mejor; en cambio, nosotros lo sabemos, hemos visto otros lugares y sabemos de otros hombres menos miserables y menos ignorantes que nosotros.

—Voy a decirte algo que tú no sabes todavía. Algo que solamente yo sé.

Celso se esfuerza nuevamente para mirar la cara de su vecino, sentado cerca de él sobre la arena del río, pero la oscuridad no se lo permite. Chupa fuertemente su cigarro y al avivarse el fuego un leve resplandor ilumina la cara de Martín Trinidad. Éste mira en rededor para cerciorarse de que nadie se halla próximo y en posibilidad de oír lo que va a decir. Se acerca más a Celso y habla en voz queda.

—Lo que cuentan en la oficina sobre el accidente de don Acacio es mentira.

—¿A qué llamas tú mentira?

—La historia es enteramente distinta, sólo que ellos no quieren que se sepa la verdad, tienen un miedo espantoso de que nosotros hagamos lo mismo.

—¿Qué es lo mismo? Habla, nadie nos escucha, pero si alguien parara la oreja, yo le daría tal bofetón que se quedaría sin habla una semana.

—Pascasio y Urbano huyeron, eso tú lo sabes, lo que no sabes es que en el momento de ser cogido, Pascasio le partió el cráneo a la Mecha con una piedra.

Inmediatamente el Faldón mató a Pascasio a balazos. Urbano se lo contó todo a la mujer del cocinero mientras esperaba en la cocina a que don Acacio estuviera listo para administrarle la azotaina de costumbre. Pero lo que Urbano hizo allá abajo, a la orilla del río, solamente yo pude verlo. Urbano aprovechó un descuido de don Acacio, saltó sobre él, lo ató a aquel árbol que ves allá abajo y le sacó los ojos con una espina.

—¿Estás seguro?

—Lo vi con mis propios ojos. Venía de cambiar mi hacha en la bodega cuando descubrí la escena, me escondí tras unas matas y observé todo lo que pasó. Después de hacer lo que te he dicho, Urbano se amarró una piedra a la cintura, entre el pantalón y la piel, y se arrojó al río, ahogándose. Nadie sabe esto, todos creen que volvió a huir y ya han enviado a dos a perseguirlo. Después, don Acacio, loco ante la idea de no volver a ver jamás, se pegó un tiro en la cabeza.

—¿También eso lo viste tú?

—No, pero Epifanio, el mozo de la oficina, lo vio todo a través de una rendija. Él vio suicidarse a don Acacio.

Celso lanza un silbido y dice:

—¿Sabes, Martín Trinidad, que todo eso es muy divertido?

—¿Sí? Pues todavía sé algo más —dice Martín aproximándose a Celso y bajando la voz—. Los de allá creen que Urbano se escapó llevando consigo la pistola y la cartuchera de don Acacio. Lo cierto es que la tiró porque no sabía cómo usarla, el pobre era bien tonto. Cuando él se arrojó al río, yo salí de mi escondite y recogí el revólver y la cartuchera de don Acacio, que, ya ciego, de nada pudo darse cuenta.

—¿Así que tú tienes el revólver y la cartuchera? —pregunta Celso en voz baja, excitada.

—Sí. Los enterré en la arena. Como verás, Celso, con ese revólver tú, yo, Juan Méndez y Lucio Ortiz podemos hacer mucho.

—¿Saben ellos que tú tienes el revólver?

—No, nada les he dicho, eres tú el primero que lo sabe. Como ves, podríamos salvarnos fácilmente.

—Mucho he pensado en ello, pero de nada serviría salvarme yo solo ni que te salvaras tú. Es necesario, es menester que todos huyamos el mismo día y que todos juremos no dejarnos atrapar y morir antes que dejarnos conducir aquí nuevamente. Lo mejor sería acabar con todos los que aquí no son camaradas nuestros. Si los dejamos vivos, nada cambiará, todo seguirá igual y cualquier día volverán a ponernos el pie en el pescuezo. Sólo un acto total y bien conducido podrá servir. Un solo hombre nada puede cambiar ni hacer. Debemos obrar juntos y al mismo tiempo. De otro modo, todo sería inútil. Yo habría podido salvarme cien veces, solo o con Andrés o Santiago o Fidel, que también son de fiar. Pero nosotros nos hemos dicho y redicho que es necesario acabar con las monterías, destruirlo todo, incendiarlo, exterminar a los patrones y a los capataces; lo demás no vale la pena.

—Eres más inteligente de lo que yo creía, Celso.

—No te creas que he sido yo solo el que ha tenido esas ideas. Yo soy fuerte y resistente, pero en cuanto a pensar, ya es otra cosa. Eso lo hemos discurrido todos juntos. Andrés, Pedro, Santiago y todos los que en nuestra vida hemos visto algo más que la finca o el pueblo donde nacimos. Y mira tú, ahora se nos vienen a reunir un maestro de escuela y dos militares que piensan exactamente como nosotros. ¡Buena falta que nos habían hecho ustedes! Ahora debemos reflexionar en el cómo y el cuándo. Es lamentable que Urbano se haya ahogado. Era un verdadero rebelde, de los que nosotros necesitamos. Porque hasta ahora, nadie se había atrevido a atacar a un patrón y a arrancarle los ojos. No sé siquiera si yo mismo habría tenido valor para hacerlo. Puede ser que sí, todo depende. Se trata del momento en que uno habrá de decirse: "Hasta aquí, esto es todo lo más que puedo soportar, cualquier cosa sale sobrando; ahora arremeto cueste lo que cueste, pues lo único importante es acabar de una vez por todas".

Martín Trinidad da una última chupada a su cigarro, lo tira y sale del agua sacudiéndose.

Celso mete la cabeza en el agua, produciendo gruesas burbujas, escupe, con la mano se quita el agua de la cara y echa hacia atrás sus largos cabellos, e impulsándose como flecha con los brazos tendidos, gana la orilla arenosa.

—Parezco esponja, pero al menos creo haberme sacudido todas las garrapatas. Los piquetes de mosco se me quitaron y hasta las huellas de mi última colgada no aparecen ya —le dice a Martín Trinidad.

Cuando terminan de montar la pendiente, Martín Trinidad dice con calma:

—Entendido que nada dirás de cuanto te he contado, Celso. Ni siquiera a Andrés. Tampoco yo lo diré ni a Méndez ni a Ortiz. Sólo tú lo sabes. Deja que los muchachos sigan creyendo que nosotros somos tres vagabundos, tres evadidos de la prisión, déjalos que piensen lo que quieran. Yo quería que tú supieras quiénes somos y que nuestro pensamiento y nuestro deseo es el mismo pensamiento y el mismo deseo de ustedes. Ustedes seguirán su camino, nosotros, el nuestro. Pero cuando la cosa se desencadene, es necesario que sepas que si tú tomas la cabeza, yo iré a la retaguardia, o que seré yo quien vaya a la vanguardia si tú te decides por la retaguardia. Tal vez esperemos dos meses, seis, pero sé que no habremos de esperar un año. En todo el país el fuego cunde, las primeras llamas se levantan en todas partes. Lo importante era decirte lo que te he dicho. Nuestro grito de guerra será: "¡Tierra y libertad! y ¡Abajo la dictadura!".

—No tan aprisa, manito —contestó Celso—. Todavía no. Cuando gritemos con todas nuestras fuerzas "¡Libertad!", entonces será necesario que ni un solo hombre deje de acudir al llamado.

—Nosotros no necesitamos de banderas ni de estandartes. Todo lo que nos hace falta es sangre en las venas: ¡Tierra y libertad!

Y en vez de buenas noches, Celso contestó:

—¡Tierra y libertad!

X

La tarde siguiente, don Félix se presentó en el cobertizo que servía de comedor a los trabajadores. Seis troncos sostenían un techo de paja y eso era todo. Cuando llovía, los hombres tenían que apretarse en el centro del cobertizo unos contra otros, lo más estrechamente que les era posible, a fin de no mojarse. Desde luego que aquel comedor carecía también de mesas y de sillas, y los comensales se sentaban en cuclillas sobre el suelo con los trastos y el tenate de las tortillas al alcance de la mano. Los patrones jamás se habían parado a pensar en si los trabajadores habrían deseado un poco de comodidad para comer.

Don Félix camina algunos pasos, mira a los hombres y habla:

—Tú, Cándido; tú, Tomás, y tú, Cástula, y ustedes —señalando a algunos otros hombres—, van a empacar sus cosas enseguida y a atravesar el río, porque en adelante trabajarán en los campos nuevos a unas cuatro leguas de aquí. Ahora, de prisa, acaben de comer y en marcha porque los barqueros no pueden esperar toda la noche.

Los interpelados terminaron de comer rápidamente y se dirigieron a sus jacales a fin de prepararse.

Cándido mandó a sus dos hijos en busca de los cochinitos, que vivían libremente en el campamento, alimentándose con lo que podían encontrar. Don Félix había dicho varias veces que los mandaría matar y se los comería uno por uno, ya que, al haber engordado en sus propiedades, tenía perfecto derecho a hacerlo.

Modesta ayuda a su hermano a hacer sus paquetes. Don Félix se dirige hacia el jacal donde se hallan Cándido y Modesta.

—Eh, muchacha, ¿por qué no te quedas tú en el campo? Podrías trabajar para mí. Allá, en el nuevo campamento, no hay más que maleza y tú te encontrarás sola entre tigres y serpientes. No hay ni siquiera un jacal levantado. Los que lleguen allá tendrán que dormir por lo menos hoy y mañana bajo las estrellas, a menos que a medianoche, en cuanto lleguen, se pongan a levantar cuando menos un cobertizo. Y eso, con lo que va a llover, no será nada divertido. Yo sé lo que te digo, más vale que te quedes.

—Muchas gracias, patroncito, pero yo prefiero seguir con mi hermanito.

—Como quieras, muchacha, yo te lo digo por tu bien. Si mañana cambias de parecer, ya sabes que puedes regresar, pero te esperaré hasta mañana solamente.

De regreso a su jacal, y al pasar frente al cocinero, don Félix dice:

—Cuando uno quiere ayudar a estos puercos, se rehúsan. Prefieren vivir en el chiquero, es lo único que conocen.

—Muy cierto —aprueba el cocinero.

Él tenía experiencia y sabía que más vale dar siempre la razón en este mundo a los poderosos. Así no hay peligro de cometer imprudencias y se asegura el pan.

Al cocinero jamás lo habían golpeado ni colgado. De vez en cuando don Félix le administraba algunas cachetadas, pero él las aceptaba como una demostración amistosa.

Al regresar del trabajo, Celso se dirige al comedor, y al no ver allí a Cándido, va a buscarlo a su jacal.

—¿Así que el patrón los manda del otro lado del río?

—Sí —responde Cándido mansamente—. ¿Qué podemos hacer?

—Aquello es la pura selva. Habrá que empezar por limpiar la maleza. La primera noche tendrán que pasarla en la espesura. Cuando menos envuélvanse bien en los mosquiteros. Espera, Modesta, ahorita voy a ayudarte.

Los niños llegan en aquel momento, trayendo a los cochinitos que chillan desesperadamente creyendo llegado el día en que habrán de convertirse en jamón y embutidos.

—Yo iré allá para ayudarlos —dice Celso.

—Así te atrasarás muchísimo —replica Cándido, feliz, a pesar de todo, con aquella promesa.

—Puede ser que yo también vaya allá después de echar al agua las trozas para el arrastre. ¿Te gustaría que volviéramos a estar juntos? Es tan agradable poder reunirnos todas las noches, como aquí.

—Claro que me gustará. Y tú, hermanita, ¿qué piensas?

Modesta no responde.

Celso, armándose de valor, dice:

—¿Te gustaría que me reuniera con ustedes, Modesta?

—Sí, me gustaría mucho.

—Con el gusto que me da oírte —dice Celso riendo alegremente.

Felipe estaba más borracho de lo que Celso podía suponer, por lo que el primer cayuquero le había dicho. Se tambaleaba sobre la canoa, que ni siquiera había logrado inmovilizar sobre la arena.

—¡Por Dios! —grita—. ¡Qué porquería de tiempo! Mojados por arriba y por abajo, sin un solo pelo seco.

Lo acompañaba un muchachito a quien llevaba como ayudante y cuya misión consistía en saltar de la canoa y tirar de ella hasta hacer avanzar la proa sobre la arena.

—Anda allá arriba y tráeme la botella —le ordena—. Es necesario que me eche al cuerpo un poco de combustible.

—Con la borrachera que traes no podrás pasarnos del otro lado —protesta Celso—. Ni siquiera puedes tenerte en pie.

—¿Quién, borracho yo? ¿Y eres tú, chamula asqueroso, quien se atreve a decir a un viejo cayuquero que está borracho? ¿Borracho yo? Dime nada más: ¿quién lleva la barca, tú o yo?

—Tú —contesta Celso.

—Perfectamente, y tú vas a cerrar el hocico. Ahora, ¿quieren embarcarse o no quieren?

Cándido se arma de valor y dice a Celso:

—Aguárdame aquí, voy a buscar al patrón y a preguntarle si permite que nos embarquemos en otro cayuco.

—Ustedes pasarán en el cayuco que les toca —decreta don Félix en respuesta al ruego del infeliz que, parado humildemente a la puerta del jacal, explica que Felipe se halla en estado tal de embriaguez que no puede tenerse en pie—. ¿Quién manda aquí, chamula?

—Usted, patroncito.

—En ese caso, nada tienes que temer; Felipe podrá estar tan borracho como quiera, pero ello no le impedirá ser el mejor cayuquero de la montería. Pablo bebe menos, pero en cuanto a conocer el río no le llega ni a la punta del zapato.

—Patroncito, si usted quisiera, podríamos cruzar el río mañana tempranito.

—Ni pensarlo. Perderíamos media jornada. Vas a atravesarlo ahora mismo, y ahora mismo también vas a dejarme por la paz. Pablo tiene que transportar los útiles, las hachas y a otros muchachos. Además, con todo lo que tú llevas, para transportarte a ti y a tu tren es necesaria una canoa completa. ¡Andando, vete ya! Mañana temprano iré a ver cómo marchan las cosas. Ahora ten, tómate esta copa.

Cándido acepta y de un trago vacía el contenido. Aquello le reconforta el corazón. Da las gracias y se retira con un cortés "Con permiso".

Regresa a la orilla del río, en donde Celso lo espera.

—Nada logré.

—Lo sabía de antemano y he cargado todo sobre el cayuco. Siéntate atrás, adelante todo está empapado. Los chamacos han estado sacando el agua, pero con este llover nada puede secarse.

Celso había metido los bultos en la canoa. Modesta se hallaba sentada en medio con los niños a su lado. Éstos mantenían a los cochinitos cerca, atados con un lazo. Modesta cargaba sobre las rodillas el envoltorio que contenía todas sus propiedades.

Cándido saltó sobre la barca, brincó sobre los cochinitos y los bultos y se acurrucó en el fondo de la canoa, manteniendo en alto la linterna. Cerca de él se hallaba Felipe de pie, con un largo remo entre las manos. Estaba furioso, primero, porque su joven ayudante había resbalado tirando la mitad del contenido de una botella de aguardiente, y después, porque sus pasajeros no acababan de embarcarse. Aquella era la última vez que tenía que atravesar el río esa tarde y estaba impaciente por acostarse.

Celso tendió la linterna al muchacho ayudante.

—Métete en la canoa, yo voy a empujarla porque con lo cargada que está tú no podrás hacerlo.

Celso curva el cuerpo sobre la proa, la levanta un poco a fuerza de brazos, la hace resbalar sobre la arena y la pone a flote. Felipe empuña el remo y comienza a remar. Celso salta sobre la primitiva embarcación que navega ya, perdiéndose en la oscuridad.

Felipe da dos vigorosos golpes de remo y la barca avanza hasta la mitad del río metiéndose en la espuma. El remero endereza rápidamente la barca para evitar que la arrastre la corriente y lo hace con habilidad tal que Celso y Cándido reconocen que su temor al agua había sido ridículo.

La barca se desliza como una flecha. De vez en cuando, Felipe apoyaba su largo remo sobre el fondo para enderezar la embarcación hacia donde podía deslizarse con mayor rapidez. Deseaba terminar su tarea cuanto antes. Generalmente, cuando la corriente era tan fuerte como entonces, los barqueros procuraban mantenerse, al contrario de lo que Felipe hacía, lejos del centro, para no exponerse a ser arrastrados. En efecto, si el piloto perdía, aunque fuera por un segundo, el control de su embarcación, ésta era desviada y la corriente, azotándole los costados, la hacía zozobrar hasta que los hombres y las cosas que se hallaban en su interior eran botados al agua. Por ello preferían navegar cerca de las orillas buscando sitios más calmados. Pero las zonas tranquilas no se hallaban siempre del mismo lado. Unas veces se las hallaba del lado derecho y otras del izquierdo, de acuerdo con el curso marcado por la corriente. Así pues, el trabajo del cayuquero consistía en llevar la barca de un lado a otro buscando las zonas menos agitadas. La travesía del río no exigía solamente una habilidad consumada, sino un conocimiento profundo del curso del agua, de las corrientes ocultas, de los remolinos, de los bancos de arena y de los rápidos. Los cayuqueros iniciaban su carrera desde niños, acompañando a viejos cayuqueros que les servían de maestros.

La navegación de día era difícil, pero de noche, las dificultades se duplicaban. Los viejos cayuqueros conocían tan bien la corriente, que con sólo tocar el fondo del río con su largo remo sabían de qué lado se encontraban. Y era cierto que aun en estado de ebriedad, maniobraban a la perfección, pero como la embriaguez no es un estado normal, es difícil adelantarse a decir cómo obrará un ebrio ante un acontecimiento inesperado.

Felipe, con la razón velada, se sentía en extremo audaz. Además, él era mestizo y despreciaba a los indios profundamente. Era tan trigueño como Cándido, sus cabellos eran negros, gruesos y lacios como los de Celso, pero él se consideraba igual que los ladinos. A él jamás se le golpeaba, y su habilidad de cayuquero experimentado y su calidad de constructor y propietario de dos cayucos hacían de él un trabajador independiente, con el derecho de embriagarse tan a menudo como quisiera o como su dinero se lo permitiera. Los lloriqueos del miedoso Cándido, que se había atrevido a pedir a don Félix que retardara la travesía para no obligarlos a navegar durante la noche, lo hacían más temerario aún. Iba a mostrar a aquel chamula piojoso de lo que es capaz un verdadero cayuquero y cómo puede conducir una barca a toda velocidad en plena noche y sobre la corriente desencadenada.

Así pues, insistió en mantener la barca a mitad de la corriente. Se deslizaban como si fueran en una lancha de motor. Para hacer la travesía se necesitaban más o menos quince minutos, pero Felipe quería demostrar que él era capaz de hacerla en diez minutos. Desgraciadamente la canoa navegaba a tal velocidad que era imposible mantenerla en el centro con algunos golpes de remo. Aquel navegar loco dura sólo dos o tres minutos, al cabo de los cuales la proa va a dar contra los guijarros que bordean un rápido, tan violentamente que queda aprisionada entre los dos bordes de guijarros. Con un golpe de remo, de una habilidad maravillosa, Felipe salva la popa pero el segundo golpe no es acertado, la embarcación vira demasiado sobre la izquierda y ya no es posible conservar la dirección conveniente.

Felipe abarca en un instante la situación, sabe que ocurrirá lo inevitable. Sin embargo, da un fuerte golpe de remo, pero alcanza el fondo una fracción de segundo más tarde de lo necesario. La corriente golpea la canoa por un flanco inundándola. Felipe, mal sostenido por sus piernas, se tambalea y cae por estribor. Por desventura la barca va a estrellarse contra un tronco gigantesco y naufraga.

—¡A la orilla! —se contenta Felipe con gritar.

Cándido, Celso, Modesta, los niños y los puercos, todos, luchan en el agua. La oscuridad profunda les impide distinguir las orillas. Felizmente, y previendo lo inevitable, Celso y Cándido pudieron darse cuenta momentos antes, a la luz de las linternas, de que se encontraban más próximos a la orilla derecha que a la izquierda, habiendo observado también que, de aquel lado, el remo no se había hundido ni a la mitad, lo que les hizo pensar que se hallaban cerca de un banco de arenas y de guijarros que formaban un vado.

Cándido sacó la cabeza del agua para llamar a los niños. El más pequeño se encontraba cerca de él y le contestó. Cándido se apresuró a afianzarlo de la camisa.

Celso daba voces llamando a Modesta y a Cándido. A tientas logró cogerse a las ropas de la muchacha y tirar de ella. Cándido gritaba:

—¡A la derecha!

La región de la que Cándido y Celso eran no ofrecía muchas posibilidades para aprender a nadar, ya que no se encontraban en ella ni lagos ni ríos, pero los indios, cuando caen al agua, salen como los perros, por instinto. Además, no llevan calzado y sus ropas son lo bastante holgadas y ligeras para no estorbarles.

Lograron hacer pie, se encontraban un poco separados entre sí y daban voces para reunirse. Felipe también se reunió con ellos. Vuelto repentinamente de su embriaguez, no se daba cuenta exacta de lo que ocurría.

—¡Por la Virgen Santísima! —exclama—. Jamás me había ocurrido semejante cosa. Mi barca ha volcado una o dos veces, pero ello ha sido a causa de algún rápido. Por aquí nunca me había ocurrido, es imposible, alguien me debe haber jugado una mala pasada, tal vez fue alguno de ustedes, ¡malditos chamulas!

Se hallaban todos juntos; hasta los cochinitos, amarrados con el lazo, estaban presentes. El perro que había seguido a Cándido desde su pueblo, daba chillidos de contento y se sacudía el agua.

En cuanto al equipaje, se había perdido. Modesta, exprimiendo sus enaguas, se volvió rápidamente y preguntó:

—Celso, ¿está Ángel contigo?

—No, aquí no está. Estará con Cándido.

Cándido contesta angustiado:

—No, aquí no; yo creí que estaba contigo, Modesta, o con Celso.

Todos se ponen a gritar:

—Angelito, Angelito, ¿dónde estás?

Pero la única respuesta que obtienen es el grito furioso del agua que se precipita rugiendo.

Al ver que Felipe tarda en regresar, don Félix comprende que algo anormal ha ocurrido, y a la mañana siguiente, muy temprano, despacha a Pablo con su cayuco. Pablo descubre a los náufragos agazapados en la orilla, los embarca y los conduce al nuevo campo en donde los otros muchachos han comenzado ya a construir sus jacales.

Celso regresa al campo principal con Pablo. Don Félix lo recibe con injurias:

—¿Qué tenías tú que hacer allá? Vas llegando ahora después de haber perdido medio día de trabajo. ¿Acaso te mandé yo al nuevo campo?

—Quise ayudar a Cándido con sus cosas, patroncito, él lleva a la familia consigo.

—Y, mientras tanto, tu trabajo espera. Cándido es ya bastante grande para viajar solo.

—Perdió a uno de sus niños —contesta Celso.

—Por descuidado, debía haberle prestado mayor atención. Además, nadie le dijo que trajera a sus hijos. Aquí de nada sirven. Ahora, vete a trabajar y procura producir tus cuatro toneladas, como de costumbre. Si tienes ganas de pasearte otra vez no lo hagas a costa mía. Yo te pago por tu trabajo y tu trabajo está en producir cuatro toneladas.

—Está bien, patroncito.

Don Félix continúa desayunando y dice a los dos capataces que lo acompañan:

—Ya ven, una vez más acerté designando a Pablo para que transportara los útiles y las hachas. De haber sido ese borracho de Felipe el que las llevara, habríamos perdido todo; habrían sido por lo menos ciento cincuenta pesos echados al agua. Sólo eso nos hubiera faltado. Hace dos semanas que no llega el correo y que no aparece por aquí ni una caravana de turcos. ¿Pero en dónde se habrá escondido el tal por cual de Felipe?

—Se fue con Pablo —contesta uno de los capataces. Va a ver si logra encontrar su cayuco.

—¿Sí? Pues ya tienen para tres semanas, si no es que más.

Cándido trabajaba, comía, se acostaba, se levantaba, volvía a su trabajo, comía nuevamente, se acostaba, se levantaba, tumbaba sus árboles, entraba en su jacal, se acurrucaba en un rincón y miraba fijamente delante de sí. Apenas hablaba, iba viviendo como un autómata. Todas las mañanas y todas las tardes se aproximaba a la orilla del río y miraba correr las aguas agitadas que le habían arrebatado a su Angelito. Y cada vez que regresaba del trabajo daba una vuelta por el jacal y miraba a Modesta en silencio.

Modesta sabía lo que él esperaba encontrar cuando regresaba fatigado, abrumado.

Cuatro días pasaron iguales. Una tarde dijo con voz sorda a su hermana:

—Modesta, el cayuco de Pablo está amarrado en la orilla. Cuando se oscurezca embarcaremos.

—¿A dónde iremos, hermanito? —pregunta con sorpresa. Parece dudar de que su hermano esté en su razón.

—Yo no puedo quedarme aquí. Ellos mataron a mi Angelito, asesinaron al hijito mayor de Marcelina. Regresaremos al pueblo, Modesta, porque yo aquí no me hallo. Quiero volver allá, a mi tierra, a cultivar mi maicito, a mirar cómo está la casa que levanté con mis propias manos. Yo no puedo seguir aquí, necesito volver.

—¿Nos llevaremos los cochinitos, hermanito?

—Claro que nos los llevaremos. ¿Cómo crees que vamos a dejarlos? Ellos tampoco se hallan, ni el perro, ni tú...

—¿Y Celso? —pregunta ella.

—Celso sabe de dónde somos y te irá a buscar. Él ya me lo ha dicho, sólo que me ha pedido que no te lo cuente. Dice que, si como él cree, la muchacha a quien quería se ha casado con otro, él te pedirá que seas su mujer. Él nos seguirá, hermanita, de eso puedes estar segura.

Modesta acaba de acomodar cuidadosamente los trastos en un rincón y dice:

—Nos atraparán.

—Tal vez. ¿Pero qué quieres? Yo no puedo continuar aquí. Es necesario que me vaya, y si me cogen volveré a irme una y otra vez. No puedo más, ellos mataron a mi Angelito.

—No, hermanito, desgraciadamente cayó al agua.

—Sí, pero no por la voluntad de nuestra Santísima Madre, sino por la voluntad de ese demonio, del patrón. ¿Por qué no quiso que hiciéramos el viaje de día? ¿Por qué no nos dejó ir en el cayuco de Pablo? Sencillamente porque odia a los niños y quería matarlos. Yo lo sé bien. Cien veces me ha dicho que deben trabajar, porque si no, no tendrán derecho a estar aquí conmigo. Quiere hacer trabajar a los hijos de mi pobre Marcelina, de mi pobre mujer asesinada también por ese doctor, asesinada porque no pude pagar a tiempo.

—Haremos lo que tú quieras, hermano, nos iremos.

—Esperaremos a que los muchachos se hayan dormido. Pero tú ya puedes ir bajando hasta la orilla a Pedrito y a los cochinitos. Los otros pensarán que los llevas para que se bañen.

Esa misma noche Cándido, Modesta, Pedrito, los cochinitos y el perro se embarcaron en el cayuco de Pablo. Desde hacía dos días la lluvia había disminuido. El nivel del río era ya más bajo y la corriente había perdido su violencia.

Ya avanzada la noche, la luna, en menguante, apareció. Había sólo unas cuantas nubes y podía verse con bastante claridad.

Pablo, el barquero, se había llevado la garrocha con la que guiaba el cayuco. Pero Cándido sabía perfectamente que él jamás habría podido usarla, pues para ello se necesitaba una larga experiencia. Para sustituirla había tallado tres tablas, una de ellas larga y plana que pensaba utilizar a manera de remo.

No se aventuró a mitad de la corriente, se mantuvo cerca de los bordes a fin de sentir siempre el fondo con su tabla, que tenía sólo ocho pies de largo. Así pues, pudo dirigir la canoa tal como lo había planeado.

No cargaban equipaje que aumentara el peso. En un pedazo de su única camisa llevaban envueltas las tortillas, la pasta de frijol y un pedacito de carne seca. Uno de los muchachos le había prestado un pedernal y una mecha para poder hacer fuego. Desgraciadamente había perdido el cuchillo que llevaba siempre al cinto, en su funda de cuero, pero tenía la intención de tallar unos harpones para ensartar algunos peces y comerlos asados. También podría tumbar algunos pájaros con su honda. Considerándolo bien, las perspectivas no eran del todo malas.

La barca se deslizaba fácilmente. Durante algún tiempo la luna iluminó la ruta, después, de ambos lados del río, la maleza empezó a formar dos barreras impenetrables. De tierra llegaba hasta ellos el murmullo de la selva que llenaba la noche de vida. De vez en cuando el croar de las ranas o el canto de algún pájaro asustado cubría el murmullo de la selva. A cada instante cruzaban sobre sus cabezas batiendo las negras alas los murciélagos y los pájaros nocturnos. Pedrito se había dormido en el regazo de Modesta. Uno de los puerquitos se recargaba contra él calentándole el cuerpo.

—Hermano —pregunta Modesta en voz baja—, ¿cuánto tiempo durará nuestro viaje?

—No lo sé; lejos, muy lejos, encontraremos los grandes rápidos. Tendremos que sacar la canoa a tierra. Volveremos a navegar y encontraremos nuevas caídas, y entonces ya no podremos arrastrar la canoa por tierra a causa de las rocas, tendremos que caminar en dirección del ocaso hasta llegar a nuestro pueblo. Así me lo ha dicho un muchacho que conoce bien el río, porque el año pasado le tocó navegar con los que cuidaron el arrastre de las trozas.

—Hay algo que yo no comprendo. ¿Por qué si es tan fácil salvarse, los muchachos se quedan en la montería en vez de huir?

—Porque no todos tienen un cayuco a su disposición o porque tienen miedo del agua o porque temen no saber conducir la barca.

—Puede que tengas razón, hermano —contesta Modesta. En el fondo no lo cree, pero calla.

A la mañana siguiente, don Félix llama al Chapopote y al Guapo.

—Bébanse el café de prisa, traigan sus caballos y vayan enseguida a las Champas, al nuevo campo. Recorran la región, cuenten los troncos y márquenlos. Felipe los llevará.

Los capataces cogieron las cosas que les eran indispensables y se embarcaron en el cayuco. El Guapo llevaba consigo su fusil, porque, decía, por allá habrían de encontrar bastante caza mayor, toda vez que aquello era selva virgen. No se había comenzado a talar y los muchachos no habían tenido ocasión de ahuyentar a las bestias con sus gritos, así pues, habría oportunidad de cobrar algunas bellas piezas, que hubiera sido una lástima dejar escapar, ahora que los alimentos comenzaban a ser extremadamente justos, sobre todo después de la inundación.

Durante la travesía, los dos capataces se pusieron a hacer proyectos placenteros. Sus caballos, atados por un lazo al cayuco, los seguían a nado, uno a la derecha y otro a la izquierda.

Cuando les faltaban unos cincuenta metros para llegar al embarcadero del nuevo campamento, vieron de lejos a Pablo, que juraba y levantaba los brazos al cielo.

—¡Me han robado mi cayuco! ¡Mal rayo! ¡Que yo le ponga la mano encima a ese desgraciado!

Felipe tira de su canoa haciéndola entrar en la arena y dice:

—Lo que ocurre es que no ataste bien el cayuco, lo dejaste flojo y el agua se lo llevó. Tú tienes la culpa.

—¿Que tengo la culpa? ¡No digas estupideces! Lo amarré allí, ¿ves? El agua está baja, no me dirás que el cayuco echó a correr.

Dirigiéndose a los dos capataces, grita:

—¡Que me parta un rayo si no sé quién me lo robó! Fue ese desgraciado chamula, el que trae a toda su piojosa familia y a una piara de puercos consigo.

—Ahora eres tú quien dice estupideces. ¿Cómo quieres que esa bestia de chamula pueda irse guiando tu cayuco?

—Bueno, puesto que ustedes saben tanto, búsquenlo, a ver en dónde están ese tal por cual y su familia. No están ni aquí ni en el campo, se llevó hasta los cochinos. Corre tras él, que cuando le eches mano, yo recuperaré mi cayuco.

Los dos capataces treparon la pendiente tirando de sus caballos hasta encontrarse con el Faldón, que los esperaba arriba.

—Es verdad —dijo—. El chamula se ha llevado el cayuco. Créanlo o no, se ha ido, y ustedes caen como llovidos del cielo para ir a buscarlo.

—Nada más eso nos faltaba —dice el Chapopote dirigiéndose a su compañero—. ¿Qué dices, Guapo, lo seguimos? Después contaremos las trozas, pero antes vámonos a echar algo en la barriga, porque lo que es con el puro trago de café de esta mañana, yo me estoy muriendo de hambre. Don Félix cada día está peor. ¿Cómo se le ocurre que contemos toneladas de madera en un sitio en el que no hay árboles? Si yo conociera el truco para hacerme millonario, haría mucho tiempo que no andaría cuidando a estos puercos chamulas como si fuera su nana.

—¡Comencemos por echar un trago para lubricarnos el gañote!

El Faldón saca una botella y todos beben un buen trago para renovar las fuerzas.

—Tú síguenos con tu otro cayuco, Felipe —dice el Chapopote—, el Guapo y yo marcharemos por la orilla a caballo.

—No, eso sí que no —contesta Felipe—. Nada de eso. Con el cayuco nunca los alcanzaremos, piensen en que llevan una noche de ventaja, y aunque lográramos darles alcance, en cuanto nos vean, se tirarán al agua, la canoa será arrastrada por la corriente y nunca podremos recuperarla. A caballo irán ustedes cien veces más de prisa que yo navegando. El río da infinidad de vueltas, ¡si lo conoceré yo! Ustedes podrán coger algunos atajos sin necesidad de bordear el río y llegarán mucho antes que el chamula, que no conoce la corriente. Pueden ustedes estar tranquilos porque antes de cinco minutos se habrá estrellado contra las rocas o encallará en algún banco de arena. Además..., además no hay razón para que yo vaya tan lejos. Es necesario que yo me regrese porque don Félix quiere ir río arriba justamente para asistir a la echada al agua de las trozas.

Aquello era verdad. Don Félix le había ordenado regresar inmediatamente para que lo llevara a inspeccionar los tumbos, pero en un caso semejante, tratándose de perseguir a un fugitivo, Felipe habría podido transgredir las órdenes de don Félix. La verdadera razón por la cual se rehusaba a ir era el temor que le inspiraba encontrarse solo con Cándido antes de que los capataces hubieran aparecido para ayudarlo. Él sabía que Cándido, como los otros fugitivos, no vacilaría en matarlo para evitar ser cogido.

Cándido parecía tener a los dioses de su parte, en tres días no había caído una sola gota de lluvia. La corriente estaba baja y tranquila. De haber hallado la corriente agitada, Cándido no habría podido llegar muy lejos. Pero si el tiempo le era favorable a él, también lo sería para sus perseguidores, porque si la lluvia hubiera sido tan pertinaz y violenta como lo fuera en la semana precedente, las veredas a través de los matorrales serían impracticables, los caballos se hundirían en el lodo hasta las rodillas y los capataces se verían obligados a caminar las más de las veces tirando de los caballos por la brida. Habrían tenido que hacer largos rodeos para evitar las partes inundadas y los pantanos próximos a los bordes.

En cambio, ahora la superficie del terreno estaba lo bastante seca para permitir una cabalgada bastante rápida. Las aguas habían bajado y a lo largo de muchos kilómetros era posible galopar sobre la arena, y aun sobre el lecho descubierto y pedregoso del río. En algunos sitios, como es común en las corrientes que atraviesan bosques tropicales, el río se abre a lo largo de dos o tres kilómetros haciéndose superficial, exceptuando algunos cortos tramos generalmente franqueables de un salto. A medida que la corriente se fuera haciendo más sinuosa, los perseguidores ganarían terreno al chamula, sobre todo porque el río tranquilo lo conducía lentamente, y a lo largo de kilómetros y kilómetros los jinetes podrían avanzar tres veces más que el fugitivo.

Si Cándido no hubiera pedido consejo a sus camaradas, se habría estrellado junto con los suyos en las primeras caídas. Sacar el pesado cayuco del agua y tirar de él por sobre rocas escarpadas para rodear las caldas no era operación sencilla de hacer él solo, como había pensado.

Hubiera podido tumbar algunas ramas y labrarlas para hacer rodar sobre ellas el cayuco, pero no tenía machete.

Por otro lado, no era posible abandonar la canoa y continuar la marcha a través de la maleza, porque sus perseguidores conocían el camino que se vería obligado a seguir o a tomar en cualquier momento para evitar los pantanos y los vados. Los capataces no tendrían que hacer más que esperarlo pacientemente en algún pasaje. Cándido ignoraba todo aquello, y era precisamente la ignorancia de esas cosas la que hacía difícil la evasión de las monterías. Celso, que deseaba de todo corazón la libertad de Cándido y de Modesta, habría hecho todo lo posible por disuadirlos de aquella expedición. Porque él tenía bastante experiencia para saber que una tentativa de fuga como aquella no podía tener éxito.

El día había avanzado, en dos horas más el sol se habría puesto. El Guapo dijo a su compañero:

—Mira, aquí hay un arroyito y debajo de ese árbol frondoso nos guareceremos, está lo bastante alto para dejarnos vigilar el río. Nos sentaremos media hora, comeremos un taco y fumaremos un cigarro.

—Además, los caballos tienen necesidad de descansar —contesta el Chapopote—, es necesario que resuellen un poco.

Al Chapopote se le apodaba así por el color de su piel oscura con manchas casi negras, que denunciaban su origen. Había nacido en las costas del Pacífico.

Preparaba cuidadosamente su taco de frijoles, cuando el Guapo, que escudriñaba el horizonte, dio un grito de gozo:

—¡Caray, mira! La Sagrada Familia deslizándose en su trasatlántico.

Efectivamente, la canoa se aproximaba navegando con lentitud. Mal dirigida, avanzaba la proa ya a derecha, ya a izquierda, como si el piloto vacilara constantemente sobre la dirección que debía tomar.

Cándido, Modesta y el niño se hallaban sentados en el fondo de la canoa, de entre la que sobresalían apenas sus cabezas y sus cuellos. El Chapopote y el Guapo depositaron sus tacos en el piso con toda precaución, a fin de no perder algo del relleno, después, el Guapo desató de la silla su escopeta.

Mientras el Chapopote echaba mano al revólver y lo cargaba, uno de los caballos, por alguna razón desconocida, lanzó un relincho y los ocupantes de la canoa se apercibieron inmediatamente de la presencia de los capataces. Cándido trató inútilmente de desviar su canoa hacia el borde opuesto, la corriente lo llevaba sin remedio hacia donde los capataces se hallaban. Antes de que la canoa llegara al lugar en donde se encontraban, el Guapo gritó:

—¡Acerca la barca, chamula, o tiro!

Los capataces no podían juzgar si Cándido tenía la intención de desobedecer, o si simplemente no le era posible guiar la canoa, porque lejos de aproximarse, ésta seguía su curso.

Así pues, el Guapo disparó. Tenía la intención de atemorizar a los indios simplemente, pero toda la carga del arma tocó la canoa. Pedrito gemía gritando y diciendo haber sido herido, después se levantó oprimiéndose con la mano contraria el bracito. El Chapopote disparó su revólver y el Guapo introdujo un cartucho más en la carabina, y apuntando en dirección de la canoa, dijo:

—Acércate, chamula, o por nuestra Madre Santísima hoy te mueres.

El Guapo desciende la pendiente y, con los pies en el agua, apunta el revólver en dirección de la canoa, listo para tirar.

Al mirar el brazo ensangrentado de su hijo, Cándido pierde todo valor, ni siquiera piensa ya en huir, se da cuenta de la seria amenaza de los capataces. Seguramente volverán a tirar y lo harán hasta que todos estén heridos o muertos, su hijo, Modesta y él, y grita:

—Ahoritita voy, jefecitos, por la Virgen Santísima, no tiren más.

Con gran esfuerzo logra empujar el cayuco hasta un banco de arena, en el que encalla. Sale del cayuco, toma al niño entre sus brazos y avanza seguido de Modesta, caminando con el agua hasta la cintura. Los marranitos se agitan gruñendo detrás de él y cuando llegan a la orilla se ponen a hozar. El perro se sacude y salta feliz delante del grupo.

XI

Así que no sólo tratabas de largarte, sino de robarme mi canoa, chamula puerco —gritaba don Félix dirigiéndose a Cándido, a quien había hecho comparecer ante él.

Don Félix había ordenado que le llevaran al indio, a Modesta, al niño y a todo cuanto Cándido poseyera, porque deseaba aplicar un castigo ejemplar, a fin de poner de manifiesto la forma en que él trataba a aquellos que se atrevían a romper su contrato.

—Sí, ya se va haciendo costumbre aquí abandonar el campo cuando a alguien le da la gana. ¡Rebelión, motín, aquí en la montería! —gritaba don Félix.

Cerca de él se hallaban cuatro capataces. Los trabajadores del campamento habían salido de sus jacales y desde el quicio de las puertas los muchachos y algunas mujeres observaban la escena, sin que nadie se atreviera a aproximarse.

—Y tú también, pendeja, tú también querías escapar de mí —dijo don Félix a Modesta, tomándola por el mentón—. Pero esta vez no te escurrirás, porque yo necesito una jovencita bien fresca.

—Perdónenos, patroncito —suplica Cándido—; perdónenos usted, no volveremos a hacerlo. Yo estaba muy triste, necesitaba volver a mi pueblo, no podía seguir aquí después de que mi niño se ahogó en el río. Yo tenía esperanzas de encontrarlo, a la mejor había logrado salvarse, pero no lo encontré. ¡Perdónenos, jefecito!

Pedrito, con su brazo en cabestrillo, atado con un pedacito de las enaguas de Modesta, se soltó llorando al escuchar las súplicas de su padre. Después se arrodilló y juntando las manitas como su madre le había enseñado a hacerlo ante la imagen de la Virgen, dijo:

—Perdónenos, patroncito lindo, le prometemos no volverlo a hacer. ¡Echábamos tanto de menos a mi hermanito!

Intentó decir algo más, pero sólo pudo pronunciar algunas frases confusas, mezcla de tsotsil y de un pésimo español.

—Tú cierras el hocico, chamaco —dice don Félix dándole un fuetazo que inmediatamente deja una marca sangrante en la carita del niño.

Cándido, inclinando la cabeza, se arrodilla y tiende las manos como Pedrito. Él no pensaba en sí mismo, su única idea era la de salvar a su hijito.

Modesta también se arrodilla, baja la cabeza y se oprime la frente entre ambas manos, como si invocara silenciosamente, apasionadamente, la figura de algún santo. Por fin le es posible hablar y murmura:

—¡Tenga piedad de nosotros, patroncito!

Pero su voz era tan ahogada que Cándido apenas pudo escucharla.

La muchacha iba descalza, con la falda de lana rota y llena de barro y las enaguas blancas desgarradas, dejándole al descubierto las piernas hasta la altura de las rodillas. La camisa de manta no le alcanzaba a cubrir los brazos.

—¡Ah, y todavía se atreven a pedir piedad, cerdos piojosos! —contesta don Félix, asestando a Cándido un golpe violento sobre la curvada espalda.

Cándido lo recibe sin hacer el menor movimiento, en espera de los que han de seguir.

—Todos los días rebeliones, motines —continúa don Félix, con la cara encendida de ira y dando un nuevo golpe a Cándido—. Cada día están ustedes más insolentes. Por las noches se cantan canciones revolucionarias a mis espaldas, pero sepan que todavía yo soy el amo y les aseguro que seguiré siéndolo, piara de puercos. Yo voy a enseñarles lo que cuesta largarse del campo. Eso se acabó, porque me quito el nombre de Montellano si alguien vuelve a largarse.

Volviéndose a los capataces grita:

—¡Eh, Gusano!

—A sus órdenes, jefe.

—¡Saca tu cuchillo!

El Gusano llevaba al cinto un cuchillo de caza.

—¡Córtale las orejas a ese perro chamula! —ordena don Félix.

El Gusano lanza una mirada temerosa a su amo.

—¿No oyes, bestia? Acabo de darte una orden. ¿Es que quieres que también a ti te dé tu merecido?

Y subraya sus palabras haciendo silbar el fuete.

El Gusano salta sobre Cándido y lo coge por las orejas, no sin una expresión de disgusto, y se las corta. Cándido, de rodillas, ni siquiera intenta defenderse.

—¡Ahora comerás tu propia carroña —dice don Félix—, en vez de engordar tragándote tus piojos, chamula puerco!

Da una patada a Cándido, que cae sobre un costado. Éste se endereza enseguida y trata de retirarse.

—¡Gusano! —dice don Félix—. ¿Dónde echaste eso?

—Aquí están, jefe, a sus órdenes —dice el Gusano acercándose.

—No tengas tanta prisa, todavía no guardes el cuchillo, porque le vas a cortar las orejas al chamaco. ¡Ya verás si restablezco el orden aquí! Vamos, andando, ¡córtale las orejotas al bastardo!

Cándido salta como un tigre y cubre al niño con su cuerpo.

—Tú, cabrón, ¡quítate de ahí y arrodíllate pronto, si no quieres que le haga cortar la nariz y los dedos!

Cándido no soltaba a su hijo.

—¡Por el amor de Dios, patroncito, a él no! ¡Córteme a mí la nariz y las manos, pero a mi muchachito déjelo!

—¿Cortarte las manos? Eres inteligente, ¿eh? Así verías trabajar a los otros y tú descansarías. No, tus manotas me son necesarias, en cambio, las orejas de tu chamaco de nada me sirven. Andando, Gusano, si no quieres ser tú el agraciado.

El Gusano hace llover puñetazos y patadas sobre Cándido, y aprovechando su sorpresa, le arrebata al niño. Entonces Modesta interviene, de un salto coge al pequeño y se coloca delante de él, pero el Pulpo, uno de los más crueles capataces, se lo quita y lo empuja hacia el Gusano. El niño tropieza, cae e inmediatamente Modesta se lanza sobre él cubriéndolo con su cuerpo.

Don Félix, tomándola por las trenzas, la obliga a levantarse.

—No tengas miedo, a ti no te cortaré ni la nariz ni las orejas, me gusta mucho mirártelas. A ti sólo te separaré las piernas.

—¡Haga de mí lo que quiera, patroncito, todo lo que quiera! Yo aquí estoy para servirlo, patroncito, pero al niño déjelo, se lo ruego.

Está de rodillas suplicando a don Félix.

—¿Por qué no lo dijiste antes, pendeja? Ahora es demasiado tarde, lo que quiera de ti me lo llevaré a la fuerza.

Al oír decir a don Félix que era demasiado tarde, Modesta se volvió bruscamente y dio un salto hasta donde se hallaba el niño y levantándose las ropas hasta los muslos trató de detener la sangre que corría en arroyos por las mejillas de Pedrito.

—Y ahora, miren bien todos lo que ocurrirá a los que en el futuro traten de escapar o de rebelarse, o simplemente de cantar canciones insolentes por las noches. Yo aquí soy y seguiré siendo el amo. Ustedes, a trabajar, que no han venido aquí para otra cosa.

Se acomoda la cartuchera, da la vuelta y camina contoneándose en dirección de su jacal, deteniendo un poco el paso para encender un cigarrillo.

En la noche, hizo llamar al cocinero y le preguntó:

—¿Tú conoces al chamula, al tipo a quien cortamos las orejas? ¿Al que quiso escaparse y robarme el cayuco? Pues bien, vas a decirle que te dé los cochinos, que los matarás para mí, para reponerme así lo que gasté en perseguirlo. Él para nada necesita esos cuatro cochinos. ¿No es así?

—¡Vaya, patrón, por lo menos ahora podré servirle un platillo sabroso! —contesta el cocinero riendo.

—Ven y bebe un trago mientras.

—Gracias, patrón.

Al día siguiente, Cándido fue enviado al nuevo campo, pero, por orden de don Félix, Modesta y el niño debían quedar en el campo central. Don Félix estaba en la creencia de que era Modesta quien había incitado a su hermano a huir. Si los separaba, ya no pensarían más en escaparse y, si la tentación volvía a asaltarlos, tendrían necesidad de buscarse para hacer nuevos planes. Además, había dispuesto que Modesta ayudara en la cocina e hiciera el aseo en el jacal que él habitaba. Le pagarían dos reales diarios y sus alimentos. Porque en el campo nadie tenía derecho de vivir si no se ganaba la comida. En cuanto al chamaco, estaba ya suficientemente grande, opinaba don Félix, para ganarse el pan como boyero. "Aprenderá pronto —decía don Félix—, sobre todo ahora que lo hemos desorejado, y hasta tendrá la ventaja de que nadie podrá tirarle de las orejas".

El campo en el que Celso trabajaba se encontraba a hora u hora y media de marcha del campo principal. A fin de evitar una larga pérdida de tiempo, él y sus compañeros habían preferido construirse unos pequeñísimos refugios en los que guarecerse durante la noche en el sitio mismo en que se encontraba su trabajo. Iban al campo principal dos veces por semana para proveerse de víveres y cambiar o afilar sus hachas. Las grandes lluvias de septiembre estaban próximas, en tres semanas más sería posible echar las trozas al agua. La operación se iniciaba siempre en las regiones apartadas del río en donde las aguas de inundación se mantenían altas sólo por tres o cuatro días. Los otros distritos próximos al río podían esperar, porque allí la altura de las aguas se conservaba durante dos o tres semanas.

El calor se había hecho insoportable. En la espesura que Celso y sus compañeros limpiaban de matorrales, el aire se hallaba cargado de un vapor sofocante. A medida que el sol se elevaba, la tarea se hacía más y más penosa para los trabajadores.

En las planicies descubiertas, la temporada de lluvias es agradable, refrescante, pero en la selva, en donde las lluvias se prolongan más, cuando faltan tres o cuatro semanas para que el suelo se vea cubierto por lo menos durante seis veces diarias por un lago de tres pies de profundidad, la existencia del hombre y de los animales domésticos se convierte en un suplicio infernal.

El suelo se halla tapizado de una espesa alfombra de hierbas que lo hacen impermeable, evitándole absorber ni una gota de agua. La evaporación también resulta difícil porque los rayos ardientes del sol no llegan a penetrar hasta las lagunas y los pantanos. Las cimas de los grandes árboles se encuentran tan próximas unas de otras, sus follajes se aprietan de tal manera que el sol no pasa a través de ellos más que cuando por casualidad un fuerte viento los agita y los separa un instante. Las lluvias de los días precedentes habían vitalizado de tal manera el suelo que éste se hallaba materialmente tapizado de una vegetación espesa de un color verde tierno. En unos cuantos días la maleza había cubierto pistas y veredas y la bóveda opaca de follaje se convertía en barrera casi infranqueable para la luz y el aire. El calor es un tirano de la selva. Hace correr en arroyos el sudor del hombre y el vapor húmedo que pesa en el ambiente no permite su evaporación.

La humedad perpetua bajo la bóveda de follaje impenetrable y la estancia constante del hombre con el agua a la altura de los muslos lo sumen en un pesado sopor. Para donde voltee no ve más que la bóveda y los muros apretados de follaje y por todos lados encuentra humedad asfixiante. La atmósfera sola es ya suficiente para debilitar al hombre, para embotar sus sentidos y hacerle perder el juicio. Cada hachazo descargado sobre el tronco de caoba, duro como el acero, hace pensar al leñador que es el último esfuerzo que podrá realizar, siente que no le será posible continuar y que antes de atacar el tronco siguiente caerá, indiferente al destino que le aguarde.

Pero su suplicio habrá de aumentar aún. A medida que la estación de lluvias se prolonga, los animales feroces, los reptiles y los insectos se multiplican. Los mosquitos se abaten en grandes y espesas nubes y en la selva su agresividad comienza con el año y acaba con él, pero en el tiempo de aguas, las nubes se centuplican y éstas contienen millones. Para esos ejércitos voraces, la sangre es un regalo, el más codiciado de los regalos. Llegan en número inconcebible, vomitados sin duda por los infiernos para envenenar la existencia del hombre sobre la Tierra y hacerle suspirar por la paz del paraíso. Los pequeños y negros pinolillos, cuyo piquete deja un punto sangrante y doloroso, se presentan en escuadrones increíblemente numerosos, que en media hora pueden convertir la piel de un hombre en un coágulo de sangre. Los mosquitos mayores llegan también voraces como ratas, y con ellos las arañas gigantes y enanas, los alacranes, los ciempiés, los niños, las escolopendras y las serpientes, que parecen estar en espera sólo de que el pie desnudo de un indio se pose sobre su escondite de hierba y lianas. Los jaguares, los pumas y los tigres acechan a sus víctimas desde el hueco de algún tronco, listos a saltar sobre el leñador que pase, absorbido en su trabajo, sin ocuparse siquiera de levantar la vista.

Durante la estación de lluvias, el trabajo hacia el mediodía era atroz; los muchachos tenían la costumbre de beber un poco de café y de comer algunas tortillas recalentadas al amanecer antes de comenzar su trabajo, y de comer algo más substancial a mediodía. De este modo evitaban el suplicio de trabajar durante las horas más cálidas.

En el campito que ellos llamaban Palo Caído, algunos compañeros se encontraban agrupados alrededor de una hoguera levantada sobre un pedazo seco. Ellos eran Celso, Martín Trinidad, Juan Méndez, Lucio Ortiz, Casimiro, Paciano, Encarnación y Román.

Todos eran leñadores. Dos se hallaban inclinados sobre la hoguera vigilando las ollas del café y las cazuelas donde calentaban el arroz y los frijoles. Los otros, un poco alejados, fumaban esperando que la comida estuviera lista.

En la mañana temprano, Celso había matado a pedradas una iguana. Lucio la había limpiado y la tenía cociendo en la hoguera, así pues, aquel día su alimento sería menos frugal.

Celso hacía un buen rato que fumaba menos por placer que por alejar de sí los mosquitos; sentado quietamente, acabó por dormirse con las piernas abiertas, los brazos caídos y la cabeza apoyada sobre un tronco.

De pronto se despierta sobresaltado y dice:

—Alguien me ha llamado por allí, ¿quién podrá ser?

—¿Quién quieres que te llame? Yo nada he oído, estás soñando, viejo. El Pasta estuvo aquí hace una media hora para marcar los árboles, pero no regresará, por lo menos esta noche. Seguro que has soñado.

—Sigue roncando —dice Lucio riendo—. Todavía debes esperar pacientemente una media hora. La iguana se va ablandando, pero todavía no se ha cocido. Ya te despertaré cuando esté lista.

A Celso parece no satisfacerle esta explicación, trata de penetrar los matorrales con la mirada y dice:

—Apostaría que alguien me ha llamado por mi nombre, por Dios que he oído claramente una voz, como si me estuvieran hablando al oído.

Vuelve a escudriñar los alrededores con la mirada e intenta dormir nuevamente. Apenas ha cerrado los ojos, cuando se levanta de un salto.

—Ustedes pueden decir lo que gusten, pero acaban de llamarme nuevamente, he oído cómo dicen: "Celso, Celso, ¿dónde estás?" Les aseguro que no estoy loco, ¡era una voz de mujer!

Lucio y Paciano ríen de buena gana.

—¡Una mujer! Miren nada más, ¡una mujer que le llama por su nombre! Seguro que lo que necesitas es una mujer, por eso hasta en sueños la oyes hablar. Anda, mea un poco, que después dormirás más tranquilo.

Celso permanece de pie, sin que las palabras de sus compañeros logren convencerlo de que está equivocado. Recoge el cigarro que en su sueño cayera de entre sus labios y lo enciende en la hoguera. Después da algunos pasos y se mete entre los matorrales. De pronto se retira el cigarro de la boca y escucha atentamente.

—¡Muchachos —grita—, esta vez estoy seguro, alguien llama por allá, y estoy seguro de que es una mujer!

Paciano se levanta, escucha también con atención y dice:

—¡Tienes razón, Celso! Es verdad que alguien llama, es una voz de mujer!

—¡Oigan...! Ha vuelto a llamar... La voz parece venir de aquellos matorrales —dice Celso, que escudriña los alrededores vivamente interesado—. Ven conmigo, Paciano, vamos a ver de qué se trata.

No habían avanzado dos pasos cuando los dos se estremecieron. Esta vez no cabía lugar a duda, habían oído una voz femenina.

—Celso, Celso, ¿dónde estás?

—¡Aquí estoy! —grita Celso con todos sus pulmones.

—¿En dónde?

Los dos hombres se precipitaron hacia los matorrales de donde partía la voz con tanta rapidez como lo permitían los obstáculos. De pronto vieron surgir de entre las matas la cara de Modesta.

—¡Modesta! —gritó Celso asombrado—. ¿Qué te pasa?

En cuanto la muchacha ve aproximarse a los hombres, se cubre con las matas y dice:

—¡Estoy desnuda, vengo cubierta sólo con ramas!

Celso se quita la camisa, que nada más usa durante los ratos de reposo para defenderse de los mosquitos, y se la tira a Modesta. La camisa está hecha jirones, pero cubre lo suficientemente a la muchacha como para permitirle mostrarse a los ojos masculinos.

—Dame tu camisa, Pachi —dice Celso a su camarada, y sin esperar la respuesta, él mismo se la quita.

Celso conduce a la muchacha al campito en donde los muchachos preparan su alimento.

—¿Desde cuándo andas vagando así por la selva? —pregunta Celso a Modesta, una vez que ésta se halla sentada.

—¡Hace mucho tiempo! No sabía dónde encontrarte, Celso. Hallé un muchacho cerca de un tumbo y me dijo que trabajabas en Palo Caído, sin poder explicarme claramente dónde era, sólo pudo darme razón del rumbo. Caminé mucho sin encontrar ni un alma, al fin descubrí que había varios troncos recién tumbados y pensé que tal vez te hallarías cerca. Así pues, caminé un poco a la ventura llamándote por tu nombre. Óyeme, ya casi no puedo hablar de tanto gritarte. ¿Qué haré ahora, Celso?

—Pero explícame qué te ha ocurrido. ¿Es que Cándido volvió a fugarse?

Celso insistía en saber el motivo que había impulsado a la muchacha a correr desnuda por la selva. Un presentimiento oscuro de lo que había ocurrido o de aquello que la había amenazado empezaba a tomar contornos cada vez más precisos en su mente, pero deseaba que Modesta le dijera la verdad, no por curiosidad inútil, sino para saber de dónde venía el peligro y cómo podría protegerla.

—Esta mañana muy temprano don Félix me mandó a llamar a la cocina en donde ayudo al cocinero y a su mujer...

Modesta vacila un poco, no sabiendo por dónde empezar su relato.

—¿Es el cocinero quien te ha echado?

—No, el cocinero no, él era muy bueno conmigo. Me dio dos petates para que durmiera, porque tú sabes que yo nada tengo, lo que poseíamos se perdió en el río.

—¿Entonces fue su mujer?

—No, tampoco, déjame pensar para poder explicarte. El patroncito me mandó llamar para que tendiera su cama, pero en cuanto me acerqué, me sujetó con todas sus fuerzas y me echó sobre la cama. Yo me defendí arañándole toda la cara. Después descubrí una botella que estaba cerca. Como él me tenía sujeta por el cuello y por las piernas, me quedaba libre una mano. Forcejeamos, pude coger la botella, y con todas mis fuerzas le di un golpe en la frente. Entonces me soltó, rápidamente pude escurrirme y corrí a la puerta..., pero como mi ropita estaba tan vieja, se quedó entre las manos del patrón. Sólo me quedaba un pedacito de camisa, con él escapé.

—Pero —interrumpe Román— ¿no tiene ya dos mujeres?

—Habían salido... Yo corría y el patrón corría tras de mí gritando: "¡Párate ahí o disparo!". Y me tiró dos o tres balazos sin poder alcanzarme. Entonces empezó a aullar como loco, diciendo: "Ya te tendré, marrana, ya te sujetaré a mi cama y veremos si puedes escaparte. Y cuando me haya hartado de ti, te cortaré no solamente las orejas, sino la nariz también".

—Y sin duda lo hará —afirma Juan Méndez.

—Me entró un miedo horrible, hasta me daban ganas de regresar para que no me cortara las orejas. Entonces se dirigió al jacal de los capataces y ordenó al Gusano que me alcanzara.

Felizmente el Gusano estaba muy ocupado con los caballos. Entonces el patrón siguió gritando: "No sólo te cortaré las orejas, bruja, sino que te haré amarrar tres días con sus noches a aquel árbol que miras allá abajo. Tal vez entonces se te quiten las ganas de dar de botellazos...". En ese momento, el cocinero salió de su jacal y me dijo: "Corre, muchacha, corre con todas tus fuerzas y no te dejes atrapar". Corriendo, corriendo le pregunté adónde podría ir. "No importa dónde —me dijo—. Más vale que seas presa de un tigre que de don Félix". Entonces me vine para acá.

Los muchachos permanecieron silenciosos.

—Celso, tú me vas a ayudar, ¿verdad? —pregunta Modesta, apercibida de la indecisión de los leñadores.

—Podríamos esconderla —propone Encarnación.

—¡Idiota! ¿Dónde quieres esconderla? —replica Lucio.

—¡Oh, Celso! —dice Román con voz angustiada—. Mira, allí viene el Gusano a caballo...

—Debe habernos visto...

—¡Celso, Celso, ayúdame! —suplica Modesta, y sin esperar la ayuda implorada, corre enloquecida a ocultarse en los matorrales...

El Gusano, efectivamente, estaba muy cerca de ellos y pudo ver a la muchacha cuando huía. Don Félix le había encargado que se la llevara. Su caballo avanzaba lentamente entre los matorrales, pero le había seguido los pasos. Todos los muchachos se pusieron de pie y siguieron ansiosamente la persecución.

Modesta, en su aturdimiento, tropezó; un segundo después, el Gusano la tenía sujeta por la cabellera y la ataba con su lazo. La muchacha, agotada, renunció a la lucha. Sin duda su destino era ser presa de don Félix. No podría escapar.

El Gusano la arrastra tras de sí y se aproxima al grupo de los leñadores. Detiene su caballo, saca de su camisa la bolsita de tabaco, enreda un cigarrillo y se dirige a Celso, que es el que se halla más próximo.

—¡Dame lumbre!

Celso tiende un tizón. El Gusano aspira algunas bocanadas de humo y dice:

—¿Qué tienen de comer?

—Iguana, jefe —responde Lucio.

—Puercos, ¿cómo es posible que un cristiano coma iguana sin vomitar de asco? Marranos, eso es lo que son ustedes.

Lanza nuevas bocanadas de humo y, sonriendo desagradablemente, señala con la cabeza a la muchacha atada, agregando:

—Eh, en cambio yo le llevo un buen platillo a don Félix. Lo que el patrón comerá esta noche sabe mucho mejor que la iguana. Y cuando la haya saboreado bien, me la dejará para que la pruebe. Ya me ha prometido las sobras. Y lo que es yo, me la comeré aunque sea sin nariz.

Lanza una carcajada amenazadora y golpea los flancos de su caballo para hacerlo caminar, al tiempo que tira violentamente del lazo para hacer andar a Modesta.

Modesta, sorprendida por el jalón imprevisto, cae por tierra y el Gusano no hace sino tirar con más fuerza.

La muchacha se levanta a medias, cayendo inmediatamente de rodillas. Sus ojos encuentran a los de Celso. Lo mira sin reproche alguno, ella sabe bien que Celso, como todos sus amigos de miseria, son impotentes. Pero la tristeza infinita que el muchacho descubre en los ojos de ella le hiere más que el más cruel reproche, que la mayor injuria. La mira fijamente por un instante y después se vuelve a mirar a sus compañeros. Ve cómo Martín Trinidad aprieta los labios y respira profundamente por la nariz como para librarse de una gran opresión.

Todo eso no dura más de dos o tres segundos.

Celso tragó con esfuerzo su saliva y encogió los miembros como para dar un gran salto, inmediatamente estiró todos los músculos y lanzó un rugido con fuerza tal que el caballo del capataz se encabritó y trató de apartarse como si estuviera ante la presencia de un tigre, pero al intentarlo, fue a dar con las pezuñas en un lodazal, del que en vano trató de salir. El Gusano azotó al animal y tiró vigorosamente de las riendas. Los miembros del caballo se tendieron en un esfuerzo inútil por salir del sitio pantanoso, pero mientras el animal se esforzaba y el jinete buscaba la forma de obligarlo a salir, Celso, dando un salto prodigioso, montó sobre las ancas, sujetó el cuerpo del capataz que, sorprendido, abandonó los estribos. En cuanto cayó por tierra, Celso se lanzó sobre él y le golpeó la cara con los puños. El Gusano se defiende tratando de rechazar a Celso a patadas en el estómago, pero el muchacho las esquiva sin soltar la presa. Los dos luchan desesperadamente por tierra. La cara del Gusano se va amoratando.

—¿Vas a soltarme, perro? —dice con voz entrecortada, atragantándosele las palabras.

Con una mano, Celso busca por el suelo algo que pueda servirle de arma. Juan adivina su intención, coge un grueso leño y lo descarga sobre el cráneo del Gusano.

Las manos del capataz se aflojan y sueltan a su enemigo.

Juan continúa descargando golpes sobre la cabeza del Gusano. Los golpes llovían con violencia tal que al cabo de un instante Celso pudo soltar a su víctima. El cráneo del Gusano era sólo una masa sangrante.

—Hacía mucho que te lo tenía advertido, Gusano —dice irguiéndose—. Más de cien veces te canté la canción. Ya ves cómo sé cumplir mis promesas y hacer lo que canto.

Con el dorso de su larga mano se enjuga el sudor y la sangre que le corren por la cara. Después se aproxima a Modesta, corta sus ataduras y le pregunta con dulzura:

—¿Te lastimaste, Modesta?

—No —responde ella en voz apenas audible—, son las espinas de los matorrales las que me han ensangrentado las piernas y los brazos, pero ¡he tenido tanto miedo, Celso!

—No temas, Modesta. Ahora no podremos volver atrás, deberemos seguir siempre adelante. ¡Nos iremos todos! ¿Qué dicen, muchachos?

—Sí, todos —interviene Román.

—¿Los de las fincas? ¿Y los peones también? —pregunta Paciano, que precisamente proviene de una finca cuyo propietario lo vendió a los Montellano.

—Sí, ¡también los peones de las fincas! —afirma Martín Trinidad y, como para subrayar su dicho, lanza el que ya es su grito de guerra—: ¡Tierra y libertad! Como una sola voz, todos los muchachos contestan:

—¡Tierra y libertad!

Celso voltea el cuerpo del capataz, tomándolo por uno de sus pies desnudos, se inclina sobre el cadáver y le quita la cartuchera y el revólver.

—¡Martín —grita—, tú tienes ya una pistola y cartuchos! Ahora me toca a mí. Ven y dime cómo se carga y cómo se dispara esto.

—En cinco minutos sabrás tanto como yo.

—Deberíamos enterrar el cuerpo de este perro antes de regresar al campo —propone Román.

—¡Eso sí que no, ya los cerdos darán cuenta de él si les apetece la carroña!

Después, dirigiéndose a Martín Trinidad, le pregunta:

—¿Tomas el caballo o quieres que yo lo monte?

—Tú serás el comandante, así pues, móntalo tú. Cuando nos hagamos de otras bestias, entonces montaremos nosotros.

—¡Eh, ustedes, vengan todos —grita Celso—, necesitamos pensar, hacer planes!

—Sí, necesitamos hacerlos —contestan todos.

—Pero no aquí —replicó Celso—, porque dentro de unos instantes esta inmundicia comenzará a apestar. Vayamos más lejos, y tú, Modesta, acompáñanos, necesitamos de tu presencia.

Modesta hace un signo de asentimiento, se sujeta lo mejor que puede los andrajos que la cubren y sigue a los leñadores.

Los muchachos se sentaron en círculo, como acostumbran hacerlo los indios, y Celso tomó la palabra.

—Esto no es más que el principio y ya no podemos retroceder. Hemos acabado con este gusano asqueroso que desde hace mucho tiempo debía haber recibido su merecido, pero si por desventura no seguimos adelante, todos sabemos la suerte que habremos de correr. El Félix nos colgará a todos después de cortarnos las orejas. Desde que el Cacho recibió lo que le tocaba de manos de Urbano, todos se han vuelto locos. La verdad, muchachos, es que se andan meando de miedo. Y de puro miedo son capaces de hacer cualquier cosa, de pegar a ciegas, sin fijarse ni a quién le dan. ¿Quieren que nos corten las orejas a todos? ¿O prefieren que sea la nariz o los dedos?

—¡No seas bruto! —interrumpe Lucio riendo—. ¿Cómo se te ocurre preguntar semejantes cosas?

Todos los muchachos ríen con Lucio. El mismo Celso ríe con ellos.

—Bueno, pero es necesario que me digan si quieren regresar a sus casas, volver a ver a sus mujeres, a sus hijos, a sus padres, volver a cultivar su tierra.

—¡Claro que lo queremos!

Martín Trinidad se levanta, agita los brazos y dice:

—¡No, pedazo de buey, animales! Eso no lo harán, ya tendrán tiempo de fornicar con sus mujeres y de cultivar su tierra, que no cambiará de lugar. Mientras yo pueda tenerme en pie, ninguno de ustedes huirá a su rancho. Es necesario que levantemos a todos los muchachos que sufren en las monterías, que vayamos a las fincas y acabemos con los finqueros y los mayordomos, y después con los rurales y los federales. Es necesario que todos los peones sean libres. Todos, absolutamente todos, ¿comprenden? Es necesario que todos tengan su pedazo de tierra y que todos lo cultiven en paz y que lo que la tierra les rinda sea para ellos, sólo para ellos. Eso es, ¡Tierra y libertad! La tierra que les pertenece, porque sin tierra no hay libertad ni para ustedes ni para nadie más, y si no comenzamos por desembarazarnos de finqueros, mayordomos, capataces, rurales, federales, jefes políticos y presidentes municipales, nunca tendremos libertad. Ya los verán, cuando nos vean cerca, arrastrarse y suplicar. Pero para ellos, guerra sin cuartel. Si no los exterminamos, pronto volverán a echarnos las cadenas, y esta vez las habrán forjado más pesadas que las que ahora llevamos. Es necesario acabar con el enemigo, acabar con todos los que puedan convertirse en enemigos. Si tienen piedad de ellos, se traicionarán a sí mismos, traicionarán a sus mujeres, a sus hermanas, a sus padres, a sus hijos, hasta a aquéllos que aún no han nacido.

—¡Arriba, Martín, así se habla! —gritan Celso y Paciano.

—¡Arriba! —gritan a coro los demás—. Eso es lo que todos pensamos.

—En ese caso, ¡adelante! No dejemos que el fuego se apague. ¡Viva la rebelión! ¡Vivan los rebeldes!

Todos los muchachos repitieron:

—¡Viva la rebelión! ¡Vivan los rebeldes! Recogieron sus útiles, sus hachas y machetes y propusieron marchar inmediatamente sobre la administración.

—¡No tan de prisa, muchachos! —dijo Celso—. Antes vamos a pensar en lo que debemos hacer y en cómo debemos hacerlo. Si nos precipitamos locamente, nada nos costará adueñarnos de la oficina, ¿pero después? Ustedes saben que hay capataces en todos los rincones de la selva y que los otros muchachos nada saben de nuestros planes. Los capataces pueden reunirse y acabar con nosotros fácilmente, ya que disponen de buenas monturas y de armas. Podrán correr a otras monterías a pedir refuerzos y nos derrotarán. Oigan, muchachos, lo que Martín Trinidad les dice: él habla con la voz de la razón. Quedémonos aquí y deliberemos. Si ahora tomamos buenas resoluciones, no tendremos que lamentarnos más tarde.

—Celso, dinos, ¿tú qué piensas?

Celso propone que algunos muchachos vayan y adviertan a los boyeros que conducen las trozas al borde del arroyo Mono.

—Yo los conozco bien —dice— y sé que son muy machos. Entre ellos están Andrés y Fidel, el que hace poco le rompió el hocico al Gusano; está Santiago, que no teme ni al diablo; está Matías, que sólo espera la ocasión de rebanarle el pescuezo al Doblado porque le robó a su mujer, y están además Cirilo, Sixto, Prócoro. Con ellos nada hay que temer. Con ellos podremos conquistar toda la selva y limpiar las fincas.

¡Si todos los leñadores fueran como los boyeros no habría quien se nos parara enfrente y llegaríamos muy lejos!

—Bueno, que vayan primero a buscar a los boyeros —ordena Martín Trinidad—. Tú, Juan, monta el caballo y vete por delante, al primer boyero que encuentres le hablarás y lo mandarás al arroyo.

—Pero —dice Juan— si en el camino me encuentro a algún capataz y éste me ve a caballo, ¿qué le diré?

—Le dirás que el patrón te mandó a buscar urgentemente a Andrés y a Santiago. ¿Y para qué dar excusas? Toma el revólver, lo llevas en la cabeza de la silla y, si algún capataz intenta detenerte, no tienes más que tirarle tranquilamente. Tú sabes tirar; si la primera bala no le acierta, le disparas una segunda. Toma la cartuchera y no tengas miedo. Ahora iremos hasta el fin. La comedia ha durado ya bastante tiempo, o ellos o nosotros. Si queremos vivir, tenemos que quebrarlos. ¡Vete, Juan! En media hora todos estaremos contigo en el arroyo.

XII

Cuando los muchachos llegaron al arroyo, encontraron que Juan Méndez había prevenido ya a los boyeros; los ayudantes de éstos parecían muy atemorizados y se afanaban en rededor de las bestias tratando de dar la impresión, en caso de que apareciera por allí un capataz, de que ellos eran ajenos al golpe que se preparaba, pues sabían lo que les esperaba si la cosa resultaba mal.

Sin contar a los jovencitos ayudantes, había más de veinte muchachos reunidos y cada cuarto de hora llegaba una nueva cuadrilla, con su jefe, a quien se informaba lo que ocurría.

Los muchachos decidieron marchar primero sobre la administración, pero haciendo antes un buen rodeo para reclutar en el camino a todos los boyeros y hacheros que fuera posible.

Los leñadores llevaban sus hachas, otros tenían, además, sus machetes, y todos procuraron hacerse de cuanto gancho, cadena o útil de fierro podían para emplearlos como arma.

—Además —dijo Juan Méndez—, es preciso que todos entiendan: para el primer asalto nos bastan las piedras y los garrotes. Cuando la cosa se haya desencadenado, haremos como los peones de Morelos, los primeros que se atrevieron a asaltar los ingenios azucareros. Ellos tendieron una soberana emboscada a los rurales y a los federales que habían llevado para abatirlos.

—¿Y para qué la emboscada? —pregunta Cirilo.

—¡Qué bestia eres! ¡Vaya una pregunta! Mientras mayor sea el número de soldados que salgan en su persecución, mayor número de armas podrían recoger después. ¿No sabes que cada policía y cada soldado posee un fusil y cada oficial tiene un revólver? La cosa es bien sencilla: sorprendes a un soldado o a un policía, lo tumbas y le quitas la carabina o la pistola..., además, los cartuchos. Ya ves que la cosa no es complicada. Es así como se hace una revuelta.

—¿Y los rebeldes de Morelos ganaron? —preguntó Santiago.

—Claro que no. Por el momento era imposible, pero ellos, con los campesinos de Tlaxcala, dirigidos por Juan Camatzi, su jefe, han sido los iniciadores, han dado el paso más difícil, pues ahora los peones y los campesinos de todo el país saben lo que hay que hacer y se han convencido sobre todo de que la dictadura y la tiranía no son ni invulnerables ni invencibles. Antes pensaban que nada era posible contra la tiranía porque ésta había sido establecida por Dios y porque todos los curas predicaban que ella duraría por lo menos mil años. ¡Paciencia! La próxima vez, los muchachos de Morelos ganarán y también los de Tlaxcala. ¿Quién puede decirnos si ahora mismo, mientras nosotros hablamos del asunto, ellos han logrado levantar ya a todo el estado de Morelos? Desgraciadamente nosotros nada sabemos de lo que ocurre en el país.

—¡Con un diablo! ¿Qué hacen allí todos juntos? ¿Qué significa esto? —pregunta furioso el Doblado, que llega a caballo en compañía del Tornillo.

Al verlos, los muchachos, o por lo menos la mayor parte de ellos, experimentaron un terror loco, pero ni uno solo de entre ellos se movió ni hubo quien hiciera ademán de volver al trabajo.

—¡Piara de puercos! ¿No han entendido? ¡Digan! ¿Qué significa esta reunión? ¡Sólo a ustedes se les puede ocurrir holgazanear a mitad del día cuando la semana próxima tendremos ya que empezar a echar las trozas al agua! ¡Vamos, a trabajar!

Los jóvenes ayudantes de boyero y dos o tres de entre éstos, menos experimentados que los otros, regresaron a sus tiros.

—¡Aquí, cobardes, no se muevan! —grita Celso. Los desertores se detuvieron.

—¿Pero qué pasa? —aúlla el Doblado, esgrimiendo el fuete—. ¿Es esto una huelga o un motín?

—¡Eso mismo, coyote! —replica Santiago Rocha—. Has adivinado, se trata de un motín, de una reunión de rebeldes. ¡Ahora ya lo sabes, perro!

El Doblado palidece, le raya las espuelas al caballo y trata de retroceder, pero el caballo obedece a medias y durante algunos segundos piafa en el mismo lugar. El Doblado siente que lo invade una inquietud mortal. Mira a los muchachos, que con actitud amenazante parecen esperar sólo una señal.

El Tornillo, el otro capataz, estaba más alejado, hubiera podido intentar la fuga, pero reflexionándolo, consideró que más le convenía quedarse al lado del Doblado, no para protegerlo precisamente, sino para salvaguardarse él mismo. En efecto, el hecho de abandonar a su compañero para salvar el pellejo podría ser de graves consecuencias para él si los otros capataces se enteraban después. Aunque, en verdad, entre morir en aquel momento o ser muerto más tarde por sus camaradas no veía una gran diferencia.

Mientras el caballo del Doblado continuaba vacilando y piafando, el jinete perdió su sangre fría. Quiso sacar el revólver, pero como llevaba el fuete en la mano, el asa de éste se atoró en el arma.

Matías, aprovechando el momento, golpeó con una rama las patas delanteras del caballo, que se encabritó. Inmediatamente Fidel saltó sobre la grupa y sujetó al capataz torciéndole la mano con la que trataba de sacar el revólver. El Tornillo, al darse cuenta de la gravedad de la situación, hizo que su caballo se volviera a fin de emprender la fuga. Cirilo, que lo vigilaba, golpeó las ancas del caballo con su gancho de fierro. El animal dio algunos saltos desordenados, pero el Tornillo se mantuvo firme en la silla. Entonces Sixto, otro de los amotinados, se agachó para recoger una piedra, no encontró lo que buscaba, pero descubrió un pedazo de yugo y con esta arma improvisada dio un fuerte golpe en la espalda del jinete, quien se volvió para defenderse, pero en aquel mismo instante Pedro se lanzó al ataque arrancándole las riendas de las manos y haciéndolo caer por tierra. Segundos más tarde, los capataces habían dejado de existir.

Fidel, que tenía especiales motivos de resentimiento hacia el Doblado, se había ensañado golpeándolo con la rama. Parecía loco y gritaba al tiempo que lo golpeaba: "Toma, y toma este otro para que aprendas a dejar en paz a nuestras mujeres".

Cuando Fidel se levantó, después de dar un último golpe a su enemigo, Martín Trinidad le dijo:

—Su pistola y sus cartuchos te pertenecen. Bien los has ganado.

Después, se vuelve a los otros muchachos y mostrándoles con el dedo los cadáveres de los capataces, les grita con acentos convincentes en la voz:

—¡Miren, miren bien, es así como se procuran las armas, muchachos! ¡Cada revólver que consigan de este modo tendrá un doble valor, porque faltará a sus enemigos y lo tendrán ustedes! Ataquen por delante o por detrás, en pleno día o en la oscuridad. Ataquen como quieran, pero ataquen, ¡con un diablo! ¡Si quieren hacer la revolución háganla hasta el fin, si no, ella se revolverá contra ustedes y los despedazará!

—¡Vaya, hombre! —grita Andrés, que llega en ese momento aguijoneando a sus bueyes e ignorante de lo que allí ocurre—. ¡Mira cómo hablas bien! ¿Quién eres tú?

—Ya lo he dicho a Celso, él sabe cómo me llamo y que soy maestro de escuela, y un tipo de los que no saben ni arrastrarse ni lamer las botas de los de arriba. Soy un maestro de escuela, un simple maestro de escuela, pero después, cuando reine la paz en el país, cuando finalmente nos desembaracemos del dictador, cuando cada quien tenga su tierra y goce de libertad, entonces yo seré maestro de las nuevas generaciones en la universidad. Ahora saben por qué estoy con ustedes en este momento, porque no sé ni doblar el espinazo ni buscar el saludo de quienes me desprecian. La libertad no existe cuando está prohibida la expresión del pensamiento. Para ustedes será la tierra que cultivan. Yo no quiero tierra, yo quiero solamente libertad para enseñar lo que para mí es sensato y verdadero.

—Pero, hombre —dice Andrés entusiasmado, aproximándose a Martín Trinidad, a quien estrecha la mano—, eso es exactamente lo que yo quiero, sólo que no podía definirlo, y me alegra muchísimo que tú lo hayas explicado.

—Seremos amigos, Andrés, aunque tú eres muy joven y yo te doblo la edad, seremos amigos.

—Eso quisiera, profesor.

—Sí, seremos amigos, muy buenos amigos, siempre que tú lo quieras, hijo. Pero ahora no tenemos tiempo para hacer protestas de amistad. Estamos en pleno combate. No debemos perder la partida. Vivir más tiempo con nuestra vergüenza es un crimen contra la nación. Ahora tú eres soldado, yo soy soldado, soldados de la revolución. Aquí no hay ni jefes ni oficiales, todos somos soldados. ¡Démonos un abrazo antes de seguir adelante!

Entonces Celso toma la palabra.

—¡Ahora no estamos para abrazos! Ellos vendrán más tarde. ¡Vamos! ¡Todos a la administración! Y tú, Modesta, ven acá, en adelante marcharás siempre a mi lado, serás mi fiel soldadera.

—Así será, Celso.

—Cogeré para ti los vestidos más lindos que allá encuentre, y cuando nos hayamos apoderado de todo, iremos a buscar a Cándido y al niño.

—Vamos a hacer una verdadera limpia en la oficina —dice Martín Trinidad aproximándose a Celso—. Pero antes debo ir a desenterrar mi pistola y mis cartuchos. Es la mejor automática que he visto.

Silbando, cantando, gritando, los rebeldes avanzan dando un largo rodeo. Tres muchachos se hallaban provistos ya de caballos. Dos de los jinetes marchaban a la cabeza, otro cerraba la marcha para proteger la retaguardia. Pero ni siquiera habían pensado en planear el ataque a la administración. Confiaban en la fuerza activa de la revolución, que cuando no es desvirtuada por los políticos jamás pierde su impulso renovador.

Los rebeldes eran sesenta hombres decididos. Una hora antes de ponerse el sol se encontraban a las puertas de la administración. Todos los perros del campo principal empezaron a ladrar.

Don Félix acababa de regresar de inspeccionar el campo haría apenas una media hora. Al llegar había encontrado en su despacho a don Severo, llegado para arreglar con él y los capataces los últimos detalles necesarios para la echada al agua de las trozas.

Al escuchar los ladridos de los perros, don Félix se dijo:

—¡Diablo! ¿Y ahora qué ocurre? ¿Es que nunca podemos estar en paz? Es que todos han de estar borrachos, ¡partida de sinvergüenzas!

Los perros continuaron su concierto. Don Félix franqueó el pórtico, cogió una tranca y golpeó a los primeros perros que se le atravesaron. Los animales aullaron de dolor y echaron a correr, pero no cesaron de ladrar.

—Probablemente es el turco que se aproxima con su caravana —dijo don Severo dirigiéndose a su hermano.

—Imposible —observó el Chapopote—, se hubiera ahogado antes de llegar aquí, porque todo está inundado. Más bien deben ser los bueyes, que se han soltado y que vienen hacia acá para escapar de los mosquitos.

—Es posible —dijo don Félix carraspeando.

—¿Les advertiste a todos los capataces que debían reunirse aquí esta tarde, Chapopote?

—¡Seguro, jefe!

Don Severo y don Félix se inclinaron sobre sus listas y trataron de determinar el número aproximado de trozas que había amontonadas en cada embarcadero.

—A propósito, Severo —dijo don Félix—. Mañana te daré a probar unas carnitas de puerco.

—¿De dónde sacaste los puercos?

—Se los quité al chamula.

—¿Al que trae consigo una mujer y unos chamacos?

—Ése. Ahora lo tengo en el campo nuevo. La muchacha se me escapó de entre las manos esta mañana, ¡la muy puerca! Pero ya la cogeré. Don Severo suspiró, diciendo:

—¡Esas mujeres! ¡Mal rayo! ¡Vaya líos en que lo meten a uno! Las tres que yo tengo se pelean por lo menos cinco veces diarias. A una de ellas ya casi no le quedan cabellos en la cabeza de tanto que las otras le han tirado de las trenzas. Creo que dentro de muy poco tendré que enterrar a alguna. Y todo porque soy un buenazo y no me atrevo a echarlas ahora con la inundación.

—¿Tú un buenazo? ¡Mira nada más! Eso sí que tiene gracia, es como para morirse de risa.

—Pues como lo oyes. ¿Te imaginas que soy un salvaje, que no sé cómo conducirme? Podría darte lecciones, pero no hablemos de ello, pásame la botella, que hace ya mucho tiempo que la tienes y yo me estoy muriendo de sed...

Los primeros jacales, que pertenecían al conjunto que hacía la administración, aparecieron a través del follaje. Los muchachos se detuvieron. Algunos perros, más maliciosos que los otros, venían delante de los trabajadores. Aunque conocían a casi todos, su instinto les decía que ocurría algo anormal.

—Espérenme aquí —ordenó Martín Trinidad a los muchachos que lo rodeaban—. Voy a desenterrar mi pistola y mis cartuchos porque dentro de un rato tendremos que usar el juguetito.

Su ausencia fue muy corta. Al cabo de un instante regresó empuñando su arma con orgullo.

—¡Sería capaz de besar a mi pistolita como se besa a una muchacha linda!

Y en efecto, besó la pistola repetidas veces.

—Me gustaría saber si todos los capataces están allá —dijo Celso—. Esta mañana el cocinero me dijo que don Severo había llegado con los suyos para organizar la echada al agua de las trozas.

Andrés contestó:

—No, no han llegado todos. Por lo menos los del campo nuevo deben estar ausentes.

—Mira para allá, me parece que son ellos. Ya desde por allá arriba me había parecido ver un cayuco que remontaba la corriente, y si mis ojos no me engañan, vienen en él los del campo nuevo. No es fácil equivocarse porque los capataces no visten como los muchachos.

Andrés se dirige a uno de los hombres:

—Vicente, tú que corres bien, ve, párate allá y acecha la llegada de los capataces. Cuando hayan entrado a la oficina, avísanos.

El muchacho obedece enseguida. Martín propone discutir un plan de guerra:

—Ustedes, Juan y Lucio, han sido militares y poseen el hábito de mandar. Cada uno llevará consigo diez muchachos y en cuanto Vicente dé el aviso, sitiarán la oficina del lado del arroyo, de modo de que no haya quien pueda escapar saltando a un cayuco. Si descubren a alguien que pretenda hacerlo, tírenle sin fallar. Nosotros nos situaremos en el terraplén, frente a la oficina. No hay más que tres veredas que conduzcan a la selva. A la entrada de cada una emboscaremos dos hombres para que se encarguen de dar fin con sus machetes a los capataces que se aventuren por allí. Arréglenselas de modo que, si trata de escapar alguno, pueda irse sólo del lado de la oficina, donde pensando hallar refugio encontrará la sorpresa de su vida. En cuanto a los muchachos que regresan del trabajo, mándenlos inmediatamente a que se reúnan con nosotros en el terraplén.

Vicente regresa corriendo.

—Los capataces acaban de llegar y se dirigen a la oficina.

—Adelante —ordena Martín Trinidad al grupito al que se ha encomendado cortar la retirada a los futuros asediados.

Los perros habían cesado de ladrar y algunos seguían a los rebeldes.

Los hombres se situaron en la pendiente hasta la altura de la oficina principal, después, poco a poco, fueron ascendiendo y dispersándose, se ocultaron tras los matorrales para poder observar lo que ocurría sin ser descubiertos. Una vez en sus puestos, Secundino empezó a aullar como coyote, con habilidad tal que los perros se lanzaron a la caza de su enemigo natural.

—Ya están listos —dijo Celso con voz calmada, pero sus ojos y el aleteo de su nariz traicionaban su ansiedad.

Ni él ni ninguno de sus camaradas se había rebelado jamás. Ni siquiera habían osado cubrirse la cara cuando les era golpeada con un fuete. Los amos, los gachupines, los ladinos, los alemanes de los cafetales a quienes se llamaba chinos blancos, eran dioses contra los que un peón indio jamás había osado rebelarse. No era ni por cobardía ni por la esperanza de obtener piedad por lo que obraban así. Sabían que hay dioses y siervos y que el que no era dios sólo podía ser siervo sumiso y obediente. Entre estas dos especies no existía, tal vez, como intermedio, más que un buen caballo. Pero cuando el siervo comienza a ser consciente de que su vida ha llegado a ser semejante a la de los animales, de que en nada les aventaja, es porque los límites se han rebasado. Entonces el hombre deja de razonar y obra como un animal, como un bruto, intentando así reconquistar su dignidad de hombre.

Lo que ocurría en las monterías, como lo que ocurría en todos lados, no era crimen imputable a los muchachos, sino a aquellos que habían creado las condiciones en que los hechos se desarrollaban.

Cada golpe dado a un ser humano resuena en el cristal del poder que ha ordenado ese golpe. ¡Desventurado el que olvida un golpe recibido! ¡Tres veces desventurados quienes rehuyendo la lucha no vuelven golpe por golpe!

XIII

Todos los muchachos sintieron las piernas pesadas en cuanto tuvieron conciencia de que el momento del asalto había llegado, pero todos estaban conscientes de que ya no era posible retroceder. Habían quemado sus naves. La muerte de tres capataces sólo les permitía avanzar. Nadie se preguntaba ya si marchaban hacia la victoria o hacia la derrota. Debían marchar, eso era todo, lo demás nada importaba. Por ello, aquel extraño sentimiento de aprensión no les duró más que algunos segundos.

Cuando Celso les gritó: "¡Adelante, muchachos! ¡Tierra y libertad!", no marcharon, saltaron como caballos salvajes que se lanzan al abrevadero.

Sin saberlo, sin quererlo siquiera, habían ganado ya la mitad de aquel combate.

Si hubieran avanzado lentamente, don Félix y don Severo habrían pensado que los muchachos se aproximaban porque algún acontecimiento anormal había ocurrido. Tal vez el hundimiento de un trozo de tierra produciendo la muerte de algunos hombres, o el derrumbamiento de una pila de trozas, con las mismas consecuencias, o la aparición de un grupo de tigres. Los Montellano hubieran comenzado por hablar, por interrogar, y los muchachos, incapaces de expresarse, y sobre todo de discutir con los patrones, se habrían turbado, no habrían sabido explicarse ni reclamar.

Don Severo se hallaba en la puerta de la oficina y discutía con su hermano volviendo la espalda al terraplén. Cuando oyó el ruido que los muchachos hacían al aproximarse, les hizo frente, pero no le era dado comprender lo que vociferaban, ya que la mayor parte hablaba en su dialecto indígena.

—¡Con un diablo! ¿Qué les pasa?

No fue a los muchachos a quienes hizo la pregunta, sino a su hermano y a los capataces, que comenzaban a rociar su cena y que conservaban aún los vasos en la mano.

Don Félix y los capataces se levantaron de un salto y se reunieron con él en el pórtico.

Don Severo avanzó algunos pasos y gritó a los muchachos:

—¿Qué pasa? ¿Por qué vienen todos juntos? Podían haber trabajado una hora más. Todavía hay suficiente luz.

—¡Perro! —fue la respuesta.

—¡Coyote cabrón! —gritó otro.

Las injurias llovían, todos gritaban, pero era imposible comprender lo que reclamaban. Sólo era posible entender los juramentos y las frases soeces.

Don Severo, volviéndose a todos los capataces, preguntó una vez más:

—¿Pero qué quieren?

Una nueva lluvia de injurias y de juramentos partió del grupo de rebeldes que se hallaba a unos cuantos pasos de distancia de la oficina principal.

—Sólo Dios sabe qué nueva estupidez se te habrá ocurrido —dijo don Severo a su hermano.

—¿Yo? ¿Pero qué quieres que haya hecho? Últimamente no se ha colgado ni golpeado ni a un solo hombre. Desde que enterramos a Cacho, desde que nos dijiste que aflojáramos las riendas, ninguno ha sido tocado.

—Perdone usted, jefe —dijo el Faldón—. No se olvide de lo del chamula y su hijo. De Cándido. ¿No es así como se llama?

—Sí, pero ése se huyó y, a pesar de ello, ni lo colgamos ni lo golpeamos, simplemente se le mandó al campo nuevo.

—Sí, sólo que su hermana se quedó aquí —insistió el Faldón.

—¿Y a mí qué me importa la puerca de su hermana? Yo nada le hice y, sin embargo, ella se largó esta mañana.

—Entonces, por todos los santos, no comprendo qué les pasa a éstos —dice don Severo.

Se detiene un instante e inspecciona los alrededores.

—¡Que Dios nos ayude! Tenemos todo un ejército sobre las armas.

Acababa de descubrir a los muchachos, que, venidos de la selva, amenazaban cortarle toda retirada.

—Se me figura, jefe, que aquí hay gato encerrado —dijo el Chato.

—¡Cierra el hocico, idiota! ¿Crees que necesito que me lo digas? Solamente quisiera que esos puercos gritaran menos y dijeran claro qué es lo que quieren. Palabrotas es lo único que entiendo de todo cuanto dicen.

—Eso es lo que me parece extraño —intervino don Félix—. Me parece que se trata de dos o tres capataces, porque a nosotros no se atreven a hablarnos en esa forma.

Don Félix se vuelve hacia los capataces:

—¡Ustedes hablen! ¿Qué nueva fechoría han hecho? Ya me he cansado de decirles que dejen tranquilas a las mujeres de los muchachos. ¿Acaso ustedes no tienen las suyas?

El Faldón recorre con la mirada el grupo de capataces.

—No veo al Doblado. ¿Qué le habrá pasado?

—Nada —contesta el Chato—, sencillamente que todavía no es tiempo para que regrese.

—Vamos —dijo don Félix—, parece que tienes sospechas del Doblado...

—Es que andaba en lío con una muchacha traída aquí por uno de los hombres.

—En ese caso, bien merecido tendrá lo que le ocurra. Bien sabe que no hay que tocar a las mujeres, bastantes mariposas tenemos a la mano para que todos estén satisfechos.

Don Severo levanta el brazo tendido esperando que los muchachos callen para hablar. Pero su gesto majestuoso ha perdido sin duda el poder mágico que tuviera en otro tiempo, porque el clamor aumenta: "¡Tales por cuales, puercos, pendejos, desgraciados!".

Don Severo se dio cuenta de que hacía el ridículo. Rectificando su actitud, se puso en jarras, abombó el pecho y trató de dar muestras de seguridad en su autoridad. Un grito estentóreo, como lanzado por un solo hombre con dos mil pulmones, fue la respuesta:

—¡Abajo los gachupines! ¡Al infierno los ladinos! Por primera vez en su vida don Severo palideció.

Miró a su hermano meterse en el jacal y a los capataces volverse disimuladamente hacia la puerta. Él no se movió, permaneció como pegado al pórtico. Abrió repetidas veces la boca tratando de hablar y de pronto se sintió torpe y no supo qué hacer con sus manos y sus brazos; por fin los dejó caer con un gesto grotesco y le quedaron colgando por enfrente de su cuerpo, como si tratara de protegerse el bajo vientre, en la actitud de un escolar sorprendido tratando de satisfacer un deseo malsano. No se dio cuenta de lo ridículo de su actitud hasta que los muchachos le gritaron:

—¡Cógete bien el pajarito, no se te vaya volando!

Del grupo partió una carcajada general. Otro de los muchachos dijo:

—¡No podrás salvarlo, gachupín, además, esta noche ya no lo podrás usar.

Don Severo, aprovechando un segundo de silencio, gritó:

—Pero digan, muchachos, ¿qué es lo que quieren?

—Queremos regresar a nuestro pueblo, ya no queremos trabajar, queremos ser libres. Ahora mismo iremos, sacaremos a todos los muchachos de las fincas y las monterías. ¡Tierra y libertad!

Don Severo palidece aún más, retrocede un paso y se vuelve hacia donde se halla don Félix.

—Ahora sé de qué se trata. Ese es el grito de los rebeldes: "¡Tierra y libertad!". Bien me lo han dicho en las últimas cartas que he recibido.

—¡Con un diablo! ¿Quién será el que ha venido hasta acá con esas cosas? ¡No puede ser alguno de nuestros muchachos, puesto que los pocos que saben leer no reciben ni cartas ni periódicos!

—Tal vez haya sido Andrés —dijo el Chato en voz baja.

—No, él no es capaz, me parece más bien aquel que trae consigo a la hermana del chamula, el que se llama Celso. Es el más audaz y duro, ni los golpes lo doblan. El Gusano me dijo que era él, Celso, quien por la noche cantaba canciones sediciosas... ¿Y el Gusano? Tampoco el Gusano se encuentra aquí.

Los capataces se volvieron y don Félix observó:

—Faltan dos capataces.

—Tres —rectificó el Faldón.

—Escuchen, muchachos —dice don Severo, atreviéndose por fin a hablar—. Una vez que se hayan echado las trozas al agua, cuando el trabajo se encuentre totalmente terminado, todos podrán volver a su pueblo. ¡Palabra de honor!

—¡Métete tu palabra de honor en el trasero, desgraciado! —replicó Celso, cuya voz potente domina el alboroto.

Es como una llamada de clarín. Toma aliento y vuelve a gritar:

—¡A la mierda tus malditas trozas! ¡Ellas nos servirán para calentarte el infierno, salvaje, hiena! ¡Cuatro toneladas, cuatro toneladas! ¡Ahora túmbalas tú con tus propias patas, gachupín hijo de tal!

Aquello era demasiado para don Severo, creyó estallar. De pálida, su cara tomó un tono carmesí.

—Tú, chamula puerco, ¿cómo te atreves a hablar así a tu patrón? ¡De rodillas, perro, ponte de rodillas enseguida!

Había sacado el revólver y lo disparaba sobre Celso, subrayando cada una de sus palabras. Celso cayó por tierra como si hubiera sido tocado, pero como los muchachos habían previsto la forma en que terminaría el discurso de don Severo, dejaron caer sobre él una verdadera lluvia de piedras antes de que lograra hacer blanco con el arma. Alcanzado por las piedras, había caído al suelo en el pórtico, pero no se hallaba aturdido y estaba muy lejos de encontrarse fuera de combate. Volvió a disparar, mas no supo si pudo alcanzar a alguno de sus enemigos. Lo único que supo es que había disparado siete veces porque el cargador de su arma estaba vacío en el momento en que los muchachos hacían irrupción en la oficina. Éstos se lanzan en masa desde el terraplén y la pendiente. De los que tienen armas no hay uno solo que dispare. Atacan a los capataces a palos y a pedradas. En cuanto uno de los capataces cae, se echan sobre él deshaciéndole la cara, hundiéndole las costillas y golpeándolo hasta que su cuerpo ya no da señales de vida.

Cuando los muchachos asaltaron la oficina, don Félix había sido el único que había sacado el revólver. Los capataces optaron por la prudencia. Como ratas atarantadas, se habían metido a la oficina y atrancado las puertas, tratando de huir sin hacer uso de las armas. Pretendieron llegar hasta sus caballos, pero su intento fue vano. Ni uno solo pudo escapar, los muchachos no se lo permitieron; no hubo ni uno siquiera con la remota intención de ayudarlos. Los aplastaron, los hicieron pedazos. Sus restos fueron conducidos a la oficina por los muchachos, que enseguida marcharon en busca de los cerdos y de los perros para encerrarlos con ellos. Así, su carroña fue devorada por las bestias. Don Félix había sacado el revólver, logrando disparar un tiro e hiriendo con él a uno de los muchachos en una pierna, pero el muchacho ya se había lanzado sobre él, sujetándolo. Don Félix tiró nuevamente y la bala fue a dar al techo del pórtico. Un instante después el arma le era arrancada. El vencedor se irguió, y levantándola, gritó:

—¡Yo también tengo ahora una pistolita linda!

Don Félix trató de enderezarse y de ocultarse en un rincón del pórtico. Pero el muchacho que le había quitado el revólver dio un salto sobre él y materialmente lo incrustó en el rincón. Con una mano sujetaba al amo por el cuello mientras que con el revólver que sostenía con la otra le golpeaba la cabeza. Don Félix desvió el primer golpe cubriéndose con un brazo. El muchacho iba a soltarle un segundo golpe cuando una voz lo detuvo bruscamente.

—¡Hermano, hermanito, no lo mates!

XIV

Al volverse, miró a Modesta parada tras de él, a unos cuantos pasos de distancia. En aquel momento, Celso llegaba al lugar. Venía de atrancar las puertas de la oficina, después de haber hecho entrar en ella a los cerdos y a los perros. Se aproximó a Modesta, en su semblante no se leía el menor asombro, porque había comprendido. Sabía que Modesta era de la misma sangre, de la misma raza que él. Sabía que obedecía a un instinto ancestral, al instinto de justicia y de armonía.

—¡Hermano, hermanito, no mates a ese hombre! Modesta se hallaba inmóvil, en el lugar mismo desde el que había lanzado su primer grito, justamente a mitad del pórtico que se extendía a lo largo de toda la oficina. Entre Modesta y el rincón en el que don Félix estaba incrustado, no se veía más que al joven leñador presto a matarlo. Todos los muchachos se hallaban reunidos detrás de ella... No habían transcurrido más que veinte minutos desde que Celso diera la señal. Todavía les quedaba una media hora de luz, pero el cielo se hallaba cubierto de nubes. Con la noche vendría una nueva tormenta.

Modesta se hallaba cubierta sólo por la camisa desgarrada que le había dado Celso. Estaba descalza y tenía las piernas descubiertas hasta los muslos, que llevaba ensangrentados y desgarrados por las heridas que se había hecho al cruzar los matorrales en su desesperada huida a través de la selva.

La cabellera negra y espesa le caía en desorden sobre los hombros y la espalda. Después de la desventurada travesía en el cayuco, había perdido su peine de madera y las cintas de sus trenzas. Aquella mañana justamente había tenido intención de pedir a la mujer del cocinero que le facilitara un peine, pero antes de lograrlo, había caído en las garras de don Félix.

Modesta era pequeñita, como la mayor parte de las mujeres de su raza, pero bien hecha y muy proporcionada, de modo que parecía más alta de lo que en realidad era. En medio de aquel grupo de muchachos macizos se diría una niñita, pero pareció crecer cuando dejó oír su voz al interpelar por tercera vez a aquél que se disponía a castigar a don Félix.

—¡No mates a ese hombre! ¡Lo quiero vivo! ¡He de tenerlo vivo entre mis manos! ¡Sólo así podré yo seguir viviendo!

Entonces el muchacho que tenía a don Félix bajo su rodilla se levantó, se separó de él y lentamente fue a colocarse junto a Modesta. La miró largamente, pero ésta no se apercibió de su mirada, porque tenía la suya obstinadamente fija en don Félix, que, temiendo al parecer un ataque de la muchacha, se encogía más y más tratando de ocultarse en su rincón hasta dejar ver sólo su cabeza y sus grandes hombros. Modesta levantó el brazo derecho y con el índice apuntó hacia la cara de monstruo vencido de don Félix.

—¡Óyeme bien, tú! Que hayas obligado a mi hermano y al muchachito a que se embarcaran con un borracho, que a pesar de sus protestas los hayas hecho navegar de noche y que el niño se haya ahogado, eso te lo perdono...

Los muchachos sostenían una lucha silenciosa porque no alcanzaban a comprender lo que la joven se proponía. Sin embargo, algunos se agitaron y murmuraron:

—¡No! ¿Por qué perdonarlo? ¡Lo debemos matar!

Pero los que estaban más próximos a Modesta los obligaron a callar. Por el tono de la muchacha habían comprendido que aquello no era más que el principio de lo que tenía que decir.

Sin dejar de señalar a don Félix con el brazo tendido, Modesta tomó aliento y continuó:

—Que el niño se haya ahogado por tu culpa, yo te lo perdono porque tú eres el amo, tú mandas y nosotros obedecemos...

—¡Se acabaron los amos! —gritaron algunos exaltados, en tanto que otros los hacían callar.

Modesta no se apercibía de lo que pasaba tras de ella. Miraba a don Félix fijamente, como si tratara de hipnotizarlo. Claramente podía verse cómo el terror iba invadiendo el semblante del hombre. Tal vez recordaba entonces haber oído decir que lo más terrible que podía ocurrir a un prisionero era caer en manos de las mujeres de la tribu, porque los hombres tienen la costumbre de trabajar y de obrar rápidamente, en tanto que las mujeres cumplen con sus deberes sin prisa, con la misma lentitud con que trabajan en sus cocinas.

Modesta volvió a alzar la voz:

—Que tú hayas querido violarme, tomarme por la fuerza contra mi voluntad, que me hayas obligado a huir desnuda bajo la mirada de los hombres, te lo perdono también, porque tú eres un hombre y yo soy una mujer...

Celso, que conocía mejor que nadie las desventuras de Modesta, empezó a comprender. Hizo una mueca parecida a una sonrisa y en su interior sintió el orgullo de haber sido elegido por la muchacha como protector. Hizo un signo rápido y dijo:

—¡Déjenla hablar, ella sabe bien lo que quiere!

Sin cambiar de actitud, Modesta continuó:

—Que le hayas cortado las orejas a Cándido, mi hermano querido, que lo hayas mutilado por haberte faltado al respeto, también te lo perdono, porque al huir faltó a su contrato y tú, su amo, tenías derecho de castigarlo cruel, horriblemente...

Los muchachos comprendieron que la requisitoria de Modesta había alcanzado su punto culminante.

Poniendo toda la fuerza que poseía en sus últimas palabras, la joven continuó:

—Pero al niño, al niñito, al chiquito que ningún mal te hacía, que ningún daño podía hacerte con sus manitas, con sus pensamientos inocentes, por el que yo te imploré de rodillas sobre la tierra, por el que te supliqué en nombre de la Santa Madre de Dios con toda la angustia de mi corazón...; tú, Satanás, bestia salvaje, delante de la que el nenito se arrodilló juntando sus manitas como delante de Nuestro Señor; tú, gachupín ladino, por vengarte de una falta cometida por su desventurado padre, no te tentaste el corazón de perro para cortarle las orejitas, para dejarlo mutilado por el resto de su vida, ¡y eso... eso no te lo perdono! Si hay en el cielo un Dios justo, si se digna derramar una poca de su gracia sobre sus hijos desamparados, si escucha las palabras que se elevan a él desde el fondo de mi alma, yo lo conjuro a que jamás te perdone, a que entre los pecadores seas condenado por toda la eternidad, y para ello pido ayuda a la Santísima Virgen que conoce mis sufrimientos, porque ella vio sufrir a su hijo como yo al niñito que me tenía por madre. Por él, para poderle dar mi protección y mi amor, seguí hasta aquí a su padre. Yo no te escupo mi desprecio a la cara porque tú has caído demasiado bajo para merecer el desprecio de una mujer. Yo no te toco porque no quiero ensuciarme las manos. Yo no te maldigo porque mi maldición no puede hacer de ti menos de lo que ya eres. Yo te abandono al infierno, a la condenación y al justo castigo de Dios. Porque a ti, como eres, la Madre que está en los cielos, por ser tan grande su misericordia, te negará su piedad...

Modesta calló. Sintió que nuevamente pisaba tierra firme al salir del éxtasis en que había vivido durante su discurso. Miró en rededor y pareció darse cuenta por primera vez del sitio en que se hallaba. Dejó caer su brazo y sintió que las fuerzas la abandonaban. Se estremeció. Hasta aquel momento había hablado con voz fuerte y vibrante, agradable al oído. Pero vuelta en sí, sus palabras sonaron ásperas y sus labios se contrajeron con un gesto ominoso.

—¡Ahora, muchachos, pueden hacer lo que quieran con el tigre de las monterías! ¡La bestia es suya! ¡Tómenla, no tiene alma ni corazón, no es un ser humano, es una fiera! ¡Háganle pagar por las orejitas de mi pobre muchachito! ¡Háganle pagar por las orejitas que le robó! ¡Debe pagar, pagar, pagar!

Modesta recorrió el círculo que formaban los muchachos a su rededor, gritándoles sus últimas palabras, como si pretendiera incitarlos a la acción, como si deseara llamarlos a las armas. Los muchachos gritaron transportados:

—¡Bravo, muchacha! ¡Arriba Modesta! ¡Viva la chamulita! ¡Viva la valiente chamulita! ¡Viva la rebelión! ¡Tierra y libertad!

El clamor salvaje de los hombres acabó de despertar a la muchacha, que se tambaleó y tuvo que buscar apoyo. Varias manos se tendieron para sostenerla. Ella ocultó la cara entre las manos, se tumbó en el suelo y rompió a llorar.

Los muchachos se sintieron bruscamente sorprendidos. Hablaban y se agitaban, pero no se movieron de sus sitios.

XV

La actitud de los muchachos no sorprendió a don Félix, al contrario, había contado con ella. De un salto rápido, pegándose al muro, llegó hasta la parte más accesible y, apoyándose en el borde, se elevó. Había obrado con tal rapidez, que el joven que se hallaba a su derecha se sintió brutalmente empujado por el fuerte golpe que don Félix le había dado en el pecho con la cabeza, pero en el momento en que éste se hallaba a punto de ganar tierra, Celso, dando un gran salto, lo alcanzó haciéndolo caer sobre la espalda. Los dos hombres rodaron por el suelo sin soltarse. Celso tenía cogido a su adversario por el cuello de la camisa y con el férreo puño le golpeaba la cara, que parecía a punto de reventarle. Don Félix logró soltarse y pegarse al muro nuevamente. Celso lo acorraló y, golpeándolo otra vez, le convirtió en pocos instantes el rostro en una masa sangrante. El muchacho, sin dejar de golpearlo, lanzaba gritos de gozo. Cuando tuvo bastante, dijo, limpiándose una mano con la otra:

—Necesito lavármelas con agua bendita para que no les quede nada de tu carroña. Mira, parece que acabo de tumbar cuatro toneladas de caoba, es así como se ponen las manos después de cuatro toneladas, ahora lo sabes bien. ¡Y es así como quería yo que las sintieras, puerco!

Don Félix se hallaba nuevamente metido en su rincón, sin esperanzas, limpiándose la sangre que le inundaba la cara.

—¡Eh, muchachos, ya oyeron lo que nos dijo Modesta! —gritó Celso—. ¡Vamos a cortarle las orejas! Después lo colgaremos un ratito. Una colgadita no le caerá mal, nosotros sabemos bien lo que es eso...

Después, volviéndose a Modesta, que continuaba llorando tirada en el suelo, le dijo:

—No llores más, muchachita querida. Esta misma tarde iremos a buscar a Cándido y al niño. Si los cayuqueros no quieren, nosotros sabremos obligarlos.

Mientras que Celso y algunos de los jóvenes leñadores se dirigían hacia las casas de los obreros y de los cayuqueros, los otros hicieron caminar a don Félix a empellones hasta un árbol de fuertes ramas. No era necesario dar instrucciones a los muchachos, ellos bien sabían lo que debían hacer. Todos ellos habían sido colgados por lo menos una vez y tenían suficiente experiencia. Sacaron varias fibras de una reata, con ellas liaron la oreja derecha de don Félix, atándolas después a una rama. Enseguida, tres de los muchachos, después de sujetar con la reata el cuerpo de don Félix, lo elevaron de modo que su cabeza quedara a algunos centímetros de la rama. Mantuvieron el cuerpo en aquella posición hasta que los otros arreglaron la cuerda, y al grito de "listo, muchachos", dejaron descender el cuerpo en forma tal que quedara suspendido en gran parte sólo de la oreja derecha. La mejilla, la cara toda de don Félix se estiró desmesuradamente.

—¡No, no, muchachos, esto no! —gritó mientras le fue posible hablar—. ¡Mátenme, acaben conmigo!

Después, a pesar de su deseo de no traicionarse demostrando su dolor, se puso a gritar lastimeramente. Mientras más se prolongaba el suplicio, más se le oprimía la garganta, porque la piel se le distendía más y más, jalándole la que cubría su cuello y sus hombros.

—¡Ahora, perro roñoso, sabes ya lo que es estar colgado! —gritó uno de los muchachos.

—Nosotros sabemos hacerlo tan bien como tus puercos hermanos, a los que ya mandamos al infierno —dijo otro—. Y nosotros no te pediremos que mañana estés listo para tumbar tres o cuatro toneladas. Nosotros nos contentamos con agarrarte a ti solo, pero como tú has golpeado y colgado a centenares de los nuestros, es necesario que pagues siquiera por un ciento...

—Suéltenme, muchachos, les daré toda la caoba, todo lo que hay en el almacén.

Aun cuando se había jurado no implorar piedad a los muchachos aunque le pusieran el puñal al cuello, don Félix comenzó a suplicar.

—¿El almacén, la tienda? ¡No necesitamos de tu permiso para tomarlos! ¿Y la caoba? ¡Tampoco la necesitamos! ¡Puedes metértela donde quieras, puedes dejarla que se pudra!

—¡Suéltenme! —volvió a implorar—. ¡Hagan de mí lo que quieran, pero suéltenme!

Uno de los muchachos le contestó:

—¡Oye bien, gachupín! No tenemos ni tantitas ganas de quedarnos aquí oyéndote chillar. Tenemos hambre. Hemos trabajado todo el día para ti sin haber tragado. Ahora iremos a la tienda para abrir unas cuantas latas. Ahora sabremos cómo viven ustedes. Sardinas, conserva de duraznos, potajes, jamón, tocino, manteca, chocolate, café..., todo eso nos hará olvidar un poco las tortillas martajadas que te parecían suficientemente buenas para nosotros.

—Y dentro de una hora —agregó otro— volveremos para ver si todavía aguanta tu cachete o si la carne podrida de tu carota se te ha desprendido de los huesos. Después de ello, pasaremos a la oreja izquierda.

Otro intervino:

—Todo depende de la calidad de tu cuero, mi querido Félix. Si el cuero es bueno y resistente, y esperamos que lo sea, el placer podrá durar seis horas, quizá hasta diez... ¡Ah! ¡Cómo descansaban ustedes en sus casas, meciéndose en las hamacas mientras que nosotros sudábamos trabajando! Ahora serás tú el que sude sangre mientras nosotros nos comemos tus provisiones, nos fumamos tus cigarros y nos acostamos con tus mujeres, si acaso nos gustan, porque eso está por ver.

—¡Que te diviertas, amiguito Félix! —gritó uno de ellos, ya en camino a la oficina.

La oscuridad comenzaba a reinar, un cuarto de hora más y sería noche cerrada.

Nuevos grupos de boyeros y de leñadores llegaban al campo principal. Muchos de ellos habían sido advertidos de lo ocurrido, pero, como en tiempos normales, se detenían a descansar cerca de sus campamentos.

Andrés y Santiago montaban guardia en la tienda para evitar actos de pillaje, cosa que resultaba inútil, pues al parecer a nadie se le ocurría adueñarse de cosa alguna. Bien pronto, sin embargo, empezaron a aproximarse a la oficina. Después de deliberar con Celso y Martín Trinidad, se había convenido que Andrés haría una repartición equitativa de las provisiones entre los muchachos. Se había elegido a Andrés porque era el único que sabía leer y escribir.

Cuando llegó a la tienda, la encontró cerrada con llave. El empleado que la atendía había corrido a ocultarse.

Andrés dejó a Santiago de centinela y se dirigió hacia un grupo de jacales en donde era seguro que encontraría al tendero. Tenía la intención de pedirle la llave para no tener que forzar la puerta. En el camino encontró a Celso que, acompañado de algunos muchachos, iba en busca de los cayuqueros para que los condujeran a varios campamentos en busca de Cándido...

Los herreros, carpinteros, cordeleros, cocineros y cayuqueros eran los trabajadores privilegiados. Constituían la clase media. Ganaban un peso o uno cincuenta diarios. Vivían en la montería acompañados de sus mujeres y sus hijos y formaban un verdadero pueblecito. Entre ellos había mestizos y ladinos.

Despreciaban a los muchachos tanto o más que los patrones y se consideraban como "gente bien". Hablaban el español más o menos correctamente, tenían una capillita y sabían leer y escribir. No descendían hasta los muchachos, a menos que tuvieran algo que venderles o que vieran entre sus manos algún dinero que arrebatarles. Se enorgullecían de poder hablar con los patrones casi de igual a igual y estaban dispuestos a hacer cualquier cosa que éstos les pidieran. Se consideraban casi aristócratas, y aunque a decir verdad su situación material era muy semejante a la de los muchachos, ellos no deseaban reconocerlo. Aunque ganaran en ocasiones menos que algunos de los hacheros, se creían magníficamente pagados si el amo les hacía un pequeño gesto amistoso o los invitaba a tomar, de pie, una copa de vez en cuando. Siempre estaban dispuestos a apoyar al patrón contra los indios puercos y piojosos y a perjudicarlos cuando a aquél le convenía.

Todos los obreros, los cayuqueros, los tenderos y sus familias habían presenciado, desde los rincones de sus jacales, el asalto a la oficina. Gran número de ellos tenían pistola. Si los patrones o los capataces los hubieran llamado en el momento del asalto, ellos habrían acudido, aunque muy a su pesar, sólo que don Severo no había tenido tiempo ni de pensar en llamarlos. Además, él no había tomado en serio el motín y, cuando había medido su magnitud, era ya demasiado tarde.

Todos los empleaditos se felicitaban de haber sido olvidados. Consideraban más prudente y menos peligroso presenciar el combate desde sus agujeros mirando de lejos cómo se desarrollaban los acontecimientos, dispuestos a felicitar al que resultara victorioso y a ponerse inmediatamente de su parte. Si los muchachos ganaban, harían causa común con ellos, pero si eran los patrones los vencedores, estarían dispuestos inmediatamente a cumplir con su deber y a aprestarse para aplastar definitivamente la rebelión.

Ahora bien, como los muchachos eran dueños de la victoria, los empleaditos, al ver que aquéllos se aproximaban a sus casas, se apresuraron a salir a su encuentro diciéndoles:

—Bien lo habíamos predicho nosotros: "Si no se trata mejor a los muchachos, llegará un día en que se rebelen". No se puede maltratar siempre a un caballo, mucho menos a un muchacho que, a pesar de todo, es un hombre.

Celso, Andrés, Santiago, Fidel, Martín Trinidad, Juan Méndez, Lucio Ortiz y la mayor parte de los otros sabían a qué atenerse respecto a las protestas de amistad de sus nuevos amigos, así pues, declinaron los servicios que tan rendidamente les ofrecían. Los muchachos más inteligentes, no sólo rebeldes del momento, sino revolucionarios desde siempre, conocían bien a aquellos invertebrados y sabían que no debían fiarse de ellos; su experiencia les decía que si con la ayuda de los federales la situación cambiaba, aquellos fantoches se volverían inmediatamente del lado de los amos con la misma rendida actitud con la que ahora se les ofrecían. Y no sólo eso, sino que se convertirían en los delatores más encarnizados, en los más ardientes auxiliares de los sabuesos. Así, pues, los muchachos permanecieron imperturbables ante la actitud rastrera de los empleaditos.

—Ya yo lo había dicho —insistió el herrero—, ¿verdad, compañeros? Yo ya había dicho que esto no podía durar.

—Cierto, compadre, tú siempre lo dijiste...

—Cierra el hocico —dijo al fin Celso—. ¡Ciérralo antes de que te lo parta! Digan, puercos, ¿cuál es el agujero de los cayuqueros?

—Allá, chamulita, si quieres, yo te llevo. ¿Ves aquella casita en la que brilla la luz? Ésa es la de Pablo, enseguida está la de Felipe.

Celso se dirigió hacia el jacal de Pablo y le gritó desde fuera:

—¡Pablo, ven acá!

El cayuquero salió temblando de miedo.

—¿Cuántos chamacos tienes? —preguntó Celso.

—Tres, muchacho.

—Hazlos salir.

—¡Por favor, chamulita, yo te ruego que no les hagas mal! —suplicó el cayuquero con terror.

—¡Anda, saca a los chamacos!

—Ya están durmiendo, muchacho.

—¿Quieres que los saque yo con este machete?

En aquel momento aparecieron los niños, despierta la curiosidad por las voces que daba su padre. La madre estaba bajo el tejavancito que formaba la cocina, preparando la cena.

Al parecer, de nada se había enterado, pero en realidad, se había refugiado allí por orden de su marido, temeroso de que los muchachos vengaran en las mujeres las muchas humillaciones que habían recibido de ellos.

Un muchacho sujetó a uno de los niños, que empezó a gritar y llorar, e inmediatamente la madre corrió hacia ellos arrodillándose.

—No chilles como rata, vieja cochina —dijo uno de los muchachos—. Nada vamos a hacerles a tus chamacos.

Celso ordenó:

—Lleva a los dos más grandes al terraplén, y tú, Pablo, acompáñame.

La mujer volvió a llorar, y uno de los muchachos, irritado, le gritó:

—¡Cierra el hocico si quieres volver a ver a tus ratones!

Cuando llegaron al terraplén, Celso hizo amarrar a los niños, uno de siete años y otro de diez. Los chiquillos se resistían llorando, y Celso les dijo:

—Estense quietos, nosotros no comemos chamacos. Nada les haremos si su padre obedece nuestras órdenes. Corre a la tienda, Vicente, y dile a Andrés que te dé un pedazo de chocolate para los niños. Después te quedarás aquí cuidándolos para que no vaya a morderlos una culebra o a picarles un alacrán mientras están amarrados.

Vicente echó a correr hacia la tienda.

—Tú, Pablo, escúchame: tú conoces bien todos los campamentos que hay río arriba y río abajo. Ahora mismo te vas al Campo Nuevo y nos traes a Cándido y a su hijito, así como a todos los muchachos que allá se encuentran. Llamarás a Felipe para que él también lleve su cayuco y te ayude a traer a los muchachos lo más pronto que sea posible.

—Pero, muchacho, ¿no miras que es de noche? ¿Cómo quieres que bogue a ciegas?

—Dime, puerco: ¿es que cuando tu patrón te ordenaba salir, la noche te parecía oscura? Ahora los patrones somos nosotros y tú harás lo que te ordenemos. Y para que tú ni Felipe se larguen con los cayucos, yo me quedo con los chamacos. Cuando hayas traído aquí a los muchachos que están en los campos de los dos lados del río, dejaré libres a los niños. Mientras más pronto los traigas, más pronto quedarán tus hijos en libertad. Si alguno de ustedes se escapa, cuatro semanas tendré amarrados a los chamacos. Como ves, no hacemos más que emplear los mismos métodos que los patrones emplearon con nosotros. Es a ustedes a quienes se les ocurrieron estos sistemas. Harían muy mal en quejarse si se los aplicamos. Harías bien poniéndote en camino inmediatamente. Tú sabes que las hormigas coloradas gustan de pasear por la noche y no creo que a tus hijos les guste mucho que ellas se los coman. Nosotros hace mucho que conocemos ese suplicio y otros... ¡Anda, date prisa! ¡Ve a buscar a Felipe y a todos los que sepan remar y tráete a los muchachos! Diles que traigan sus cosas y sus machetes..., que traigan todo lo que tengan.

Celso se volvió hacia algunos de los muchachos que se hallaban próximos:

—Cada uno de ustedes se subirá a un cayuco para vigilar a los cayuqueros. No quiero que estos canallas nos hagan una mala jugada.

Dos minutos después, cuatro cayucos bogaban río abajo.

—¡Olvídate de esa pesadilla! —dijo Celso a Modesta—. ¿Sabes lo que vamos a hacer?

—¿Cómo quieres que lo sepa si no me lo has dicho?

—¡Es verdad! Mira, pues iremos a la tienda y tú escogerás los mejores vestidos y los zapatos que más te gusten.

Cuando llegaron a la tienda, encontraron en ella a Andrés, a Santiago y a otros compañeros. Andrés discutía acaloradamente con el tendero.

—No me hagas perder el tiempo, dame tu pistola y también los cartuchos. ¡Anda, pronto!

—Pero esa pistola es mía, nunca fue de los Montellano.

—Es lo mismo, dámela.

—¿Cómo quieres que viva sin pistola en este lugar salvaje?

—Exactamente igual que como hemos vivido nosotros hasta ahora. Yendo y viniendo por todas partes a merced de los tigres. ¡Y ahora, lárgate!

Estas últimas palabras las dijo Santiago subrayándolas con un puntapié en el trasero del tendero.

—Andrés —dijo Celso—, dale un vestido a Modesta, el más bonito que encuentres.

—Encantado —contestó Andrés riendo—. ¿Cuántos quieres, muchacha? Tres, seis, diez, veinte, ¡los que quieras! De todos modos quedarán bastantes aún después de vestir a todas las muchachas. Tendrás de todo, camisas, calzones, zapatillas. ¡Tenemos hasta cadenas de reloj y aretes! ¡Santo Dios, hay que ver todo lo que tenían aquí amontonado! ¡Todo para sus mujerzuelas!

El tendero volvió a la carga.

—Por favor, muchachos, es necesario que me den mi inventario y mis libros. Sin ellos pensarán que he sido deshonesto.

—¡Miren a este idiota! —dijo Celso—. ¿Inventarios, libros? ¿Y qué más? Todos los libros y los inventarios serán quemados, y los contratos también. Se acabaron las cuentas, las deudas y todo. ¡Hemos empezado a limpiar y limpiaremos bien, tú lo verás! ¿No es verdad, muchachos?

—¡Bastante hemos esperado este momento! —dijo Santiago apropiándose una cajetilla de cigarros—. Para lograr nuestra libertad es necesario que lo quememos todo. Y ahora que lo sabes, lárgate, pero lárgate de una buena vez y procura que no te vea yo rondando por aquí, porque te arranco el cuero.

—Tú no te preocupes, Modesta —dice Andrés a la muchacha—. Recoge los vestidos más bonitos y vete a la trastienda a vestirte tranquilamente. No temas nada, todo esto nos pertenece, bastante caro hemos pagado por ello. Mañana lo distribuiremos todo, ¡y sólo Dios sabe cuántas cosas hay que repartir!

—Celso —propone Santiago—, ¿sabes lo que podemos hacer? Catearemos las casas de todos esos desgraciados empleaditos, requisaremos todas las armas y el parque que tengan, y al que se atreva a ocultar algo, le amarraremos una piedra al pescuezo y lo echaremos al agua.

—Perfectamente. Llévate contigo una docena de muchachos y reúne todas las armas que encuentren. No vayas a ponerte blando con esos cochinos ni a perder el tiempo discutiendo con ellos. Si abren el hocico, ciérraselos a tiempo con una bofetada.

Juan Méndez, que llegaba en aquel momento, intervino:

—Eso es, porque estate seguro de que si los patrones pudieran tomar la revancha, nadie se prestaría a la represión con mayor crueldad que estos empleaditos que ahora nos sonríen con sus caras de idiotas y nos ofrecen todo lo que pueden para salvar el pellejo... Yo lo sé por experiencia. Cuando fui sargento, vi cómo tomaban parte en la represión de huelgas y en la persecución de peones evadidos. Por eso, déjame que te acompañe, Santiago, las pistolas me gustan mucho.

Acababa de salir el grupo encargado de requisar las armas, cuando Modesta se oyó llamar por su nombre. Cándido, con el niño y los muchachos del Campo Nuevo acababan de llegar.

—¡Mira, Andresote! —dijo Celso con voz triunfante—. Jamás los cayuqueros bogaron con más rapidez y mayor seguridad que ahora. Estoy seguro de que antes de medianoche todo el mundo se hallará aquí reunido. ¡Mira cómo se mueven con las antorchas en las manos para hacerlo más aprisa; ahora sí que se mueven!

—¡Allá están ya los muchachos de todos los campos! —dijo Pablo, el cayuquero, que venía a rendir cuentas de su misión.

El muchacho encargado de vigilarlo confirmó su declaración.

—¡Andrés! —llamó Celso—. ¡Andrés! Te nombro proveedor. ¿Tienes las llaves de la tienda?

—Sí.

—Bueno, llégate al árbol al que están atados los chamacos de Pablo, desátalos, llévalos a la tienda y dales un pedazo de chocolate o lo que quieran. Dale también un par de aretes a la niña, una navajita al niño y luego despáchalos a su casa...

—¡Mil gracias, muchacho! —contestó Pablo efusivamente.

—Guárdate las gracias —replicó Celso secamente—. Agarra a tus chamacos y vete en busca de tu mujer y de los otros gatos como tú. Nada les vamos a hacer, te doy mi palabra. Nosotros nos iremos de aquí y les dejaremos todo el campamento para ustedes solos. Hasta víveres en la tienda les dejaremos. Allí encontrarán maíz suficiente. Además, se quedarán con los bueyes, así no hay peligro de que se mueran de hambre, y quince días después de nuestra partida, ustedes podrán hacer otro tanto...

Pablo volvió a dar las gracias y Martín Trinidad habló:

—Lo que el camarada acaba de decir se refiere a tu porvenir, cayuquero. Pero yo tengo dos palabras que decir respecto a tu presente... Que a ninguno de ustedes se le ocurra tratar de huir para llevar la alarma a Hucutsin o para denunciarnos ante las autoridades militares... Conste que te lo advierto... Celso les ha hecho una promesa, yo a mi vez les hago otra... Si alguno de ustedes deja el campamento hoy o mañana, o siquiera un día antes de los quince fijados por Celso, yo les mandaré rebanar el pescuezo a todos, hombres, mujeres y niños... ¡Lo juro! Por mí, los ahogaría ahora mismo como a gatos roñosos, porque ustedes y nosotros ni somos ni seremos amigos jamás. Sé perfectamente lo que ustedes harían si las cosas marcharan de otro modo. Por eso haríamos bien suprimiéndolos de una vez, sin embargo, por ahora los dejaremos tranquilos. Vuelve con tus semejantes y diles lo que has oído y explícaselos bien. No olvides, sobre todo, decirles lo que les espera si no obedecen. A partir de ahora, tú eres el perro guardián de la manada...

XVI

Es necesario que cuando nos vayamos nadie falte —dijo Martín Trinidad.

Apuntaba el día y los muchachos se hallaban reunidos en consejo de guerra.

—No dejaremos a ninguno de los nuestros en las monterías, aun cuando alguno se resistiera, nos lo llevaríamos a fuerza. Todos deben acudir a nuestro llamado.

Era todavía muy temprano, el sol se veía ya en el horizonte, pero sus rayos no llegaban aún a aquel lugar. El terraplén se hallaba envuelto en una espesa niebla. Las nubes se encontraban tan bajas que ni siquiera el río se distinguía desde la pendiente.

Cándido exclamó alegremente:

—¡Caray, pero qué lindos están mis cochinos!

—Oye, Cándido, ahora tenemos otras cosas más importantes de qué ocuparnos, deja en paz a tus cochinos.

—¿Por qué, manito?

—No te ocupes de ellos, hasta podrías dejárselos a los tales por cuales de los cayuqueros.

—Están tan gordos que sería una lástima.

—Entonces véndeselos, a ellos les gustan los puercos gordos.

—Eso es lo que voy a hacer. Sería imposible hacer con ellos el camino de regreso, habrá que cruzar varias veces el río crecido... Yo no sé cómo vamos a llegar.

Mientras tanto, el consejo seguía deliberando. Finalmente se decidió que Juan Méndez y Lucio Ortiz partieran con veinte muchachos a caballo y armados a fin de recorrer todas las monterías que se hallaran a veinte kilómetros a la redonda, para hacer, como la víspera en los campamentos de los Montellano, una requisa de armas y una reunión de hombres, que llevarían al cuartel general para constituir así una imponente fuerza rebelde de trescientos o cuatrocientos hombres. Entonces podrían marchar sobre Hucutsin.

En su camino hacia Hucutsin destruirían todos los dominios que encontraran; matarían a todos los finqueros, patrones, ladinos y aristócratas, y enrolarían a los muchachos, a los peones y a los trabajadores reducidos a servidumbre. Tomarían Hucutsin por asalto y después, todos los pueblos siguientes hasta Balún Canán y Jovel, para adueñarse del camino real que conducía hasta la capital del estado, y allí, tomar la estación del ferrocarril.

Nadie parecía pensar en lo que ocurriría una vez que todo estuviera destruido. El mismo Martín Trinidad tenía una idea bien imprecisa de lo que pasaría después.

Él y los muchachos más inteligentes, Andrés, Celso, Santiago, Fidel, Matías y tres o cuatro más, explicaban que para conquistar de una vez por todas la tierra y la libertad debían, en primer término, llevar la revolución hasta el último rincón de la República.

Sólo la mitad de los hombres seguirían levantados en armas, en tanto que la otra mitad regresaría a los campos a cultivar la tierra. Después, los campesinos relevarían a los soldados en tanto que éstos trabajaban la tierra. Las cosechas serían levantadas por las mujeres, los viejos y los niños.

Para llegar a esto era necesario matar a los finqueros, a los amos y a sus progenitores y descendientes; saquear sus dominios defendidos como fortalezas y prevenir, en fin, toda posibilidad de una contrarrevolución en cuanto los rebeldes hubieran depuesto las armas. Lo malo, lo difícil era que las fincas y los dominios se hallaban lejos de la selva y cerca de los pueblos y de las guarniciones. Para conquistarlos era necesario, ante todo, vencer a los rurales, a los federales y a todos los defensores del dictador. Y para vencerlos necesitaban primero destruir todo aquello que pudiera servirles de apoyo.

No debía culparse a los rebeldes por sus ideas de muerte y destrucción. Jamás se les había dado libertad de expresión y toda posibilidad de comunicación y de consulta les había sido negada. Nunca alguien se había aproximado a ellos para hablarles de economía o de política. No había periódico que se atreviera a criticar los actos del dictador, ni a los trabajadores llegaba nunca libro alguno que pudiera darles una idea de cómo mejorar su situación sin recurrir a la destrucción y a la matanza.

Los que no pertenecían al grupo del dictador debían escuchar y callar. Los obreros, los campesinos, las gentes humildes se hallaban privadas de todo derecho y tenían un solo deber: obedecer. La obediencia ciega les era inculcada a fuerza de fuetazos y llegaba a formárseles una segunda naturaleza. En dondequiera que los derechos se encuentren sólo en manos de unos cuantos y las obligaciones pesen sobre la masa a la que no le sea dado ni levantar la voz para criticar, acabará por reinar el caos inevitablemente.

No era sólo el dictador el que decretaba. Los grandes industriales, los banqueros, los señores feudales, los terratenientes tenían determinados deberes para asegurar la dominación del dictador. Pero esos grandes personajes tenían algunas veces algo que decretar y no lo hacían por sí mismos, sino que obligaban al caudillo, al dictador, a decretar lo que les venía en gana. De esa manera podían encadenar al pueblo apoyando sus actos en las leyes. De haber decidido por sí mismos, el pueblo se habría enterado de que la única función del caudillo era llenar los bolsillos de los poderosos, en tanto que dictando al dictador lo que debía decretar, los decretos de éste se decían expedidos en interés del Estado, y era así como muchos patriotas cándidos y sinceros eran engañados.

Si los muchachos hubieran propuesto a los patrones discutir sus diferencias pacíficamente, éstos les habrían dado su respuesta envuelta en plomo, pues el solo hecho de que un asalariado propusiera el examen y la discusión de su situación era considerado ya como un crimen contra el Estado. Y un crimen también era permitir a los trabajadores hacer cualquier proposición. El único derecho de los trabajadores era el de trabajar duro y obedecer. Eso era todo. Lo demás era cosa del dictador y de su camarilla, a quienes pertenecía por entero el derecho de mandar y de criticar.

Así pues, no era salvajismo el que impulsaba a los indios al asesinato y al pillaje. Sus hechos no podían ser tomados como pruebas de crueldad porque sus adversarios, sus opresores, eran cien veces más salvajes y más crueles cuando de salvaguardar sus intereses se trataba.

Quince días después del motín, la tropa estaba lista para marchar. Mientras tanto, dos correos habían sido capturados. Las cartas y los periódicos que los muchachos menos ignorantes podían leer les trajeron la noticia de que en el norte de la República cuatro regimientos se hallaban en abierta rebelión contra el viejo cacique cubierto de condecoraciones y dispuesto en todo momento a cantar su heroísmo. Ya estaban hartos de oírle llamarse a sí mismo "Dios salvador del pueblo mexicano".

Los periódicos proclamaban que al viejo no lo tirarían tan fácilmente, pues millares de criaturas favorecidas por él y entusiastas lo impedirían. Esas entusiastas criaturas no defendían al caudillo, sino sus frijoles, y cuando de defender los frijoles se trata, el ardor es más grande que cuando se trata de defender a un dictador. Y cuando el dictador busca a sus amigos, encuentra vacíos los rincones que ocuparan sus cantores.

Después de leer los diarios, Martín Trinidad comentó:

—En el fondo, nada de esto nos interesa, nadie se ocupa de nosotros y no hay quien esté de nuestro lado para ayudarnos. Así, pues, para conquistar nuestra tierra y nuestra libertad es necesario que luchemos solos. Si al final de cuentas queda sólo uno de nosotros y ése puede cultivar en paz su tierra, nuestra lucha no habrá sido inútil. Nosotros no hemos venido al mundo para obedecer, para ser sumisos y recibir malos tratos. No, muchachos, nosotros vivimos en la Tierra para ser libres, pero si queremos ser libres debemos ganar nuestra libertad todos los días. El que se siente a descansar sobre su libertad un momento, en menos de una semana se verá privado de ella. Yo sé lo que les digo, camaradas, la libertad puede perderse el mismo día que se festeje su conquista. No piensen que serán libres por el hecho de que su libertad se escriba en letras de molde y sea consagrada por la ley, por la Constitución o por lo que ustedes quieran. Nada se halla establecido eternamente sobre la Tierra y sólo puede contarse con aquello que se renueva y por lo que se lucha cada día. Nunca depositen su confianza en un jefe, quienquiera que sea, cualesquiera que sean sus promesas y cualquiera que sea el lugar de donde venga.

Será libre aquel de ustedes que luche cada día por su libertad y no se la dé a guardar a nadie. Todos seremos libres si verdaderamente tenemos la voluntad de serlo y seremos siervos si permitimos que nos manden. No se ocupen de la libertad de su vecino, empiecen por ocuparse de la suya. Y si cada uno de nosotros es libre, entonces todos seremos libres y no habrá más finqueros, ni políticos ni científicos capaces de enviarnos nuevamente a las monterías.

—Tienes razón, camarada —dijo Celso—. Ahora nos pondremos en marcha y no habrá federales ni rurales que puedan detenernos. Partiremos pasado mañana.

—¡Pasado mañana! ¡Pasado mañana! —repitieron centenares de voces.

Por todos los rincones de la selva se oyó el clamor "Tierra y libertad", palabras en las que se expresaba la voluntad unánime de los muchachos.

—Nos queda bastante trabajo que hacer antes de la partida —dijo Andrés, mientras comían—. Bastante trabajo y muy importante.

—¿Y qué? —preguntó Celso—. Haremos todo lo que sea necesario. Hasta podríamos acabar con la basura que pensamos dejar aquí, así evitaremos que esos tales por cuales nos ataquen en cualquier momento por la espalda.

—No, no es eso a lo que yo me refiero —dijo Andrés, mostrando con un gesto la oficina—. Es allí donde tenemos que hacer. Es necesario quemar todos los papeles que allí se encuentran y echar después sus cenizas al viento.

—¡Por mi madre que has tenido una buena idea, Andresillo! ¡Y pensar que a nosotros se nos iba olvidando hacerlo! Claro, debemos quemar todos los libros de cuentas, todos los contratos, todas las listas, todos los papeles en los que se haya apuntado una deuda. Y en cada pueblo que crucemos hasta llegar a Hucutsin iremos quemando el Cabildo y el Registro Civil y todo.

—¿Por qué? —pregunta Pedro—. Allá no le debemos nada a nadie.

—Pues por las dudas y por si hay papeles en los que diga que algún muchacho debe algo. Además, es necesario que sepas que si quieres que venzamos y que nos conservemos vencedores, debemos quemar todos los papeles. Muchas revoluciones han estallado y han fracasado sólo porque los papeles no se quemaron debidamente. Podrás matar a todos los finqueros que quieras, pero después, un buen día, sus hijos, sus hijas, sus primos o sus tíos volverán a fregarnos con sus documentos, sus registros y sus libros de cuentas. Cultivarás tu milpa tranquilamente sin acordarte ya de la rebelión y ellos saldrán de sus escondrijos, de sus covachas y vendrán con sus policías, con sus rurales, con sus federales cargando gruesos códigos e interminables papelotes para probarte que tu milpa no es tuya, sino que pertenece a don Aurelio o a don Cornelio, o a doña Rosalía, o a doña Regina, o al demonio. Y entonces dirán: "Muchachos, ¡la Revolución ha terminado por fin! Ahora vivimos en orden y en paz, ahora hemos vuelto a la civilización. Es preciso respetar todos estos papelotes con sus firmas y sus sellos, porque sin sellos y sin firmas no hay civilización posible".

—¡Con veinte mil diablos! ¡Así se habla! —dijo Matías—. Entonces habríamos trabajado en balde y tendríamos que empezar de nueva cuenta.

—Afortunadamente todos me entienden. Ahora ya saben: hay que buscar todos los papeles, reunirlos y hacer con ellos una hoguera. Y cuando entremos en las fincas, en los pueblos;

cuando lleguemos a Hucutsin, a Jovel, a Balún Canán, a Oschuc y a Canancu, a Nihich y a Achlumal, lo primero que haremos será atacar el Cabildo y quemar los papeles, todos los papeles con sellos y firmas: escrituras, actas de nacimiento, de defunción, de casamiento, boletas de impuestos, todo... Así, los herederos no vendrán nunca a meternos sus papeles en las narices. Ya nadie sabrá quién es, cómo se llama, quién era su padre y qué poseía éste. Nosotros seremos los únicos herederos, ya que nadie podrá probar lo contrario. ¿De qué sirven las actas de nacimiento? ¿Tenemos hambre? Bueno, pues eso es suficiente para probar que nos han echado en este mundo. ¿Para qué las actas de matrimonio? Vivimos con la mujer a quien amamos, le hacemos los hijos. Eso es estar casado. ¿Se necesita algún papel para probarlo? Los papeles sólo sirven para que alguien venga a quitarnos las tierras que trabajamos. La tierra pertenece al que la trabaja, y puesto que nosotros la cultivamos, ello es prueba más que suficiente de que nos pertenece.

Los muchachos parecían hechizados. Habían olvidado la comida y sólo prestaban atención a lo que Martín Trinidad decía. Se habían aproximado al grupo que formaban éste, Celso, Andrés, Pedro y Matías. Las palabras de Martín Trinidad tenían para ellos un sonido nuevo, pero por su sencillez les eran fácilmente comprensibles. Ellos conocían bien la omnipotencia de los papelotes. Siempre había sido por medio de papelotes cubiertos de escritura y de sellos como les habían probado que nada tenían que decir y que debían someterse y pagar.

—¡Qué idiotas somos! —exclamó Santiago—. Yo no había pensado en nada de eso, pero tú estás en lo cierto, Martín, es necesario quemar todos los papeles que encontremos.

—Yo quisiera saber —preguntó uno de los leñadores, de nombre Gabino— en dónde has aprendido todo eso. Porque en verdad que tú sabes más que el cura.

—Es que he leído un montón de libros. He leído todo lo que han escrito sobre las revoluciones, las sublevaciones, los motines. He leído lo que han hecho las gentes de otros países cuando están hasta el copete de sus extorsionadores. Pero referente a la quema de papeles nada he leído. Eso no está escrito en libro alguno, eso lo he encontrado en mi cabeza.

—Hombre, tú eres el mejor de todos nosotros —dijo Pedro—. Si realmente has encontrado eso en tu cabeza, tú solo sabes mucho más que los libros.

—¡Con mil diablos! —dijo Celso—. No seas idiota. Claro que él sabe mucho más que lo que puede leerse en todos los libros. ¿No ves que él es profesor? Profesor de verdad. ¡Él ha enseñado a cientos de niños en escuelas muy grandes!

Durante largo tiempo Martín Trinidad estuvo hablando a los muchachos, explicándoles que había llegado el tiempo de cambiar sus vidas de bestias de carga por una existencia acorde con su dignidad de hombres.

—Más vale reventar rebelándose que vivir agachándose. ¡Tierra y libertad! Muchachos, ¡viva la Revolución!

Y el grito desafiante resonó una vez más en el campamento, frente a la oficina, y su eco se escuchó en todos los rincones de la selva impenetrable.

Todos los papeles que los muchachos encontraron en la oficina fueron quemados en el terraplén, en presencia de Martín Trinidad y de Celso. Enseguida se obligó a los empleados a entregar todos los cuadernos de cuentas, los libros, cuanto pedazo de papel poseían, hasta las imágenes de santos y los calendarios y los cromos. En todo el campo principal no quedó una sola letra, una sola palabra escrita. Todo se convirtió en humo. Las cenizas mismas fueron cuidadosamente dispersadas.

Santiago dirigió la operación. Cuando todo hubo terminado, Martín Trinidad, conocido ya por todos como el "Profesor", externó su satisfacción.

—¡Muy bien hecho, manito! Ahora ya saben lo que hay que hacer en Hucutsin, en las fincas, en las administraciones. Nuestros compañeros de las fábricas de San Rafael nos darán todo el papel que necesitemos para escribir e imprimir en él lo que queramos y cuando queramos.

Al atardecer, Andrés, acompañado de dos muchachos, fue recorriendo los diferentes grupos para rogarles que pensaran bien en lo que querían llevar con ellos, pues al día siguiente se haría la repartición de todos los efectos que había en la tienda: vestidos, pantalones, camisas, cotones, cobertores, machetes, cadenas de reloj, aretes, anillos, carretes de hilo, listones, piezas de tela, sombreros, guaraches, cuerdas, tabaco, cigarros, cerillos, linternas. Después de enumerar los tesoros que había en la tienda, Andrés advirtió:

—Que nadie pida más de lo que le sea indispensable. Una vez que las necesidades urgentes sean llenadas, hablaremos de lo superfluo. Es muy probable que ni siquiera sea posible dar gusto a todos. Y además deben pensar que todo lo que pidan deberán cargarlo después sobre la espalda, ya que los caballos, los burros y las mulas irán más que cargados. No olviden que debemos llevar con nosotros una docena de mujeres y más de veinte niños.

Martín Trinidad, el "Profesor", agregó:

—Más tarde nos reuniremos en consejo para convenir la forma en que habremos de emprender la marcha. Pero puesto que se ha hablado de lo que tenemos en la tienda, les diré que los víveres no serán distribuidos individualmente. Serán distribuidos entre diferentes grupos que se encargarán del aprovisionamiento y de la preparación de los alimentos. Nosotros formaremos los grupos ahora que se reúna el consejo, pero el que quiera pertenecer a alguno distinto del que le haya tocado, podrá cambiar con uno de los compañeros del grupo al que quiera pasarse. Queda entendido que cada hombre deberá cargar una porción de los víveres que correspondan a su grupo, por eso les recomiendo que no carguen más que aquellos objetos que les sean indispensables. Bien pueden pasar más de cinco semanas antes de que lleguemos a los primeros pueblos. No olviden que estamos en pleno tiempo de aguas y que podremos considerarnos satisfechos si podemos caminar tres leguas diarias.

Los muchachos atendieron el consejo y al día siguiente pidieron apenas unas cuantas cosas. Los objetos de primera necesidad se habían repartido desde los primeros días de la rebelión. A Andrés le llamaba la atención que los hombres no hubieran pretendido obtener todo lo posible. Tal vez no querían cargarse demasiado; ésta, quizá, era la realidad, porque aquella moderación no respondía, sin duda, a escrúpulos morales. Una sola cosa daba en qué pensar a Andrés. Muchos de los muchachos vestían andrajos y hasta la más humilde camisa de manta de las que había en la tienda debía haberlos tentado y, sin embargo, ninguno se había acercado a pedirla. Curioso, Andrés se dio a preguntar a alguno de ellos sobre el porqué de su actitud. Uno le contestó: "¡Bah! Cuando salgamos de la selva todos serán hilachos, los nuevos y los viejos". Otro dijo: "¿Quieres que me ponga una camisa nueva para reventar dentro de ella? Mira, cuando yo me encuentre con los rurales, arremeteré contra ellos como un loco. Si me quiebran, para nada necesitaré la camisa. Si no me quiebran, es que yo habré partido por lo menos a seis de esos perros y entonces podré tranquilamente echarme encima sus camisas, sus pantalones, sus botas... y, sobre todo, tendré un arma bonita con muchas balas. Así pues, ¿para qué quieres que cargue ahora con lo que hay en la tienda? Ahora tengo cosas mucho más importantes en las que pensar, para ocuparme de las baratijas que hay en la tienda. Mientras mis hilachos alcancen a taparme bien las nalgas, no tendré por qué preocuparme. Cuando tenga necesidad de renovar mi guardarropa, allí estarán los rurales y los federales para surtirme. ¿Entiendes, Andresillo?".

Durante tres días las mujeres trabajaron componiendo el nixtamal, moliéndolo y torteando los totopostles, haciendo el polvo de frijol y preparando todo lo necesario para la partida. Cada muchacho debía llevar un sontle, es decir, cuatrocientos totopostles, lo que no era excesivo, ya que éstos son poco consistentes y no llenan demasiado el estómago.

Aquellas damas no habían aceptado muy contentas el servir de cocineras a los muchachos. Se sentían heridas en su dignidad. Santiago las había oído decir coléricas, en voz baja: "¿Cómo es posible que hayamos llegado al grado de tener que tortear los totopostles para estos puercos chamulas piojosos? Es una vergüenza que tengamos que servir a estos chamulas que no saben siquiera hablar como cristianos".

Santiago había dejado que la mujer diera escape a su rencor. Cuando ésta calló, él se aproximó al grupo de donde habían partido las palabras y, dirigiéndose a las mujeres, les dijo:

—Digan, bestias, ¿para qué sirven ustedes? Todavía me pregunto: ¿para qué las hemos dejado vivir?

Cuando vieron aparecer a Santiago, las mujeres fueron presa del terror al darse cuenta de que aquél había escuchado sus palabras.

—¡Mal rayo las parta! —continuó Santiago—. Bastante nos han cargado ustedes también, cuando al regresar molidos por el trabajo todavía teníamos que partir leña para ustedes, que acarrearles el agua, que componer los techos de sus madrigueras..., y todo eso cuando ya reventábamos de cansancio... Y entonces, hatajo de perras, ¿hubo alguna de ustedes que abriera el hocico para dolerse de nosotros? ¡Contesten, atrévanse a mentir y les haré tragar su mentira de un bofetón en la trompota! Ahora, a trabajar y a trabajar prontito. A ver, denme a probar uno de esos totopostles para que vea yo si están buenos, y si no lo están, ya pueden componerse. Regresaré dentro de tres horas, viejas cochinas, y para entonces cada una de ustedes debe tener listos ya por lo menos diez sontles de totopostles si no quieren que les sacuda el cuero y les arranque los pelos. Y ahora, ¡a trabajar con el hocico bien cerrado!

—Pero, muchacho —dijo tímidamente una de las mujeres—, tú sabes que para preparar el nixtamal se necesitan muchas horas, después habrá que moler, y aunque le echemos bastante cal no creo...

—Eso a mí no me importa. A ver cómo se las arreglan, les daré una hora más, y si dentro de cuatro, cuando yo regrese, no están listos los totopostles, les pondré las nalgas al aire y se las moleré a palos. ¿No tuvimos nosotros muchas veces que hacer en un día el trabajo de tres? Y cuando no lo conseguíamos, nos daban de fuetazos y nos colgaban. Y cuando eso ocurría, ¿alguna de ustedes habló para decir a los patrones: "Señor, los pobres muchachos no pueden hacer ese trabajo?".

No. Y no solamente eso, sino que gozaban y pedían: "¡Denles duro a esos puercos chamulas!".

—Yo nunca dije semejante cosa —dijo la mujer del herrero.

—Tal vez tú no lo hayas dicho, pero cuando las otras hablaban, tú nunca protestaste. Bueno, basta ya de charla, ¡ahora a trabajar!

Las mujeres se entregaron a la tarea, llamando en su ayuda hasta a los niños. Santiago se alejó. No tenía la intención de regresar al cabo de las cuatro horas, porque sabía que las mujeres, por más que hicieran, no podrían cumplir con sus órdenes.

A los empleaditos, sus maridos, les fue bastante peor. Matías y Fidel no les dejaban respiro y les habían dicho bien claro la opinión que les merecían. Debían arreglar los aparejos, llenar las tinajas, torcer las cuerdas, cortar las correas, cuidar a los animales, curarlos, alimentarlos. Para preparar la partida de una caravana tan numerosa era menester trabajar sin descanso y los muchachos conocían bien los medios para lograr la actividad de los empleaditos: sólo tenían que recordar los que aquéllos habían usado. Sin embargo, el trato era más humano. La consigna era obedecer, pero no se empleaba ni el fuete ni la suspensión, apenas podían contarse algunas costillas acariciadas por el puño impaciente de algún muchacho.

Al obligar a trabajar a los empleaditos, los muchachos se dieron cuenta de algo de lo que no habían podido percatarse: de que también ellos eran capaces de dar órdenes, de que lo estaban haciendo y haciendo bien. Hasta entonces habían creído que para saber mandar era necesario haber nacido ladino o gachupín. Ahora veían que dar órdenes era la cosa más sencilla. Y si dar órdenes a los favoritos de los poderosos era cosa fácil, ¿por qué no había de serlo gobernar? Claro que gobernar no era solamente dar órdenes, y en ello consiste tal vez el hecho de que la mayor parte de los dictadores sean unos pobres diablos. ¿Dar órdenes? Eso es cosa que hasta el más atrasado de los indios puede hacer. ¡Cuántas veces de un idiota ha salido un dictador!

Por el momento, los muchachos estaban bien lejos de poner a prueba sus dotes de gobernantes. El Profesor les aconsejaba:

—Aprendan a conducirse mientras estamos aquí. Más tarde, cuando salgamos de la selva, cuando no sepamos hacia dónde queda el lado derecho y hacia dónde el izquierdo, la cosa será más difícil. Aquí, en la selva, un ejército de federales y de rurales no nos hace nada, acabaríamos con él en un suspiro. Pero ustedes saben bien que esos tales por cuales no vendrán a buscarnos. Nos esperarán en las fincas y en los pueblos. Entonces habrá que luchar por la revolución, y esto no lo haremos sólo con palabras. Las revoluciones no se ganan sólo con palabras, los oprimidos debemos hacer triunfar nuestras resoluciones luchando duramente. El que afirme lo contrario tratará de engañarnos, es sin duda secuaz del enemigo, rata solapada a sueldo del tirano. ¡No lo olviden, muchachos, no lo olviden jamás!

XVII

La gran horda fue dividida en ocho grupos, a los que Juan Méndez dio el nombre de compañías. Juan Méndez ascendió al grado de general de la tropa, en atención a sus antecedentes militares. Cuando era sargento, más de una vez tuvo ocasión de dirigir los ejercicios de un grupo de soldados cuyo oficial, ebrio hasta perder la conciencia o demasiado perezoso para levantarse al alba, delegaba en él sus facultades.

Méndez tomó el mando de la primera compañía; su camarada de batallón, el cabo Ortiz, se encargó de la octava y última, de aquella que debía proteger la retaguardia durante la marcha. El Profesor recibió el título de Supremo Jefe de las Fuerzas. Andrés se encargó del avituallamiento. A Matías, a Fidel y a Cirilo se les encargó de la vigilancia del cargamento y de las armas.

Juan Méndez tomó a Celso como Jefe de Estado Mayor, pero Celso no le dio a aquello importancia alguna. Decía:

—¿Galones? Uf, me río de ellos. Estaré en primera fila, junto al jefe cuando la música comience. Entonces sí seré yo el que se ponga el primer uniforme. Ya me dieron una pistola, pero en verdad que tengo más confianza en mi machete.

—Como quieras, compañero —repuso Méndez—. Ya volveremos a hablar del asunto después del primer combate, si de él salimos con vida.

Muy pocos de los muchachos iban armados porque las pistolas eran escasas y las escopetas de caza mucho más. Algunas de ellas eran tan viejas que todavía se cargaban por el cañón. Por todas eran seis las que habían quitado a los empleados. Las pistolas habían sido arrebatadas por la fuerza a los cantineros y eran de malísima calidad. Jamás se había disparado con ellas y servían sólo para intimidar. En cambio, los machetes y las hachas estaban todos bien afilados. No era necesaria una apreciación acuciosa para llegar a la conclusión de que el armamento casi no existía.

Si se tiene en cuenta que el armamento de los rurales y de la policía del Estado, devotamente afecta al dictador, era considerable y que contaban además con una buena provisión de parque, la marcha de los muchachos al encuentro de esas fuerzas debe considerarse suicida. Los soldados regulares no portaban más que un fusil o una carabina cada uno, pero cuando partían en pequeños grupos, iban armados de una o dos ametralladoras por cada cincuenta hombres. Con estos juguetitos, salidos de las mejores fábricas norteamericanas, habían dado ya numerosas pruebas de su habilidad, reprimiendo huelgas y un considerable número de rebeliones campesinas. Cuando cincuenta rurales se enfrentaban a quinientos rebeldes, los resultados eran siempre más o menos los siguientes: de entre los soldados resultaban tres muertos y cinco heridos cuando más. Mientras que entre los rebeldes, cuatrocientos cincuenta eran muertos y ninguno herido. Los cincuenta que quedaban con vida la debían a la velocísima fuga que emprendían hacia las montañas o hacia la selva.

Los únicos que conocían las condiciones exactas de la lucha emprendida eran el Profesor, el General y el Coronel. El coronel era Lucio Ortiz, quien había alcanzado el grado por decisión de Juan Méndez. Ninguno de ellos hacía un misterio de lo que sabía acerca de los posibles resultados del combate desigual que deberían librar, si la tropa de caoberos se enfrentaba a una columna o tan siquiera a una patrulla de rurales. Una y otra vez, al anochecer, en derredor de las hogueras, ellos habían expuesto detalladamente a los muchachos cuál era su situación, pero ni los que la explicaban ni los que oían las explicaciones variaban en un ápice su determinación. Tanto habían sufrido, tanto habían soportado, tanto era el rencor y el odio acumulado en sus corazones, que la lucha, cualquiera que fuera su resultado, les parecía el único reconfortante moral posible. Para ellos era inconcebible la idea de salir vencidos. O ganaban o perdían la vida, era su única alternativa. Su vida había sido tan miserable, tan vacía, que caer con la satisfacción de haberse rebelado les parecía mil veces preferible a refugiarse en la selva huyendo del enemigo. Al hablar de este modo, Celso no expresaba sólo su pensamiento, sino el de todos los muchachos. Todos se hallaban profundamente convencidos de que las puertas del paraíso se abrirían para ellos si antes de morir abatían a cinco o seis federales.

Este odio feroz hacia el dictador y sus secuaces no era sentimiento exclusivo de los oprimidos, podía asegurarse que tres cuartas partes del pueblo mexicano lo abrigaba. Era éste el que impulsaba los vientos revolucionarios que soplaban en todo el país. Era él al que debían atribuirse los hechos despiadados, la determinación de los hombres de no pedir y de no conceder gracia. Nadie hacía prisioneros, los vencidos que no podían o no querían huir eran muertos. Sobre los campos de batalla no quedaban heridos. Las mujeres de los revolucionarios, que acompañaban a sus hombres en el combate, recorrían como furias el campo de batalla y con sus cuchillos de cocina ultimaban a los enemigos heridos. La causa de aquel salvajismo, de aquella crueldad era la dictadura y nada más que la dictadura. Ocurría con ésta como ocurre con todas: al romperse los diques, las fuerzas ciegas de la naturaleza arrastran sin piedad cuanto encuentran al paso.

No obstante, Juan Méndez se creía en la obligación de exponer una y otra vez, con toda claridad, cuál era su situación. Decía:

—Si nuestra primera compañía se enfrenta a doscientos federales, ninguno de nosotros saldrá con vida. Ninguno de nosotros tendrá tiempo siquiera de apuntar con la pistola, de la que además muy pocos conocen el manejo, cuando una lluvia de balas estará cayendo ya sobre nuestras cabezas. ¿Qué haremos entonces?

La respuesta era siempre la misma:

—¿Que qué haremos? —dijo Matías en esta ocasión—. Pues yo te lo voy a decir, Juanito. Si sobre nosotros caen doscientos hombres, doscientas víctimas se nos habrán ofrecido. Y sería una lástima que sólo doscientos aparecieran, pues mientras más se nos pongan enfrente, más mataremos. Ahora, si te place, puedes largarte antes de que la cosa se ponga seria. Nosotros seguiremos adelante y no retrocederemos jamás.

—Tampoco yo retrocederé, soy yo quien encabeza el combate. Lo único que quiero es que no estén ignorantes de lo que nos va a pasar, porque yo lo sé por experiencia y ustedes no.

—Puede ser —repuso Fidel—, pero entonces tú eras militar. Nosotros somos caoberos y ahora tú lo eres también. Y esto no es lo mismo que ser soldado. ¡Cualquier idiota puede ser soldado! Pero para ser revolucionario es menester tener cualidades que se desarrollan sólo en el vientre de determinadas mujeres, y mi madre era una de ellas.

—Ahora, hablando de otra cosa, Santiago tiene razón. Deberíamos acabar con todos los empleaditos. ¡Esta ralea no vale un cacahuate!

Un general realmente conocedor de los asuntos militares, habría considerado con pavor la marcha que se proyectaba. Habría previsto tantas dificultades, que se hubiera dicho: "Diablo, con los medios de que dispongo, al cabo de diez kilómetros habré perdido más de la mitad de mi ejército". Habría reunido a todo su Estado Mayor y habría tratado de enmendar sus planes, pero Juan Méndez era un general revolucionario que jamás había recibido ni siquiera nociones de estrategia, hasta cuyo nombre le era desconocido. "¡Adelante, marchen!", y su ejército marchaba como debía marchar.

Si durante las estaciones secas una expedición de aquella naturaleza, con aquella cantidad de hombres y de bestias de carga, resultaba tan complicada que no habría enganchador que se hubiera atrevido a hacerla, en pleno tiempo de aguas era un positivo reto a la razón.

Y en verdad que si los muchachos hubieran sido gentes razonables, jamás se habrían rebelado. Los sublevamientos, los motines, las revoluciones son siempre en sí irrazonables, porque vienen a turbar la agradable somnolencia que se conoce con los nombres de paz y de orden. Los muchachos probaban además no ser simples huelguistas, sino revolucionarios auténticos, porque la verdadera revolución no reconoce obstáculos. El rebelde auténtico, aquel que siente la rebeldía hasta la última fibra de su ser, el que salta todo obstáculo hasta su último aliento, marcha siempre hacia adelante, y el que no detiene su marcha lleva ganadas las tres cuartas partes de la partida. Si se les hubiera dicho a los muchachos que debían marchar durante toda una semana a través de las regiones infernales, habrían contestado: "Esto no importa, porque terminaremos por salir del infierno. Y cuando hayamos salido de él, seremos mejores revolucionarios que antes de haber entrado".

Y en verdad que el infierno les esperaba, no a lo largo de una semana, sino durante tres, al parecer, interminables.

Hasta los atajos, que generalmente escapaban a la inundación, se hallaban convertidos en pantanos enormes. Cada tres o cuatro horas caía un aguacero, las nubes se convertían en ríos y el agua caía con tal violencia que perforaba la tierra haciendo pozos en los claros de la selva. Las ramas de los árboles se desgajaban y los senderos se convertían en arroyos. Grandes piedras eran arrastradas con violencia por las corrientes fuera de cauce y lanzadas contra los gigantes de la selva, tumbándolos después de estrellarse contra ellos. Cuando la lluvia cesaba, el sol brillaba nuevamente lanzando sus rayos ardientes sobre la maleza empapada, de la que se desprendía tal cantidad de vapor que la selva toda se convertía en una estufa dentro de la que se respiraba penosamente, y cuando las cimas de los árboles y la maleza que cubría los claros empezaban a secarse, se iniciaba una lluvia fina que duraba alrededor de diez minutos y que era el preludio de una nueva tormenta, un diluvio más acompañado de truenos y relámpagos.

Para gentes ignorantes, emprender una larga marcha a través de la selva durante el tiempo de aguas, sería una temeridad, pero para los muchachos que conocían perfectamente todos los peligros que esa marcha traía consigo, ella resultaba la prueba a la que estaban resueltos a someterse para llevar implacablemente hasta el fin la revolución que habían iniciado.

Durante una de sus deliberaciones, uno de los muchachos había propuesto esperar a que las lluvias terminaran.

El Profesor había contestado:

—Claro está que nosotros podemos esperar, pero hay otros muchos que no pueden hacerlo, y ellos son los peones de las fincas, que quieren ser libres como nosotros, que, como nosotros y con nosotros, quieren marchar para luchar por la libertad de sus hermanos.

Al cabo de un tiempo, no era ya el deseo ardiente de volver a su tierra y a su hogar el que atormentaba a los muchachos. Este deseo no los abandonaba, pero ahora abrigaban en su corazón uno nuevo: la sublevación era un hecho y todos los muchachos que trabajaban en la selva se habían reunido a los primeros rebeldes. Todos los días nuevos grupos venían a engrosar sus filas, y esta multitud había olvidado casi el regreso tan deseado al hogar para no pensar más que en la rebelión contra los amos y en la liberación total.

Cada vez los muchachos se convencían más de que si la rebelión no alcanzaba a todos sus hermanos de miseria, la libertad que lograran les duraría bien poco. A esta convicción habían llegado también gracias a los hábiles discursos del Profesor.

El Profesor les había dicho mil veces:

—Si somos nosotros solamente los que nos rebelamos para regresar después a cultivar nuestras milpas y criar a nuestros hijos, lograremos, y eso, si bien nos va, levantar una cosecha, pero una y nada más. Antes de que nos demos cuenta, tendremos otra vez a los rurales y a los federales encima, arrastrándonos hasta aquí otra vez, para ser más esclavos que antes y para siempre. Es necesario, pues, que la revolución nuestra sea poderosa y pujante. Para ello necesitamos o ganar a los federales y a los rurales para nuestra causa o eliminarlos. Es necesario no dejar las cosas a medias, y sobre todo no hay que creer en promesas. En el preciso instante que hayamos caído sobre las primeras fincas y sobre los primeros pueblos, empezarán a prometernos el oro y el moro. Es necesario que no nos dejemos engañar, porque todas esas promesas serán dictadas por el miedo. Todo lo que nos prometan carecerá de valor si no hacemos la revolución total y la llevamos triunfante hasta el último rincón de nuestra tierra.

—¡Arriba el Profesor! Tienes razón, compañero, seguiremos tu consejo.

Fue así como insensiblemente y por su propia cuenta los muchachos habían dado un nuevo sentido a su rebelión. El deseo de regresar al hogar había dejado su sitio al más ardiente de llegar a la victoria total. Hasta Andrés y Celso, que al principio sólo deseaban volver a ver a sus padres y a todos sus seres amados, no pensaban ya en ello más que de vez en cuando.

—Después de todo, ellos pueden esperar, ¿no te parece, Celso?

—En eso tienes razón, Andresillo, en casa nadie espera verme regresar antes de cuatro años, por lo menos. Así es que ellos esperarán. Más vale que esperen un año más y no que tengamos que empezar de nuevo. ¡Qué diablo! Yo estoy seguro de que regresaremos a casa definitivamente y de que no tendremos que vivir con el temor constante de que un buen día nos obliguen a dejar el hogar nuevamente.

—Eso es, Celso, así lo haremos. ¡Tierra y libertad o la muerte!

XVIII

Todos los días llegaban grupos de las monterías más lejanas. Algunos de ellos compuestos de cinco y hasta de tres hombres solamente. Estos hombres presentaban el aspecto más salvaje. Habían huido de sus monterías desde hacía largo tiempo y no habían podido regresar a sus hogares por temor a ser sorprendidos en el camino por alguna caravana o por algún enganchador que los hubiera denunciado. Además, por los senderos sería fácil a los capataces enviados en su persecución echarles mano y obligarlos a volver a sus monterías, y aun suponiendo que pudieran salvar esos obstáculos, en cuanto llegaran a su ranchito o a su pueblo, habrían sido prendidos por las autoridades.

Conocedores de su suerte, los fugitivos habían renunciado a regresar al hogar. Habían huido del trato inhumano que sufrían en las monterías y se mantenían alejados de los senderos y de los caminos, viviendo al margen de toda ley en las inexpugnables profundidades de la selva. Habitaban cavernas o cuevas hechas en la tierra o sobre las ramas entrecruzadas de los árboles, cubiertos por el tupido follaje. Raros eran los que se tomaban el trabajo de construir siquiera un tejaván. A pedradas o flechazos, valiéndose de hondas y de arcos primitivos, cazaban algunos animales con cuya carne se sustentaban. Si algo de lo que les era en absoluto indispensable, como un puñado de sal o una punta de acero, les faltaba, sigilosamente, aprovechando la oscuridad de la noche, llegaban hasta algún campamento y tomaban lo que necesitaban en donde lo había. Algunas veces los muchachos de la montería habían sido acusados del robo cometido por los fugitivos y se les había dado el castigo consiguiente. Y si éstos no podían llegar hasta las monterías, se las arreglaban para obtener, de grado o por fuerza, de los muchachos que se hallaban trabajando en la selva, lo que les hacía falta. La mayoría de las veces, los muchachos, si llevaban encima lo necesario, socorrían a estos prófugos, a quienes se llamaba "los salvajes".

Cuando el número de éstos aumentaba, los propietarios de las monterías en cuyos alrededores se avecinaban enviaban cinco o seis capataces para darles caza, igual que si se tratara de bestias feroces. No se intentaba prenderlos, a pesar de la necesidad constante de mano de obra que había siempre en las monterías. Se les abatía a tiros simplemente. La cacería se organizaba con todo cuidado y para rastrear la presa los cazadores se valían de una buena jauría de perros. Los patrones no hacían esto solamente con un espíritu deportivo ni con el propósito de evitar las raterías. No, lo que perseguían era impedir que el ejemplo de los fugitivos fuera seguido y que los desertores aumentaran, dejando insolutas sus cuentas pendientes.

Los salvajes nada tenían en perspectiva, si acaso, una muy vaga esperanza de ser olvidados al cabo de uno o dos años y de poder regresar entonces a sus hogares. Habrían podido alejarse y buscar trabajo en otra región, pero en cualquier montería, hacienda o finca cafetera a la que hubieran llegado, habrían encontrado la misma suerte: la de ser reducidos a servidumbre, oprimidos hasta negárseles el mínimo derecho a discutir sus condiciones de vida y de trabajo.

Sin embargo, les quedaba una posibilidad, a condición de poder salir de la selva sin ser atrapados, y ésta era la de reunirse a alguna colonia de indígenas independientes, pero era sólo uno por ciento de los fugitivos el que lo lograba. Y después, el que tenía éxito, si se incorporaba a alguna tribu de su raza, era inmediatamente reconocido. La noticia corría de boca en boca hasta llegar a los rurales, que lo prendían para entregarlo enseguida al enganchador. Si buscaba refugio en alguna otra tribu que no fuera de su raza, era acogido con desconfianza; casi siempre la lengua le era desconocida, y si no tenía la buena suerte de casarse y entrar así a formar parte de una familia, nada le quedaba por hacer, pues no le sería concedida ni la tierra ni el grano, y en esas tribus no existían los asalariados.

Pero el caso se daba raramente, los salvajes morían siempre antes de poder salir de la selva, porque la vida que allí llevaban escondía peligros cien veces mayores que los que amenazaban a los muchachos de las monterías. Eran la fiebre, los tigres, los leones, las serpientes, los que solían apiadarse de ellos y librarlos de su penosa existencia. Todos los muchachos que trabajaban en las monterías conocían perfectamente la suerte reservada a los salvajes y era precisamente el terror a aquella vida lo que los retenía en las monterías. Si la existencia de los salvajes hubiera sido placentera, ni un solo muchacho habría quedado en las monterías. Sólo los más resueltos, aquellos convertidos en seres feroces gracias a la ferocidad de algún castigo en perspectiva, tenían el valor de huir.

Entre los grupos de rebeldes que habían llegado a reunirse a los de la Armonía, después de matar a los patrones y a los capataces, podía contarse una docena de salvajes. Unos habían oído hablar de la rebelión a algunos antiguos compañeros de trabajo. Otros, sorprendidos de ver a los muchachos abandonar repentinamente toda una región dejando las trozas en su sitio y la labor no terminada, se valían de toda su astucia y, tomando un sinfín de precauciones, se aproximaban a alguna oficina, y encontraban a veces un grupo de muchachos dispuesto ya a partir o simplemente los cadáveres de los capataces, que hablaban elocuentemente de lo que allí había ocurrido.

La Armonía era una de las monterías más importantes de la región y además se hallaba sobre el camino que conducía al río; era, pues, natural que los salvajes pasaran por la Armonía.

Cuando llegaban, ninguno de los muchachos les hacía preguntas y eran recibidos fraternalmente. Encontraban viejos conocidos, antiguos compañeros de trabajo en las monterías de las que habían huido y quienes los acogían alegremente como precursores que eran de la rebelión. Su valor para huir a la selva y vivir al margen de las leyes opresoras era testimonio suficiente de su espíritu revolucionario.

Tres de esos salvajes, Onofre, Nabor e Isaías, habían llegado la víspera de la partida. Después de reconocer y saludar a algunos amigos y hermanos de raza, se dieron a pasear por los alrededores en busca de otros conocidos. Durante su paseo llegaron a los jacales en que los empleados se hallaban prisioneros y bien vigilados. Se detuvieron a conversar con los centinelas, que les ofrecieron cigarros, y a quienes preguntaron:

—¿Por qué demonios guardan a esos espías?

—Para que no se larguen y vayan a denunciarnos.

—¿Quién les ordenó que los vigilaran? —preguntó Onofre.

—El Profesor.

—Pues ustedes son unos idiotas —repuso Nabor—. Si yo estuviera aquí de guardia, ésta no duraría mucho tiempo. Hay un modo más efectivo y seguro de guardar a estos tales por cuales, y es el de mandarlos de una vez por todas adonde ya no puedan hacer más daño.

Durante aquel coloquio, Isaías había recorrido los jacales que, privados en absoluto de puertas, dejaban ver a numerosos empleados sentados sobre el suelo jugando a las cartas, mientras otros, tendidos en el exterior, roncaban tranquilamente. Algunos más, con la cabeza en el regazo de sus mujeres, se hacían despiojar por ellas mientras otras guisaban.

Isaías, recorriendo con la mirada aquel espectáculo, lanzó de pronto un grito de sorpresa:

—¡Muchachos, vengan acá, pronto! ¡Miren nada más quién está allí!

Sus dos compañeros corrieron para reunírsele.

—¡Mal rayo! ¿Quién lo habría de creer? Nuestros amiguitos, el Poncho y la Ficha.

Los muchachos que vigilaban a los prisioneros se aproximaron llenos de curiosidad.

—¿Los conocen, manitos?

Onofre soltó una carcajada irónica:

—¡Que si los conocemos! Son estos hijos de perra los más crueles, los más feroces y serviles, los más despreciables abortos que haya desechado el infierno. Es a ellos a quienes debemos habernos convertido en salvajes. Son ellos quienes, ayudados por una jauría de semejantes suyos, trataron de darnos caza en la selva. Más feroces que las bestias, más rastreros que las culebras son estos desgraciados. Hasta en un tigre podría hallarse la piedad que a éstos les falta. ¡Eh, Poncho, Ficha, pongan acá las patotas!

Los dos interpelados, que jugaban a los naipes con otros empleados, levantaron la cabeza y en cuanto reconocieron a los muchachos, palidecieron y las cartas se les escaparon de las manos.

—¡Vaya —dijo Onofre—, parece que aquí no les va tan mal! Todavía pueden pasarse el día sentadotes junto a sus viejas y a sus chamacos, engordando como cerdos.

El Poncho intentó sonreír y con voz tímida dijo:

—Ni tan gordos.

—Hace mucho tiempo que les suponía cultivando sus milpas y casados —dijo la Ficha, tratando, a su vez, de sonreír sin lograrlo.

Los tres muchachos les volvieron la espalda y se dirigieron al campo seguidos por algunos de los centinelas.

—¿Desde cuándo están esos dos capataces en la Armonía? —preguntó Isaías.

—No lo sé, yo no soy de la Armonía, soy de Palo Quemado. ¿Es que son capataces?

—Los más crueles, los más bestias de su especie.

—Nosotros matamos a todos los capataces y los muchachos de la Armonía hicieron lo mismo. Si éstos fueran capataces, no estarían aquí.

Nabor se dio a jurar con la energía que suelen emplear los carreteros, y cuando se sintió satisfecho, agregó:

—¡Pero con mil diablos! ¿Qué es lo que les pasa a ustedes? Se portan como viejas, sí, como viejas revoltosas. Con ustedes no iremos muy lejos, nosotros necesitamos juntarnos con verdaderos rebeldes, no con viejas. Miren que ni a la más estúpida de ellas se le ocurriría engordar a los verdugos y cuidarles las nalgas para que no se las coman los tigres.

Después, cambiando de tono, preguntó a los muchachos que estaban de guardia:

—¿A qué hora tienen que ir ustedes a cenar?

—Ya debíamos estar cenando. Tenemos mucha hambre, pero hay que esperar a los que vendrán a relevarnos.

—¡Al diablo con el relevo! ¿Quién puede decirles a qué hora vendrá? —dijo Isaías riendo—. Váyanse y tomen el tiempo necesario para llenarse la barriga hasta reventar. No hay por qué aguantarse el hambre, nosotros los relevamos.

Los centinelas no esperaron a que Isaías repitiera su ofrecimiento.

—Bueno, entonces ahí los dejamos, porque la verdad es que ya estamos hartos de cuidar a estos espías, de verlos tragar para llenarse las panzas abrazados a sus viejas y de mirar cómo pasan las horas jugando a las cartas y apostando frijoles y hojas de tabaco.

—¿Pero es posible? ¿Cómo es que estos cerdos tienen tabaco y aguardiente? A nosotros jamás se nos dio una hoja de tabaco, ¿y a ustedes...?

—¿A nosotros? ¡Bah...! Y si quieren que les diga algo, camaradas, les diré que más valdría acabar de una vez con toda esta canallada. Hacer con ellos exactamente lo que hicimos con los capataces. Lo malo es que nosotros no mandamos aquí, y si el Profesor, Andresillo y Celso dan órdenes, hay que obedecerlas.

—Bueno —dijo Isaías—, váyanse y coman tranquilamente. Dense prisa, no sea que los demás acaben con todo... Han asado un temasate y dos jabalíes. Saboréenlos bien, no se apuren, que aquí nosotros nos encargaremos de cuidar. No dejaremos escapar a uno solo, díganle al General que a las diez puede mandarnos relevar.

—Bien —dijeron los muchachos—. Avisaremos al General que ustedes están de guardia, que, después de todo, yo creo que a él poco le importa quiénes sean los que se encarguen de ella.

—Entonces, camaradas, déjennos sus machetes.

—Tómenlos, nosotros pediremos otros en la bodega. ¿Por qué ustedes no tienen? ¿Es que hasta ahora llegan?

—Sí. Desde hace seis meses que somos salvajes. Cuando nos fuimos, llevamos con nosotros nuestros machetes, pero uno se rompió, otro se nos cayó al pantano y no pudimos sacarlo, y el último que nos quedaba hubimos de abandonarlo un día en que los capataces lanzaron a la jauría de perros tras de nosotros, sin darnos tiempo para recogerlo. Habríamos podido robarles el machete a algunos de los muchachos, pero ustedes saben, habrían sido ellos los obligados a pagar. Y cuando nos decidimos a robar una bodega, nos encontramos con que la rebelión había estallado.

—Aquí, muchachos, ustedes encontrarán todo lo que necesiten. Sólo tienen que pedirlo. Si quieren tabaco, aquí les dejamos el nuestro. Cuando lleguemos al campo, nosotros cogeremos más de la tienda.

El relevo llegó a las diez, como se había convenido.

Los hombres que venían a hacerse cargo de la guardia encontraron a los tres salvajes sentados en derredor de la hoguera.

—Parece que todo se halla en calma —dijo uno de los recién llegados—. Generalmente se les oye aullar y gruñir, calentados por el aguardiente. Todavía tienen enterradas y escondidas muchas botellas y pueden emborracharse todos, los hombres, las mujeres y hasta los niños.

—El Profesor nos ha recomendado que los dejemos que se embrutezcan con el alcohol.

—¡No teman nada, camaradas! —dijo Isaías—. Esta noche se han bebido más de un barril y están llenos, hinchados, tanto, que no podrán decir ni una palabra. La guardia de ustedes será fácil. Si les viene en gana, hasta podrán dormir. Ni uno solo se escapará, de ello estén seguros. ¡Buenas noches, compañeros!

—¡Buenas noches!

Todavía llegaron tres relevos antes del amanecer. Los muchachos no se conocían entre sí y no se ocupaban de saber quién llegaba a relevarlos... Lo importante era que la guardia no faltara.

Cuando los primeros rayos del sol empezaron a alumbrar, uno de los nuevos centinelas observó:

—¡Mal rayo! Lo que es anoche se la pusieron buena. No hay uno de ellos que mueva un solo dedo.

Después, aproximándose a uno de los jacales y espiando el interior a través de la hendidura de un tronco de árbol, gritó:

—¡Eh, muchachos! ¡Vengan acá! El aguardiente que éstos se bebieron ayer en la noche era rojo como el jaltomate.

—¡Pero si los han matado a todos, hasta a los chamacos!

—Veamos en los otros jacales.

En los otros jacales el espectáculo era el mismo: las gentes yacían en medio de botellas teñidas de rojo. No era posible equivocarse.

Uno de los muchachos se dirigió a toda prisa al campo principal para dar cuenta de lo ocurrido.

El General, el Profesor, el Coronel, Celso, Andrés, Matías, Fidel, Santiago, Cirilo, Pedro, Valentín, Sixto y algunos otros jefes rebeldes se hallaban reunidos y discutían los últimos detalles de la partida de la primera compañía, que habría de ponerse en camino antes de ocho horas.

El muchacho informó a los jefes de lo ocurrido en los jacales de los empleados.

—¿Estás seguro de lo que dices, muchacho? —preguntó el Profesor.

—Enteramente, ni uno de ellos se encuentra con vida.

—Gracias a Dios que esa basura se acabó —comentó Celso.

—No era necesario destruirlos —dijo Andrés—. Ya ningún daño hacían y hubieran podido vivir.

—No hay que darle vueltas al asunto —repuso Matías—. La cosa se acabó. ¿Para qué servían esos canallas?

—¡Tienes razón, manito! Así ya no tendremos que andarlos cuidando y engordando. La verdad es que eso de cargar sobre la espalda a un pelotón de espías no es cosa grata.

El Profesor levanta la mano y dice:

—¿Para qué hacer más comentarios? Los han aplastado como a piojos y bien merecido lo tenían.

Después, mirando a sus ayudantes, agrega, dirigiéndose a Fidel:

—Llévate a una docena de muchachos y préndeles fuego a todos los jacales. Es necesario que todo arda, que nada quede, si no queremos que para el mediodía la peste sea insoportable. Y cuando todo se halle reducido a cenizas, echen sobre ellas algunas paletadas de tierra.

XIX

Por supuesto que la primera compañía no estuvo lista para salir a la hora convenida. En aquellas remotas regiones no se ha dado el caso todavía de que una caravana se halle lista para ponerse en marcha a la hora fijada. Y ello no depende de los guías ni de los organizadores de la partida, sino de mil incidentes y contratiempos incontrolables que echan por tierra hasta los planes más cuidadosamente elaborados. En la selva, como en los desiertos alejados de toda civilización, hasta los planes más inteligentemente estructurados resultan inútiles. Se decide, por ejemplo, que para la partida serán necesarias diez mulas. La víspera en la noche, las mulas se encuentran dispuestas, pero a la mañana siguiente, ya faltan tres que se han escapado. Como no existen ni muros ni barreras, no resulta fácil encontrarlas. Si se les sujeta estrechamente, los animales no pueden buscar su alimento ni están en posibilidad de evadir el ataque de las fieras. En la noche, los arneses, los aparejos y las monturas se encuentran listos, pero las ratas voraces roen las correas. En la tarde, los arrieros y los guías se encuentran en perfecto estado de salud, pero en la noche un escorpión o una serpiente muerde el pie de alguno de ellos, mientras que dos o más han sufrido un ataque de malaria.

La víspera, el sol brilla espléndidamente y en el cielo no se ve una sola nube, pero bruscamente, a medianoche, se desata un aguacero que inunda los senderos y los atajos, empapando bultos, cajones y arneses. La víspera todo se encuentra bien empacado, pero en el momento de cargar, se percata uno de que hay que hacer algunas modificaciones porque los bultos pesan más de lo debido.

La tarde anterior, en consejo de guerra, se había decidido que cada compañía partiera con un día de diferencia. Aun en tiempo seco, habría resultado muy difícil conducir una caravana numerosa a través de la selva, pero en pleno tiempo de aguas, resultaba empresa gigantesca.

La tropa, que había ido aumentando incesantemente, contaba ya quinientos hombres y más de ciento cincuenta animales de tiro, entre mulas, caballos y burros. A los animales que pertenecían a la Armonía se habían sumado los de las monterías, dirigidas otrora por don Acacio, y aquellos que habían llevado consigo los muchachos de las monterías vecinas.

Se había decidido abandonar a los bueyes que podían procurarse pastura suficiente hasta el día en que ellos mismos pudieran marchar por los atajos que los condujeran a sus fincas de origen. Ellos sabrían encontrar sin dificultad alguna su camino.

Además, cada día reducían en número, ya que los muchachos sacrificaban dos o tres diarios para preparar víveres de reserva. Fue a Andrés a quien se le ocurrió tomar esta precaución. La carne se partía en tiras que se secaban y se salaban, obteniéndose cantidades considerables de cecina que servirían para todo el viaje.

La tropa debía repartirse en grupos de cincuenta a sesenta hombres cuando más, dotados de una recua de quince bestias. Sólo la primera compañía estaría formada de ochenta hombres, que llevarían veinte bestias entre mulas y caballos.

Esta compañía sería la avanzada encargada de preparar campamentos destinados a pernoctar. Los campamentos se levantaban en plena espesura o en algún llano entre el río y las faldas de un cerro, y en ocasiones, aun en lo profundo de una barranca.

Era necesario tener siempre presente la necesidad de pastura para alimentar a las bestias y no siempre era posible conseguir la necesaria en un solo sitio para que comieran cien o ciento cincuenta animales a la vez. Pero durante el tiempo de aguas, la hierba crecía con rapidez extraordinaria, es decir, entre la partida de una compañía y la llegada de otra, muchas veces en menos de veinticuatro horas y, en último caso, bastaba con meterse un poco en la espesura para encontrar el pasto que hiciera falta. Así, pues, ésta era sólo una pequeña dificultad. Lo que hacía absolutamente indispensable la división de la tropa en grupos poco numerosos, dispuestos a emprender la marcha cada uno con un día de diferencia, era el estado del suelo reblandecido, convertido en fango por las lluvias.

El primer centenar de hombres podía, aunque difícilmente, marchar con lentitud, pero el segundo ya empezaba a hundirse en las huellas del primero y a resbalar en las pendientes, arrastrando tras de sí montones de tierra y ramas desprendidas de los árboles, raíces sueltas y guijarros, y ya para el tercer grupo, los atajos y los senderos resultaban intransitables. En cambio, si la tropa se dividía en pequeños grupos, sus huellas no resultaban tan profundas y la tierra podía adquirir mayor firmeza en el curso de veinticuatro horas. Cierto que llovía sin cesar, pero en las pendientes el agua bajaba con rapidez, cosa que no podía ocurrir cuando centenares de pies se hundían en el lodo y producían erosiones que convertían los senderos en arroyos. De acuerdo con el plan elaborado, la primera compañía debería hallarse ya en la décima etapa de la marcha cuando la última no hubiera dejado aún el campo principal.

En el preciso instante en que llegaran al primer poblado, ya fuera de la selva, las compañías harían alto y esperarían la llegada de todas hasta que la tropa completa se reuniera en el lugar. La primera tarea de los avanzados sería evitar que alguien del poblado corriera a poner en guardia a los finqueros establecidos en el camino de Hucutsin o de Achlumal, o a los rurales y a los federales de las guarniciones próximas. Tarde o temprano tendría que ocurrir el encuentro, pero los muchachos deseaban llegar a Hucutsin o a Achlumal antes de enfrentarse por primera vez a la fuerza armada o a la policía.

Las caravanas montadas hacían, tomando en cuenta la estación y la naturaleza del terreno, de cuatro a nueve leguas en cada jornada, es decir, entre dieciséis y treinta y seis kilómetros. Así, pues, una jornada de nueve leguas podía considerarse bien pesada, realizable sólo con carga ligera. La jornada media era de siete leguas en tiempos normales, y ya requería un gran esfuerzo.

El primer día, la primera compañía no pudo hacer más que tres leguas, y cuando los muchachos llegaron al primer lugar en que les era posible acampar, comprendieron las fatigas y las penalidades que su empresa les reservaba. En esa primera jornada habían caminado sin interrupción hundiéndose en el fango hasta las rodillas.

Naturalmente, las otras compañías no pudieron hacer siquiera las tres leguas logradas por la primera.

El General había ordenado que todas las compañías fueran pernoctando en el campamento levantado por la primera, pero cuando los muchachos se dieron cuenta de que las otras compañías no podían hacer la misma distancia que la primera, deliberaron y el "General", de acuerdo con ellos, dispuso que se redujera la jornada de la primera a tres horas de camino solamente. Desde luego que la marcha no podía detenerse precisamente al cabo de las tres horas, porque era necesario que el lugar en que se detuvieran fuera propio para levantar el campamento, que hubiera agua potable y pastura para los animales.

Más tarde pudieron comprobar que la idea de dividir la marcha, no en leguas, sino en horas, era realmente magnífica. Así, la primera compañía disponía de tiempo suficiente y podía construir buenos cobertizos para guarecerse durante la noche. Además, hombres y animales llegaban al campamento sin fatiga.

Claro está que sólo la primera compañía podía gozar de esa ventaja, pero el éxito de toda la expedición dependía de ello. Tres horas de marcha para la primera compañía, sin importar el camino recorrido, eran poca cosa. Para las compañías que la seguían representaban el camino a recorrer de un campamento a otro. Sin duda esas tres horas representaban cuatro para los grupos que seguían al primero, por lo que el "General" se cuidaba bien de que las tres horas disminuyeran en vez de aumentar, y no obstante esta precaución, la última compañía se veía obligada a luchar durante ocho o nueve horas con los obstáculos del camino para trasladarse de un campamento a otro.

Cada cinco días, la tropa reposaba. Hombres y bestias podían recuperar su fuerza mientras se daba tiempo a que los senderos y los atajos endurecieran un poco y el paso por ellos fuera menos penoso.

El día de descanso se aprovechaba de la mejor manera: cada compañía mandaba dos muchachos a la vanguardia y dos a la retaguardia para establecer contacto con la precedente y la que venía atrás, a fin de formar una cadena de transmisión por medio de la cual toda la tropa estuviera enterada de los acontecimientos.

Ni el general más experimentado habría obrado tan acertadamente como este sencillo sargento casi analfabeto, pero que contaba con oficiales como el Profesor y con hombres como Celso, Andrés, Santiago y Matías, incultos y humildes muchachos indígenas, cierto, pero rebeldes natos, sin más ambición personal que la de hacer triunfar su idea de libertad y de justicia tal y como ellos la concebían, sin transigencias, sin mermas. La querían íntegra, cabal, y al verla realizada, marchaban conduciendo a sus hombres sin pararse a considerar obstáculos. "Queremos tierra y libertad". Ese era su programa, nada más.

"Queremos tierra y libertad, y si la queremos es necesario que vayamos a buscarla adonde la encontremos, y que después luchemos por ella cada día para conservarla siempre. No necesitamos nada más. Si tenemos tierra y libertad, tendremos todo lo que el hombre necesita en este mundo, porque es en ella en donde se halla el amor".

El programa era tan sencillo, tan justo, tan puro, que el Profesor no tenía necesidad de pronunciar grandes discursos para convencer a los muchachos de la sabiduría que encerraba. No había necesidad de elaborar interminables estatutos, ni de dar explicaciones ni de recomendar a los muchachos la lectura de tratados de economía política para hacerles comprender que cualquier hombre, por estúpido que sea, podrá llegar a gobernar a un pueblo siempre que disponga de ametralladoras y que tenga buen cuidado de privar de ellas a los demás.

La ruta que seguía la columna estaba cruzada en todos sentidos por ríos y riachuelos que al desbordarse dejaban sus márgenes sumergidas. También era preciso rodear las lagunas numerosas en aquella región. Algunas de esas lagunas se hallaban entre dos montañas y generalmente los altos senderos se encontraban en buenas condiciones porque allí las lluvias no se estancaban y la humedad de la tierra desaparecía rápidamente al contacto de los primeros rayos de sol.

A veces, los altos senderos descendían hasta reunirse con el que bordeaba la laguna, de tal manera que durante el tiempo de aguas era necesario caminar largos trechos hundiéndose en el fango hasta la cintura para encontrar agua potable. Era esta circunstancia una de las que podían contribuir en más alto grado al fracaso de los planes tan hábilmente elaborados por el Estado Mayor rebelde.

Cuando al terminarse la sexta semana de marcha, la primera compañía llegó al borde del lago Santa Lucía, el General se reunió a la vanguardia de la que formaban parte Celso y Santiago.

—La cosa está de todos los diablos —dijo.

—Mira a quién se lo dices, General —contestó Celso riendo, no obstante hallarse sumergido hasta los muslos.

—Es esta la primera vez que nos vemos detenidos en nuestra marcha revolucionaria.

—Es también el primer combate que tenemos que librar —agregó Santiago, que a algunos metros de distancia del sitio en que se encontraba Celso luchaba contra la corriente de lodo.

—Temo —dijo el General —que nos veamos obligados a permanecer aquí durante toda una semana.

Después, observando cuidadosamente el terreno y reflexionando durante algunos segundos, agregó:

—Tal vez tengamos necesidad de quedarnos aquí tres meses, hasta que ya no caiga ni una gota de agua.

Celso retrocedió lentamente hasta lograr hacer pie sobre terreno más seguro.

El General ordenó a la compañía hacer alto hasta nueva orden. Después envió a algunos de los muchachos en busca de algún atajo que, sin hacerles perder el rumbo, los apartara del lago llevándolos a un sendero más fácilmente transitable. Al cabo de dos horas, el General tuvo las primeras noticias de los avanzados, en el sentido de que en cinco kilómetros a la redonda no había más que pantanos y lodazales.

—Era de preverse —observó Celso—, de no ser así, todas las caravanas que siguen este camino cada año habrían encontrado otras rutas.

—Tienes razón —dijo el General—, pero para nosotros es indispensable salir de aquí, encontrar un camino. Tal vez atrás de aquella cadena de montañas lo hallemos. Ello significará un rodeo de dos o tres días, y es quizá por esto que los arrieros, deseosos de ahorrar tiempo, no lo han buscado, pero nosotros podemos permitirnos este rodeo. Llegaremos a tiempo, porque las fincas que querernos conquistar con la tierra y la libertad no se nos escaparán a causa de la espera.

El Profesor se aproximó al grupo lentamente y dijo:

—Claro está que la tierra no se nos escapará, ¿pero la libertad? Si queremos la tierra y la libertad, no solamente debemos llegar a tiempo, debemos llegar todos juntos, pues de no lograrlo seremos exterminados. Sólo venceremos en masa, por la masa y con la masa. Tomemos un hombre del grupo, cualquiera, Celso o Santiago, por ejemplo: obrando aisladamente, les faltaría la instrucción necesaria, el cerebro cultivado en forma indispensable para evitar que cualquier escribientillo de cabildo, que cualquier tendero por tonto que sea pueda hacer lo que quiera hasta de un ciento de ustedes debido a su ignorancia; debido a que ni siquiera saben leer y escribir. Es por esta razón por la que siempre los han engañado y robado. Pero obrando en masa la cosa es diferente. Entonces ya hay mil cabezas y mil brazos vigorosos constituyendo una fuerza superior. Es por esto que les digo que la libertad podrá escapársenos fácilmente si no formamos una masa importante y si no llegamos todos al mismo tiempo. El más poderoso de los leones queda desarmado ante diez mil hormigas, que lo obligarán a soltar su presa. Nosotros somos las hormigas y los amos son el león.

—Todo eso está muy bien dicho, Profesor, pero lo importante ahora es encontrar un camino por el que podamos seguir. No podemos regresar a las monterías y esperar allí dos meses o más hasta que las lluvias pasen y los senderos estén secos. Necesitamos continuar la marcha para llegar cuanto antes a sacudir la modorra de los peones. En cuanto éstos se den cuenta de nuestra fuerza y miren nuestras armas, despertarán. Así pues, ¡adelante!

Fue tarea gigantesca la de marcar un nuevo camino a través de la selva sumergida. Fue necesario hacer un rodeo de cinco kilómetros hacia el noroeste internándose en la espesura.

Tantas horas de durísimo trabajo habían sido necesarias a la primera compañía, y esa tarde, por primera vez desde que iniciaron la marcha, la segunda compañía llegó a tiempo para acampar con la primera, pero como había que seguir el plan inicial de marchar por separado, ésta se vio obligada a seguir caminando durante tres horas más.

Las compañías que seguían a la primera no podían considerarse privilegiadas, porque si bien es cierto que sobre ésta pesaba el encargo de buscar un sitio que, hallándose próximo a algún lugar en que fuera posible obtener agua potable, se encontrara a la vez libre de fango para poder levantar las chozas en que acampar, las otras compañías tenían que luchar contra las condiciones en que las precedentes dejaban los senderos y los atajos. Muchas veces, para no hundirse hasta el cuello en el fango, debían marchar, sin perder la ruta, muchos metros arriba o abajo del sendero.

Este primer combate librado con los elementos no era el único. Las avenidas del río y de los arroyos que tenían que atravesar habían causado considerables bajas en el pequeño ejército rebelde.

Cuando por fin lograron salir de la selva y se encontraron en el primer pueblecito, el General dio a conocer las pérdidas sufridas, veintiocho muchachos, cuatro mujeres y tres niños. Algunas de las víctimas habían encontrado espantosa muerte perdiéndose en los pantanos, otras habían perecido ahogadas, arrastradas por la avenida. Entre los supervivientes, más de una docena tenían un brazo o una pierna fracturada, otros presentaban grandes heridas en la cabeza, y por lo menos cincuenta se arrastraban con los ojos encendidos y la piel amarillenta a causa de la fiebre. Entre los desaparecidos, probablemente más de uno había sido devorado durante la noche por alguna fiera. No podía decirse exactamente quiénes; la tropa se había habituado a los gritos de los delirantes y era difícil saber cuándo un hombre en medio de la noche oscura se debatía entre el ataque de un tigre real o imaginario. Al aclarar el día se notaba la ausencia de algún muchacho y a veces, cuando la lluvia no las había borrado, se miraban las huellas de la bestia que había visitado el campamento. Una veintena de animales, entre caballos y mulas, habían desaparecido por las mismas causas, sólo que a aquéllos no les atacaba el paludismo, sino la disentería, y casi todos se hallaban heridos, a pesar de las precauciones tomadas por los arrieros, que no habían podido evitarles las mataduras producidas por la carga, ni las mordeduras de serpiente, ni los daños que lograban hacerles los gatos monteses.

Pero no obstante las pérdidas, las enfermedades y las fatigas, la moral de la tropa era excelente. En todas las compañías reinaba el buen humor, exteriorizado en el grado y la forma permitidos por la austeridad indígena.

Tanta era la confianza que sentían en sí mismos, tan grandes sus esperanzas y tan legítimo el goce que les producía la marcha emprendida hacia la libertad, que no recordaban haber vivido jamás horas tan bellas. Hacía meses, quizá años, que habían perdido la esperanza de que su situación mejorara, porque no obstante los contratos, las promesas y las leyes, ellos sabían que una vez que entraban a formar parte del engranaje de las monterías, jamás podrían regresar a su hogar; jamás volverían a ver un pueblo. Pero ahora, una tras otra, las compañías habían alcanzado uno, el primero que veían después de muchos años.

Detrás quedaba la selva con sus peligros y sus horrores. Ante ellos, sus hogares, sus padres, todos los suyos. Ante ellos, la tierra y la libertad. ¡Tierra libre para todos! ¡Tierra sin capataces y sin amos!

Ya todos reunidos, lloraron de gozo cuando el Profesor les dirigió estas palabras:

—Oigan bien, muchachos, aun cuando perdamos esta batalla, aun cuando hasta el último de nosotros caiga bajo las balas de los federales y de los rurales, aun cuando ninguno de nosotros alcance tierra y libertad, habremos triunfado. Porque vivir libremente, aunque sólo sea durante unos cuantos meses, vale más que vivir cientos de años en esclavitud. Y si ahora caemos, no caeremos como peones, como colgados fugitivos, sino como hombres libres sobre la tierra, como rebeldes francos, como verdaderos soldados de la Revolución.

—¡Viva el Profesor! ¡Así se habla! —gritaron cientos de voces—. ¡Somos libres y luchamos por la libertad de todos los campesinos, de todos los obreros, de todas las mujeres y los hombres honestos!

Desde lo alto de la rama del árbol al que había trepado para hacer llegar su voz a todos, el Profesor pudo mirar a la multitud que lo aclamaba, y prosiguió:

—Ustedes lo han dicho, muchachos, somos libres, pero no queremos la libertad sólo para nosotros, debemos unirnos a todos los nuestros para luchar juntos por la libertad.

—¡Arriba el Profesor! ¡Viva la libertad! ¡Adelante la lucha por la tierra y la libertad!

Mucho tiempo después de que el Profesor descendiera del árbol se escuchaban aún los gritos de entusiasmo.

La última compañía había llegado. La tropa se hallaba toda reunida. Amigos y camaradas que se habían separado por pertenecer a diferentes compañías se encontraban nuevamente sentados en rededor de la misma hoguera y se relataban unos a otros las penalidades sufridas durante la marcha a través de la selva. En todos los grupos reinaba la alegría.

Unos se pegaban el organito a la boca y soplaban produciendo sonidos dulces; otros pulsaban el requinto para acompañar a los que cantaban canciones plañideras pronunciando palabras sencillas y hondas, con las que expresaban su hondo y sencillo sentir, con las que se aliviaban las heridas de tantas y tan viejas penas sufridas. Y se bailaba y se cantaba y se hacía ruido, porque la idea de haber podido salir con bien no obstante los horrores de la selva con sus pantanos, la avenida de sus ríos y los ataques de sus bestias feroces había producido entre ellos una explosión de gozo. Así reaccionaban al llegar al final de aquella marcha agotadora.

El pueblecito pretendía ser punto final de la selva, pero ésta, obstinada, trataba de prolongarse en él. Los caminos no eran mejores y había sitios en los que la maleza era cerrada. Además, la lluvia duraría quizá algunas semanas, pero ya no se trataba de lluvias torrenciales, sino de ese llover fino tan común en las serranías. Hubo una tregua, durante dos o tres días la lluvia cesó completamente. Había, sin embargo, que esperar los aguaceros nocturnos del trópico. ¿Pero qué importancia podía tener aquello una vez sorteados los horrores de la selva?

Algunos kilómetros adelante se hallaban ya grupitos de jacales, pequeñas rancherías. Después, las fincas, y más adelante, a considerable distancia aún, verían aparecer los caseríos de Hucutsin y de Achlumal. A partir de allí se cruzarían con pequeñas caravanas, con arrieros conduciendo a sus recuas cargadas para llevar al mercado los productos de su trabajo.

Entre un pueblecito y otro tendrían que atravesar aún regiones desérticas o cubiertas de maleza cerrada, entre la que habrían de caminar durante días enteros, pero la selva y sus peligros estaban ya lejos, por fin habían quedado atrás.

Empezaban a verse ya las milpas y los sembradíos de frijol. A medida que avanzaban, las tierras de cultivo se hacían más extensas hasta que sus límites se perdían de vista con la aparición de las primeras fincas.

¡Maíz y frijol! Con ellos, la seguridad de que los muchachos no morirían de hambre. Hasta aquel momento se habían sostenido con lo que habían sacado de las monterías, todavía les quedaban provisiones para cuatro o cinco días más, pero el temor al hambre desaparecía a la vista de las fincas con su inmensa riqueza de maíz, de cerdos, de ovejas y de vacas, de trigo y de azúcar y de todas las cosas que aquel grupo de hombres jóvenes deseaban con el corazón. Hacía meses, y en algunos casos años, que se hallaban privados de todas esas cosas que hacen soportable la vida de los hombres. Porque el maíz solo no bastaba, aunque los muchachos prepararan nixtamal y obtuvieran la masa que, de acuerdo con la receta transmitida de generación en generación desde hace siglos, les permite lograr toda una serie de manjares: tortillas, suaves totopostles, quesadillas de huitlacoche, atole aromatizado con hojas de naranjo o florecitas de anís. No, tampoco hubiera sido suficiente sólo la carne de ternera o de res.

En las fincas no les esperaban solamente tortillas y frijoles. Había allí un sinfín de buenas cosas por las que bien valía la pena detenerse. Los muchachos no eran bandidos salteadores. Pero una rebelión no puede vivir sin rebeldes y es necesario que los rebeldes vivan para llevarla adelante. No son los rebeldes culpables de las consecuencias desagradables que las rebeliones tienen para quienes de nada carecen. Los responsables de los actos de los rebeldes son aquellos que creen que se puede maltratar eterna e impunemente a los seres humanos sin que se rebelen.

XX

El primer pueblecito que encontraron al salir de la selva se llamaba El Requemado. Hacía treinta años era nada más una montería. Después, cuando no quedaba un solo palo de caoba, no obstante las promesas de reforestación hechas por los concesionarios, el amigo de un jefe político había obtenido la propiedad por unos cuantos pesos. Había conducido allí a varias familias indígenas que trabajaban en provecho suyo a las órdenes de un capataz, y así se había querido transformar la montería en rancho. Pero el rancho era tan pobre que no rendía beneficio alguno a su dueño, quien, además, nunca se paraba por allí, pues prefería continuar al frente de su comercio en Jovel. Si del rancho obtenía cien pesos al año, ya consideraba que sus esperanzas habían sido colmadas. El mayordomo no recibía sueldo alguno y vivía de los alimentos y pequeños objetos que vendía a los muchachos que cruzaban por allí de paso a las monterías.

Don Chucho, entonces mayordomo, fue presa del terror cuando la primera compañía apareció. Cuando los muchachos empezaron a acampar en las proximidades del rancho, él trató de que le dijeran si los habían licenciado y por qué llevaban consigo a los caballos y a las mulas, y sobre todo por qué no venían acompañados de capataz alguno. Sólo pudo obtener respuestas evasivas. Pero era lo bastante prudente y astuto para comprender que más valía no insistir. Trataba de infundirse valor diciéndose que nada de aquello le importaba y que si los muchachos habían dejado las monterías, era asunto suyo.

Pero al día siguiente, al ver llegar a la segunda compañía y al constatar que la primera no tenía intenciones de marcharse, tuvo la idea de enviar a uno de los peones a la finca vecina a fin de poner al finquero al tanto de los acontecimientos. Entonces su mujer lo disuadió diciéndole:

—Mira, Chucho, hasta ahora nada te han robado, todo lo que necesitan te lo pagan, si compran poco no es cosa nueva, pues así lo han hecho siempre, y si cargan algo sobre su conciencia, ese no es asunto nuestro. Pero si se enteran de que has mandado avisar a los finqueros, quién sabe cómo nos vaya. Yo creo que más vale que te calles.

Don Chucho comprendió que su mujer tenía razón, y ello le causó más disgusto aún que la presencia de los muchachos armados y acampados en el rancho. Sabía perfectamente cómo habían llegado hasta allí, a las manos de los muchachos, las pistolas y los rifles, pero no quería pensar —pues se hubiera muerto de miedo— en lo que había sucedido en las monterías. A su mujer le ocurría lo mismo y, sin haberse puesto de acuerdo sobre ello, evitaban cuidadosamente hablar del asunto. Preferían no cerciorarse de lo acontecido, pues la certeza los habría hecho morir de temor.

Además, su cautela no obedecía sólo al miedo. Don Chucho nada intentaba porque sabía muy bien que aun cuando los rurales fueran avisados, jamás llegarían hasta ese lugar para combatir a los rebeldes. Los esperarían en las afueras de los pueblos importantes, si acaso emboscados en alguna de las ricas fincas, donde seguramente los derrotarían. Entonces los muchachos se verían obligados a huir, y bien sabía él que el único lugar en que podrían refugiarse era la selva. Para llegar a ella tenían forzosamente que pasar por el rancho, y cuando pasaran derrotados, en pequeños grupos maltrechos, pero llenos de rencor, ¿qué quedaría del rancho? Nada, ni una brizna de paja, lo arrasarían. ¿Y de su persona? No dejarían ni un trocito de piel, pues para entonces sabrían ya quién los había traicionado.

Los muchachos no habían levantado el campamento dentro del rancho, pues éste no era lo suficientemente extenso para ello. Era, en realidad, solamente un trozo desmontado y ganado al borde extremo de la selva. Un poco más lejos, sobre el camino que conducía a las fincas, el General se había instalado en una vasta explanada a la orilla del río bordeado de hierbas y de chaparros.

El sitio era estratégico, ya que cortaba el camino y nadie podría ir o llegar de las fincas sin atravesar por allí. Así pues, por el momento nada tenían que temer ni de los finqueros ni de los rurales. Podían darse algunos días de reposo porque sabían, además, que ni los federales ni los rurales se aventurarían por aquellos rincones. La maleza se hallaba aún muy próxima y su espesura formaba murallas naturales contra las que los mejores fusiles del mundo y hasta las ametralladoras nada podían. Aquí los muchachos, descalzos y apenas cubiertos por sus andrajos, eran los reyes, para ellos la selva no tenía secretos y para combatirlos hubiera habido necesidad de llegar a la lucha cuerpo a cuerpo, a la despiadada lucha a machetazos, a puñaladas, a pedradas o a mano desnuda, y los puños de hierro de los hacheros —los soldados lo sabían bien— valían allí más que las armas más valiosas. Por estas razones los muchachos estaban absolutamente tranquilos. Sabían que aun cuando los rurales fueran enterados de su presencia, no llegarían hasta allí a combatirlos.

En el primer consejo de guerra reunido después de establecer el campamento, se discutía. Pero la discusión en nada se asemejaba a las lamentables deliberaciones de los hombres que en casi todas las revoluciones hablan y peroran sin cesar; hablan de cuando debieran pasar a la acción, sobre la forma de ejecutar las resoluciones. Hablan, hablan y son estos voceadores de la revolución los que acaban por arruinarla. Es durante esas deliberaciones cuando los enemigos obran, y mientras los asambleístas discuten aún sobre el color de su bandera y sobre las minucias en la redacción de boletines y de edictos, la contrarrevolución cae sobre las avanzadas y hace zozobrar las primeras columnas, prende a los centinelas y hace callar a los incorregibles charlatanes. Felizmente entre los muchachos no había viejos teorizantes. No conocían ni las asambleas apasionadas ni los escritos inflamados. Discutían animadamente, pero no sobre divisas decoloradas y gastadas. Discutían sencillamente para saber cuál sería el grupo que debía marchar a la vanguardia en cuanto la situación, durante la caminata que se disponían a emprender, se presentara seria. La compañía que fuera a la vanguardia tenía la perspectiva gloriosa de ser exterminada hasta su último hombre en cuanto los rurales hicieran funcionar la primera ametralladora. Y sin haber desatado del lomo de las mulas las ametralladoras, los soldados ya habrían causado bajas entre los hombres de la vanguardia.

¿Acaso no los habían provisto para ello de una carabina de repetición y de una colt por cabeza? ¿No se había adiestrado con ese objeto a los federales y a los rurales?

La discusión estaba muy lejos de los caminos de la gloria que aureolaría a la vanguardia. Los muchachos no tenían aún el sentido de los grandes hechos de armas idealizados por historiadores con inclinaciones poéticas, ni habían sido contaminados por el espíritu deformado y deformante de periodistas y oradores. Para ellos no se trataba de ganar la gloria, sino de algo más concreto y preciso: obtener las armas de sus enemigos. Ninguno de los muchachos había leído jamás un artículo revolucionario ni estudiado la historia de las revoluciones. Jamás habían asistido a reuniones políticas ni conocían el significado de un programa. Pero la experiencia les decía a todos: "Si tú tienes armas y tus enemigos no las tienen, serás tú el que ganarás la revolución o la rebelión, o la huelga, cualquiera que sea el nombre que des a la acción que libera al que trabaja. Porque las verdaderas revoluciones no son las que tienen por objeto único la mejoría de los salarios o la repartición de los bienes, o la conquista de tales o cuales privilegios. Las verdaderas revoluciones no se detienen hasta alcanzar la justicia sin disfraces".

Para los muchachos, la revolución significaba el fin de su esclavitud, de la servidumbre a la que se les obligaba por medios bestiales, nada más.

Desde la infancia todos los muchachos habían oído decir lo que más tarde habían comprobado: que aquel que lleva una pistola al cinto o una carabina en bandolera tiene derecho de reducir a los indios a servidumbre, de explotarlos, de maltratarlos e imponerles su voluntad. Y como él, el indio, el siervo, no tenía ni pistola al cinto ni carabina en bandolera, tenía que someterse y dejarse conducir. Si se atrevía a abrir la boca para protestar, la culata de la pistola le hundía el cráneo o la de la carabina le rompía las costillas. Así pues, era absolutamente natural que para los muchachos la conquista de las armas representara el triunfo de la revolución. Arrancar las armas a sus enemigos: esa fue la consigna y esa fue la divisa.

La compañía que marchara a la vanguardia sería la obligada a sostener el primer choque con los que poseían armas. Era evidente que por lo menos las tres cuartas partes de la vanguardia caerían, pero la cuarta parte que quedara en pie podría hacerse con las armas a tan alto precio conquistadas. Y los muchachos eran como esos jugadores de lotería convencidos de que ganarán el premio mayor, porque todos tenían la seguridad de que formarían parte del grupo que quedaría en pie y armado.

La discusión sobre cuál debía de ser el grupo de vanguardia continuaba animada, pero el General y Celso pusieron el punto final.

—¡Con un diablo, partida de idiotas! —gritó el General—. Parecen viejas chismosas. La vanguardia será la primera compañía; la primera compañía la formamos nosotros, ¿entonces qué? ¡Ahora lárguense y déjenme en paz!

A Celso no le parecieron suficientemente enérgicas las palabras del General y dejó oír su voz:

—¿Entendieron bien? ¿Oyeron lo que dijo el General? ¡Esta es una rebelión, tales por cuales! ¡Los rebeldes hacen, no dicen! Dentro de seis días todos estaremos en la fiesta, y no se apuren, que la mitad de nosotros allí quedará tendida.

—¡Viva! —gritaron los muchachos. Algunos agregaron:

—Tienes razón, Celso, pero la otra mitad tendrá armas y cartuchos. ¡Tierra y libertad!

Anochecía, y atraídos por las voces, muchos de los peones del rancho se habían aproximado sigilosamente hasta donde estaban los muchachos. De día no se habrían atrevido a hacerlo por temor al mayordomo. Se acercaban con timidez porque no sabían cómo los acogerían. Los muchachos no los consideraban de los suyos. La víspera ellos no habían dado paso alguno para ganar su confianza y su amistad y los muchachos bien podían considerarlos como espías llegados no para sumarse a su movimiento, sino para penetrar sus intenciones y comunicarlas al mayordomo, y aun hasta para denunciarlos al finquero o a los rurales más próximos a cambio de un peso.

Pero algunos habían oído hablar a varios de los muchachos en su misma lengua, los reconocieron, eran del mismo pueblo de ellos y por ellos supieron que los muchachos se hallaban en rebeldía, que habían acabado con los amos de las monterías y que se aprestaban a hacer otro tanto con los de las fincas. Sabedores de ello, pudieron confirmarlo en cuanto penetraron en el campamento. Pidieron hablar con el jefe y les señalaron al Profesor y al General. Se aproximaron a la hoguera en rededor de la cual se encontraba el Estado Mayor y, quitándose el sombrero cortésmente, hablaron:

—Jefe, ¿quieres decirnos qué debemos hacer?

—Hombre —contestó el Profesor—, yo no soy su jefe. ¡Ya no hay ni jefes ni amos! Yo soy su camarada. Los peones de este rancho enlodado sean bienvenidos. Tierra y libertad sin capataces y sin amos, eso es lo que queremos. ¡Tierra y libertad para todos!

—Camaradas, eso es también lo que nosotros queremos. Un pedazo de tierra y libertad para cultivarlo en paz. Derecho a discutir libremente entre nosotros lo que más convenga sin que el capataz llegue por ello a rompernos la cara. Eso es lo que queremos, nada más.

—Bien, puesto que así lo quieren, vengan con nosotros. Tenemos necesidad de muchos combatientes, porque dentro de poco, muchos habremos caído. Ahora alístense, porque mañana nos vamos...

—Pero mire, jefecito...

—Acabo de decirte que no me llames jefe.

—Perdone, camarada, déjeme que le diga: yo tengo una milpita, si me voy con ustedes no podré recoger el maíz. Tengo además tres cochinitos. ¿Qué debo hacer?

—¿No acabas de decir que quieres tierra y libertad?

—¡Claro que la quiero! Pero mire, camarada, también tengo a mi mujer y está encinta, dentro de tres semanas dará a luz. Yo no puedo dejarla sola.

—Bien, entonces quédate. Quédense todos en el rancho para que los apaleen en cuanto intenten levantar la voz.

—Podríamos hacer cambiar todo esto y quedarnos con la tierra que trabajamos. Porque mira, aquí tenemos todos un pedacito de tierra para sembrar nuestro maíz y nuestro frijol, pero a cambio de eso tenemos que trabajar tres semanas de cuatro sin que nos den a cambio ni un centavo.

—¿Tienen todos machete? —preguntó el General.

—Sí, camarada.

—Bien, entonces díganme: ¿qué hacen cuando al tumbar la maleza para limpiar la tierra se encuentran un jabalí?

—Con mi machete en la mano no hay bestia que se atraviese en mi camino.

—Muy bien, amigo. Tú quieres tierra y libertad en este rancho en el que ahora trabajas sin recibir ni un centavito y sí muchos golpes.

—Así es.

—¿Quién, pues, se atraviesa en este momento en tu camino?

—Tú lo sabes, camarada, es don Chucho, el mayordomo.

—¿Y ustedes tienen sus machetes?

—Sí, y Florencia y Marcos, éstos que están conmigo no sólo tienen uno, tienen dos.

—Y ustedes saben cómo se afilan los machetes, ¿verdad?

—Lo sabemos. Es lo primero que hacemos al levantarnos.

—En ese caso, cojan los machetes, afílenlos bien y corten con ellos todo lo que se atraviese en su camino, si es que realmente quieren el rancho para ustedes.

Cuando los peones se fueron, el General llamó a los capitanes de todas las compañías para comunicarles las instrucciones necesarias para la marcha del día siguiente. Habían decidido que, a partir de entonces, las compañías marcharían a corta distancia una de otra, porque debían esperar en todo momento su primer choque con las tropas.

Al amanecer, y a las órdenes del General, de Celso, jefe de Estado Mayor, y del Profesor, marcharía a la cabeza la primera compañía. La segunda y la tercera saldrían con media hora de diferencia cada una. Después seguirían la cuarta y la quinta. Las tres últimas irían a la retaguardia conduciendo a las recuas que cargaban las provisiones. Cada muchacho llevaría a la espalda su carga habitual. Las mujeres y los niños seguirían a la compañía en que fueran sus maridos o sus padres. Modesta formaba parte de la compañía de choque y llevaba sobre la espalda la misma carga que los hombres.

Los muchachos no se preguntaban qué harían ni cuál sería su actitud cuando llegaran a las fincas. Tampoco se detenían a elaborar planes para la victoria sobre los rurales o los federales. ¿Para qué discutir y perder eternidades en palabras inútiles? La revolución triunfaría, el enemigo mordería el polvo. Vencer, derribar al enemigo, eso era lo importante. Una vez logrado aquello, les sobraría tiempo para reflexionar y deliberar.

—No hay que vender la piel del tigre antes de cazarlo —decía el Profesor a Andrés, que aconsejaba un plan para la repartición de la finca en la que había nacido y en la que su padre trabajaba aún como peón.

—No sería malo —contestó Andrés— buscar por adelantado un buen cliente para la piel del tigre, a fin de no vernos obligados después a malbaratarla.

—Mira, Andresillo, por el momento olvídate de los compradores ambulantes. Cuando tengamos la piel, ya habrá tiempo de discutir buenas ofertas.

Era noche cerrada cuando el General reunió a los hombres de la primera compañía para la partida. Los otros grupos podían disfrutar por lo menos de media hora más de reposo.

Hacía cuatro días que no llovía, pero a medianoche, cuando se disponían a partir, volvió a llover. La lluvia era fina, tupida y en menos de dos horas el suelo volvió a enfangarse. Cuando el General dio la orden de salir, todos los hombres estaban mojados hasta los huesos. Tuvieron buen trabajo antes de lograr encender las hogueras para calentarse y calentar un poco de café.

La lluvia cesó hacia las cuatro de la mañana. La primera compañía se preparaba a salir cuando los muchachos vieron aproximarse a los peones que les habían hablado la víspera.

—¿Qué hay? ¿Ya se han decidido a venir con nosotros?

—No, camarada, ya no es necesario, ahora tenemos lo que queremos. Ahora tenemos tierra y libertad. El rancho es nuestro.

—¿Se los regaló el mayordomo?

—No..., bueno, es decir... cuando le explicamos a don Chucho que desde hacía muchos años nosotros cultivábamos el ranchito, se puso furioso y comenzó a gritar que él sabía bien lo que ocurría, que los malditos piojosos de las monterías nos habían excitado, azuzado, mal aconsejado y que si no cerrábamos el hocico inmediatamente, ya se encargaría él de arreglarnos en cuanto los bandidos de las monterías levantaran el campo.

—Y ustedes, ¿qué contestaron?

—¡Casi nada! Desde la víspera habíamos afilado los machetes. Cuando nos acercamos a don Chucho, él sacó la pistola y disparó. Dejó tendido a Calixto y a Simón e hirió a tres más.

—¿Entonces es por miedo por lo que han corrido hasta aquí?

—No, amigo. Pensamos bien lo que tú nos dijiste y a estas horas don Chucho, su mujer y sus chamacos son difuntos. Además, cogimos su pistola y su fusil porque pueden hacernos falta. En cuanto a su casa, no la queremos, está llena de ratas. En estas condiciones, camarada jefecito, te darás cuenta de que no tenemos necesidad de partir con ustedes, ya que lo que ahora tenemos es todo cuanto deseamos, nada más. Si se quieren quedar aquí en el rancho pueden hacerlo porque ya no hay ni capataces ni patrones.

—No, amigos, gracias. Nosotros nos vamos y ustedes se quedarán para repartirse la tierra y trabajarla tranquilamente. Pero díganme: si los rurales llegaran ahora mismo y les preguntaran por el mayordomo, ¿qué responderían ustedes?

—Les diríamos que don Chucho y doña Amalia habían corrido asustados a refugiarse en la selva, y si nuestra afirmación no resultara de su gusto, volveríamos inmediatamente a afilar los machetes y podríamos hacer uso además de la pistola y el fusil que ahora tenemos, pero tú sabes, jefecito, que los rurales no llegarán hasta acá porque ustedes acabarán con ellos y con los federales en el camino. Ahora regresaremos, porque los muchachos han matado un cerdo muy grande que doña Amalia había engordado y a estas horas ya deben estar listos los chicharrones. Lástima que no podamos convidarlos, son ustedes tantos que no alcanzaría. Adiós, amigo capitán; adiós todos y muchas gracias. ¡Que la suerte los acompañe!

El Profesor llamó a Andrés y le dijo:

—¿Te has dado cuenta, Andresillo? Es a esto a lo que llaman la revolución práctica.

—¿Qué quieres decir con eso?

—Pues sencillamente que el instinto de posesión, que la idea de propiedad se hallan ahora más hondamente arraigados en estos ranchos que antes. Sólo el nombre del propietario ha cambiado, y te aseguro, hermano, que mañana o pasado mañana los nuevos dueños se darán de machetazos a causa de la propiedad y se matarán unos a otros hasta que sólo quede uno, si es que puede, para gozar de la propiedad. El que sobreviva será el que se haya hecho con la pistola. Ese será el nuevo dueño, y si alguno otro logra quedarse con la escopeta, será el mayordomo. En cuanto a los que por azar sólo conserven la vida, serán los nuevos peones.

—Entonces, ¿la revolución habrá sido inútil?

—Para estas gentes, sí. La cosa les ha sido muy fácil y la han logrado prontamente. Las facilidades y la rapidez no son buenas para los revolucionarios. Los campos y los cerdos habrán cambiado de manos, pero las ideas serán las mismas sobre las que se apoya todo el sistema, que desgraciadamente ha quedado intacto. Ayer el amo se llamaba don Chucho, mañana se llamará Florencia y después Eusebio o Fulano, pero los amos continuarán en sus puestos, porque aquí todo sigue igual. Ellos no tuvieron ni una sombra de reconocimiento para nosotros, que les dimos la idea. Ellos te dejarán reventar de hambre y a mí también antes que dejarse privar de un pedazo de chicharrón.

Andrés intenta defender a los peones diciendo:

—¿Pero cómo querías que supieran lo que debían hacer si nadie se lo explicaba?

—Los revolucionarios que necesitan les expliquen los motivos por los que han de rebelarse son todo menos revolucionarios. La verdadera revolución, la que es capaz de cambiar los sistemas, se encuentra en el corazón de los verdaderos revolucionarios. El revolucionario sincero nunca piensa en el beneficio personal que la rebelión le reportará. Él sólo quiere derribar el sistema social bajo el que sufre y ve sufrir a los demás. Y por destruirlo y ver realizadas las ideas que considera justas se sacrifica y muere.

Andrés ladea la cabeza y contesta:

—Profesor, todo eso es muy complicado. Deja que algún día yo también llegue a ser profesor. Entonces, tal vez te entienda.

—No te preocupes, Andresillo. Tú, el General, el Coronel, Celso, la joven Modesta, Santiago, Matías, Fidel, Cirilo y otros muchos de ustedes son las gentes que la revolución necesita; ustedes la llevan en el corazón, y a aquellos que la llevan allí no hay necesidad de explicársela.

Un grito se dejó escuchar en el alba:

—¡Con un diablo, Profesor! ¿Por qué hablas tanto? ¡Adelante!

Era la voz del General buscando a su ayudante.

—Aquí estoy.

—En marcha, camarada, ya es hora de salir de aquí. Debemos ir a la vanguardia y tenemos un buen trecho por recorrer.

—Me entretuve explicando a Andrés cómo esos peones, los que acabamos de dejar, mañana se estarán matando por la posesión de dos o tres metros más de tierra.

—¡Al demonio con ellos! Tenemos otras cosas de qué preocuparnos y no podemos detenernos ante semejantes mezquindades. Tal vez más tarde...

—Tienes razón, General, poco tiempo tenemos que perder.

—Tú lo has dicho. Tal vez dentro de pocas horas... Pero ahora caminemos. ¡Rápido, que tenemos que ponernos a la cabeza de la columna! En adelante será preciso que vayamos siempre a la vanguardia, Profesor, sólo así no prestaremos oídos a las pasiones mezquinas y podremos robustecer nuestra esperanza en que la revolución no habrá de cambiar sólo los sistemas, sino el espíritu estrecho de los hombres.

—¿De dónde has sacado esas ideas, General? Yo quisiera saberlo.

—Anoche, cuando los peones regresaron a sus casas, pensé en ello. Me puse a vagar por el campamento, veía brillar las hogueras a través de la maleza y hasta mis oídos llegaban trozos de las conversaciones de los hombres. Y las ideas nacieron solas a mi cabeza.

—¡Excelentes ideas! ¡Por mi madre que debíamos anotarlas en un papel!

Mientras así hablaban, caminaban tan aprisa como les era posible, tropezando con las raíces de las matas, con las piedras del camino y las ramas arrancadas por la lluvia, hundiéndose a veces en el lodo hasta la cintura.

El día comenzaba frío, gris y húmedo. Iluminaba con tacañería las copas de los árboles milenarios, y abajo, en la tierra cubierta por el tupido follaje del bosque, la oscuridad era completa.

Los muchachos hacían un ruido extraño y monótono al chapotear con los pies en el lodo. Gruñían, juraban y se lamentaban cuando se hundían hasta el pecho en el terreno pantanoso o cuando al menor soplo de viento las ramas de los árboles dejaban caer sobre ellos verdaderos chorros de agua.

El General y el Profesor apenas veían, casi adivinaban las siluetas de los muchachos que con su pesada carga sobre la espalda iban dejando atrás. Al cabo de un rato se dieron cuenta de que no se hallaban lejos de la cabeza de la columna. Pronto pudieron oír la voz potente de Celso, que gritaba como para ser escuchado hasta en el infierno:

—¡Hatajo de burros! ¡Vaya una escolta que llevo conmigo! ¿Ustedes rebeldes? ¡No me hagan reír! Pero si se quejan y chillan más que una partida de viejas. ¡Tales por cuales! ¡No lloriqueaban así cuando había que caminar para los amos y cuando para ellos había que hundirse en el lodo hasta las orejas! ¡Entonces trabajaban como bueyes, cada uno hacía lo que no hubieran podido cuatro bueyes juntos! Pero entonces trabajaban para esos hijos de perra. Ahora que tienen algo que hacer para ustedes mismos, ahí van chillando. Maldigan si ello les hace bien, pero no me revienten los oídos con sus lloriqueos. ¿Rebeldes? ¡Vaya con los rebeldes! Óiganme bien, recua de mulas: al que vuelva a quejarse, que un rayo me parta si no lo parto yo a él! Ahora, ¡adelante y con el hocico bien cerrado!

El Profesor y el General se detuvieron.

—¡Eh, General, me parece que has escogido bien al jefe de tu Estado Mayor!

—Ya lo veo. Desde ahora es teniente.

—¿Nada más teniente? Yo te propongo que lo nombremos capitán.

—Tú eres nuestro consejero, y puesto que tú lo propones, yo lo nombro capitán.

—Gracias, camarada.

—Pero ahora me doy cuenta de que tengo un coronel, diez capitanes, cincuenta tenientes y que me falta un mayor. Así es que con tu permiso, camarada, esta tarde, llegando al campo, nombraré mayor a Celso.

El Profesor reanudó la marcha, y cuando Juan Méndez le hacía su proposición, él tropezó con una raíz y cayó cuan largo era con la cara sumida en el lodo. Por eso no pudo aprobar inmediatamente la promoción de Celso.